Klaus Stickelbroeck

Schnell erledigt

Kurzkrimis mit und ohne Hartmann

1. Auflage 2013
2. Auflage 2015

Originalausgabe
© KBV Verlags- und Mediengesellschaft mbH, Hillesheim
www.kbv-verlag.de
E-Mail: info@kbv-verlag.de
Telefon: 0 65 93 - 998 96-0
Fax: 0 65 93 - 998 96-20
Umschlagillustration: Ralf Kramp
Druck: CPI books, Ebner & Spiegel GmbH, Ulm
Printed in Germany
ISBN 978-3-942446-92-1

Inhaltsangabe

Aussichtslos

Mist!« Ich nahm den letzten Absatz zur hölzernen Aussichtsplattform.

Der Typ im dunklen Anzug hatte sie nur knappe fünf Sekunden vor mir betreten. Er war nicht wegen der einzigartigen Aussicht über die herrlichen Eichenwälder der Rureifel hier und stand schon mit einem Fuß auf dem Geländer.

Böiger Wind klatschte mir ins Gesicht. »Heh!«, rief ich.

Er reagierte nicht, sondern schwang sein rechtes Bein über die Brüstung.

»Heh!«, wiederholte ich und trat auf ihn zu.

»Bleiben Sie weg, verdammt«, zischte er. Der Wind wirbelte seine Haare durcheinander. Er sah mich mit ausdruckslosen, wässrigen Augen an.

»Machen Sie keinen Mist, Mann! Steigen Sie da runter!«, forderte ich ihn mit eindringlicher Stimme auf.

Er hielt einen Moment inne. Wir beide waren alleine auf der Plattform. Ich trat drei Meter entfernt von ihm an die Reling und sah an der dreieckigen Holzkonstruktion des Boosener Aussichtsturmes hinunter. Auf dem mit alten Wackersteinen ausgelegten Asphalt unter uns war ebenfalls niemand zu sehen. Gute acht Meter war der Turm hoch.

Wenn er sich geschickt anstellte, könnte das reichen.

»Mischen Sie sich nicht ein! Lassen Sie mich!«, krächzte er mit heiserer Stimme gegen den Wind und zog sein zweites Bein bis an die Reling.

Verdammt. Der würde springen. Keine Frage! Ich griff nach hinten in meinen Hosenbund, wo meine Knarre einsatzbereit steckte. Zu gefährlich. Bevor ich abgedrückt hätte, wäre der längst unten aufgeschlagen.

Ich nickte mit dem Kopf über die Brüstung. »Mensch, denken Sie doch mal an die Familie da unten. Die müssen Ihren Sprung ja nicht unbedingt mitbekommen!«

Er hielt inne. »Welche Familie?« Und schaute für den Bruchteil einer Sekunde nach links.

Ich sprang auf ihn zu. Er zuckte zusammen, wollte abspringen, aber ich bekam seine Anzugjacke zu fassen, riss ihn von der Reling runter und drückte ihn vor mich auf den Holzboden.

Er schnaufte. »Verdammt, was mischen Sie sich ein? Hauen Sie ab!«

Ich drehte ihn auf den Bauch und presste ihn mit einem Haltegriff fest auf den Boden. »Ich will nicht, dass Sie springen!«

»Was haben Sie mit mir zu tun? Mein Leben ist verpfuscht. Meine Frau betrügt mich, mein Job ist weg. Das ist allein meine Entscheidung.«

Da lag er falsch. Ich erklärte es ihm. »Ihre Frau möchte nicht, dass Sie sich umbringen.«

Er drehte den Kopf zur Seite und runzelte die Stirn. »Meine Frau?«

»Sie weiß schon seit einiger Zeit, dass Sie sich umbringen wollen. Nachdem Sie am vergangenen Wochenende Ihren Job verloren haben, hat Ihre Frau mich engagiert, um Sie davon abzuhalten, sich zu erschießen, sich zu vergiften oder irgendwo runterzuspringen.«

»Meine Frau will nicht, dass ich mich umbringe?«

»Richtig.«

Er sackte in sich zusammen. »Das ... das hätte ich nicht gedacht. Meine Frau? Ich dachte, ich bin ihr gleichgültig.«

10

Ich grinste. »Auf keinen Fall.«

»Dann liebt sie ...«, flüsterte er und ein verlorenes Glänzen kehrte in seine wässrigen Augen zurück.

Ich warf einen Blick nach oben in den heftig tobenden Himmel über uns. Der Wind blies eine dunkelschwarze Wolke auf uns zu. In wenigen Sekunden würde ein Regenguss allererster Güte über uns hereinbrechen.

»Dann ... dann liebt sie mich noch.«

Keine falschen Schlüsse! Ich seufzte und murmelte: »Das würde ich so nicht sagen.«

Er blinzelte von unten zu mir herauf. »Ich verstehe nicht ...«

»Ihre Frau fürchtet, wie gesagt, dass Sie sich was antun. Sie haben seinerzeit eine Lebensversicherung abgeschlossen, die bei Suizid nicht greift.«

Ich griff mir hinten in den Hosenbund, brachte die Neun-Millimeter nach vorne und zielte mit meiner Knarre samt Schalldämpfer auf den imaginären Punkt zwischen seinen entsetzt aufgerissenen Augen.

»Auf dieses Geld möchte Ihre Frau nicht verzichten. Bei Mord zahlt die Versicherung.«

Grabstelle 14

Mann«, schnaufte Erwin Stammen giftig mit zusammengekniffenen Lippen und hochrotem Kopf. Nur mühsam konnte er sich beherrschen, die fette Ader an der breiten, kantigen Stirn war dick geschwollen.

Ich schluckte und lehnte mich sicherheitshalber im Bürostuhl ganz weit nach hinten. Auch wenn es hier im Büro des Garten- und Friedhofsamtes der Gemeinde Kerken am Nieukerker Dionysiusplatz normalerweise ruhig und beschaulich zuging, musste ich als aufmerksamer Kommunalbeamter immer mit allem rechnen. Und bei Erwin Stammen wusste man nie. In dem Zustand schon mal gar nicht.

Und richtig. Ansatzlos klatschte er plötzlich seine flache Hand wütend auf die weiße Schreibtischplatte zwischen uns. Der Telefonhörer hopste aus seiner grauen Plastikschale und flitschte rechts vom Schreibtisch Richtung Boden hoch und runter.

»Erwin«, mahnte ich mit leiser Stimme und klapperte mit nervösen Fingern den Hörer wieder zurück ins Bettchen.

»Nix Erwin«, bellte der und rollte drohend mit den Augen. Seine groben, beindicken, behaarten Arme rammte er sich in die Hüfte. »So nicht!«

Ich nickte vorsichtig. Erwin war sauer. Das konnte ich verstehen. Aber nicht ändern. »Da kann ich doch nichts dafür …«

»Wer denn sonst?«, keifte er. »Wem gehört denn der Friedhof?«

»Ähm … Genau genommen, äh, doch nicht mir«, stotterte ich. »Ich bin doch nur zuständig.«

15

»Komm mir nicht mit Klugscheißerei, Werner. Komm mir nicht so!«

Ich senkte den Blick. Das war aber auch alles so was von dumm gelaufen.

Erwin strich sich durch die feuchten Haarspitzen. »Werner, ich will zu Mutter. Da liegt mein Vater. Und Opa. Da liegen sie alle. Da will ich auch hin!«

Das habe aber doch noch Zeit, wollte ich gerade beschwichtigend entgegnen, aber ein Blick in Erwins inzwischen knallrotes, verschwitztes Gesicht rief mir nachdrücklich ins Gedächtnis, dass es auch schon mal ganz schnell gehen konnte. Dass einen der Gevatter schon sehr zeitig mit schwungvollem Schnitt grinsend von den Beinen senste.

Wie damals dem Bremmekamp sein Konrad. Da schmetterte der gerade noch mit dicken Backen bei Hauter in Stenden mit seinem Jagdhorn die Hochwildsignale – Hirsch, Bär, Elch: alle tot – und, klatsch, machte der sich auf dem Heimweg mit dem Hollandrad aber derartig unglücklich lang, dass er sich glatt den Hals brach. Da war, quasi, die Jagd vorbei. Halali. Und das Horn war auch verbogen.

Ich versuchte es mit einem Sachargument. »Ich hatte dir das doch zweimal mit der Post geschickt.«

»Ist nicht angekommen«, schnaufte Erwin. »Du kennst doch den Rudi.«

Ja, hätte ich sagen können, ich kenn den. Als recht zuverlässig. *Hätte* ich sagen können, ließ es aber vorsichtshalber bleiben. »Und als du dich nicht gemeldet hast, hab ich gedacht, das Grab bleibt frei.«

Erwin changierte ins Bläuliche. »Ja, was denkst du denn, wo ich mich später verbuddeln lassen möchte, du Pfeife? Hinten bei mir im Garten?«

16

»Stenden und Nieukerk haben auch einen Friedhof«, gab ich zu bedenken.

»Was soll ich denn in Stenden oder Nieukerk? Da kennt mich doch keiner!«

»Einäschern ist auch sehr im Kommen.«

Erwin schnappte kurz nach Luft. »Sehe ich nach Einäschern aus?«

Nein, dachte ich. Eigentlich nicht. Das Thema Seebestattung wollte ich erst gar nicht anreißen.

»Und wieso machst du auch Urlaub?«, schnaufte er.

»Äh …«

»Und lässt dich von der Büschkens vertreten?«

Ich zuckte entschuldigend mit den Achseln. Tja, das war ja im Nachhinein tatsächlich keine so gute Idee gewesen, mich in meiner Abwesenheit von der Gerda vertreten zu lassen. Gerda Büschkens war unsere Standesbeamtin. Die machten nur Mist im Standesamt!

Erwin stach mir einen fetten Finger entgegen. »Du regelst das, Werner!«

»Das kann ich nicht.«

»Klar kannst du das!«

Ich versuchte es noch mal zu erklären. Ganz vorsichtig. »Erwin, der Pachtvertrag für eure Grabstelle ist nach fünfundzwanzig Jahren abgelaufen. Parzelle 7, Reihe 10, Grabstelle 14, gültig bis Ende September 2012.«

»Das ist unser Grab«, maulte Erwin trotzig.

»Das war aber nur … zeitweise überlassen.«

»Ist immer unser Grab gewesen. Da haben sich alle dran gewöhnt!«

»Der Vertrag hätte verlängert werden müssen.«

»Schönes Grab. Direkt neben den Barmherzigen Schwestern. Waren wir alle zufrieden mit«, blieb Erwin hartnäckig.

»Und jetzt ist in meinem Urlaub der Hans Hennessen bei der Gerda Büschkens gewesen und hat nachgefragt, was an Altbestand im Moment zu haben ist. Die hat in den Unterlagen nachgeguckt, die Grabstelle war frei und da hat der Hans direkt für die nächsten fünfundzwanzig Jahre zugeschlagen.«

»Ich schlag auch gleich zu!«

»Erwin ...«

»Nix. Pass mal auf, du Sesselfurzer ...«

»Erwin!«

»Es ist mir scheißegal, wie du das hinkriegst, aber in dat Loch komm ich rein. Wenn et soweit is!«

Ich seufzte. »Erwin, es gibt auf dem Friedhof so schöne Grundstücke. Ganz am Ende vom Mittelweg ist gerade was ganz kurzfristig frei. Direkt neben dem Toni Hegmanns. Mit dem warst du doch befreundet. So ein lustiger Kerl! Und auf der anderen Seite der Direktor Baumanns. Das war ein ganz feiner Mann. Und so gebildet. Vier Sprachen hat der gesprochen. Vom Grab aus kannst du den ganzen Friedhof überblicken. Bis zur Kapelle. Da kannste immer von Weitem sehen, wer kommt. Da ist auch 'ne Bank.«

»Ich will nichts überblicken. Und eine Bank brauch ich auch nicht. Ich lieg ja.«

»Schon. Aber dein Besuch kann sich mal hinsetzen. Und das ist ein großes Grundstück. Da kriegen wir auch euren alten Grabstein prima wieder aufgestellt.«

Erwins pochende Stirnader drohte jetzt jeden Moment zu platzen. »Hier muss nichts wieder aufgestellt werden. Unser Grabstein schon gar nicht! Da wo wir liegen, liegen wir seit Generationen, der Stein steht da gut. Einen alten Baum verpflanzt man nicht. Steine und Tote auch nicht! Da muss nichts umgestellt werden, das bleibt alles so wie es is!«

Krach.

Schon wieder schepperte eine von Erwins tellergroßen Handflächen aufs Pressholz. Der hatte aber auch Hände. Erwin Stammen war der Dachdecker im Ort und machte sich ab und zu, wenn kleine Kinder zusahen, einen Spaß daraus, die kleinen Kupfernägel für die Dachrinnen ohne Hammer mit der bloßen, geballten Faust ins Holz zu jagen.

Erwin beugte sich ganz tief zu mir runter. Sein heftiger Atem pustete mir die Haare aus der Stirn. »Und der bekloppte Hennessen kriegt das Grab schon mal gar nicht, verstanden?«

Ich sammelte mich so weit, dass ich ihm gerade eine Antwort hätte entgegenstottern können, da wurde die Tür aufgerissen. Gerda Büschkens steckte vom Lärm angelockt besorgt ihren Kopf ins Büro. »Ist was?«

»Äh …«, sagte ich.

Erwin drohte mit dem Zeigefinger. »Regel das, Werner! Regele das! Sonst mach ich dir die Hölle heiß! Sonst werd ich am Sonntag ein bisschen mit meinen Brüdern telefonieren, dann bist du komplett am Arsch!«

Giftig warf Erwin seinen massigen Körper herum und verließ grußlos das Büro.

Gerda sprang hastig zur Seite, sonst hätte er sie niedergewalzt. Wäre mir persönlich jetzt auch egal gewesen. Die Gerda hatte damals Waltraud und mich standesamtlich getraut. Im Nachhinein auch kein glücklicher Moment.

Anderes Thema.

Jetzt betrat Gerda Büschkens neugierig das Zimmer. »Was hat der denn?«

Sie sei alles schuld, hätte ich sagen können, behielt mein unangenehmes, heikles Belegungsproblem aber erst mal für mich. Die Büschkens würde sowieso alles nur brühwarm weitertratschen. »Dem Erwin Stammen passt die neue Blumenbepflanzung auf der Hochstraße nicht.«

»Ach so«, pfiff die Büschkens. »Hab ich schon öfters gehört. Der kann sich aber aufregen. Sonst geht es dir gut?« Gerda Büschkens klimperte wild mit den Augenlidern.

Ich nickte eilig. Nachdem Waltraud vor knapp zwei Jahren über Nacht … also, sich unsere Wege plötzlich trennten, hatte meine alleinstehende Kollegin nach einigen diskreten Monaten ein gesteigertes, persönliches Interesse an meiner Person durchblicken lassen. Mein kategorisches *Nein* auf eine entsprechende Anfrage hatte sie als ein mildes, vages *Vielleicht* gewertet. In der Folge fragte sie regelmäßig nach, ob ich denn jetzt endlich wieder für eine Beziehung offen sei.

War ich nicht.

Schon gar nicht mit Gerda Büschkens.

Als ich nach einigen stummen Momenten endlich wieder alleine war, fragte ich mich, warum der Hennessen bekloppt war und ausgerechnet *er* die Grabstelle der Stammens *nicht* bekommen sollte. Was hatte der Erwin denn mit dem? Der würde mir doch wohl nichts Krummes unterstellen wollen, nur weil der Hennessen seinen Bauernhof gleich neben unserem kleinen Häuschen hatte. Hennessen und ich waren Nachbarn, mehr aber auch nicht. Im Gegenteil, wir konnten nicht besonders gut miteinander. Mit dem Hennessen konnte genau genommen keiner besonders gut.

»Ach.« Da fiel es mir ein. »Freiwillige Feuerwehr. Die Geschichte.«

Als altgedienter Brandmeister hatte Erwin Stammen die Löschgruppe Eyll der Freiwilligen Feuerwehr Kerken angeführt. Dann hatten sie eine Löschübung am Paulsen Kreuz im Feuerwehrhaus noch nachbesprochen. Alois Eickmanns hatte einen auf sein gerade geborenes Töchterchen ausgegeben, und der mittlere von den Quinders-Brüdern hatte irgendeine Prüfung bestanden. Bei der Feuerwehr bestand immer irgendwer gerade eine Prüfung.

Schließlich hatte der hackenstramme Erwin alle Kameraden im Feuerwehrauto nach Hause gefahren. Und dann auf dem Heuweg bei Gaelings die scharfe Kurve nicht richtig gekriegt. Komplett die Böschung runter. Das rote Auto ist erst im dritten Hühnerstall stehen geblieben. Alle unverletzt. Also, die Feuerwehrleute. Nicht die Hühner. Siebzehn Tiere hatte er sofort mit dem Wagen geplättet. Zwei Viecher waren mit Herzschlag tot von der Stange gekippt. Mindestens acht hatten seitdem kein einziges Ei mehr gelegt. Trauma, wahrscheinlich.

Die Polizei war irgendwie auch schnell da gewesen. Führerschein weg, und als Löschzugführer hatten sie ihn abgesetzt. Und wer wurde sein Nachfolger? Richtig. Hans Hennessen.

Damit ist der Erwin nicht klar gekommen.

Zumal sich hartnäckig Gerüchte hielten, dass es der Hennessen war, der mit seinem Handy sofort anonym die Bullen angerufen hatte. Mit dem Gaelings wären die sonst alleine klargekommen, man kennt sich ja. Atemschutzbeauftragter hatte er werden sollen. Hat er abgelehnt. Raus aus de Feuerwehr ist der Erwin gegangen. Verbittert. Nach all den Jahren.

Ich kratzte mich am Kopf und stand auf. Ich musste was tun. Unbedingt. Vielleicht mal mit Hans Hennessen reden.

»Erst mal ein Ortstermin«, entschied ich.

Mal ganz genau gucken, ob ich für den Hans Hennessen auf dem Friedhof ein schönes, finales Plätzchen – quasi als Tauschangebot - finden und ihm später anbieten konnte. Irgendwie musste dieses Dilemma ja zu lösen sein.

* * *

Ein halbes Stündchen später schritt ich in Aldekerk bei strahlendstem Sonnenschein von der Gartenstraße aus durchs halb geöffnete, eiserne Friedhofstor. *Der Tod ist das Tor zum Leben.* Ein schöner Spruch. Überhaupt: ein schöner Friedhof. Ich atmete tief ein.

»Ich liebe meinen Job, ich liebe meine Friedhöfe.«

Die hatten was Beruhigendes, so was Aufgeräumtes. Alles so in der Reihe, nebeneinander. Viele rechte Winkel, sauber und gepflegt. Ich sagte immer: Einmal Garten- und Friedhofsamt, immer Garten- und Friedhofsamt. Ich hätte nicht mal mit dem Bürgermeister persönlich tauschen wollen.

Und oft war es auch so lustig. Da kam mir auch gerade der alte Doktor Mölders entgegen.

»Hallo, Doktor. Ehemalige Patienten besuchen?«

»Hallo, Werner. Nee, nur meine Frau. Gucken, ob die noch da ist. Was machen die Hämorriden?«

»Denen geht es gut. Sind alle noch da. Die aufgekratzten Burschen.«

»Immer gut eincremen«, mahnte der Arzt und bog links ab.

Nach exakt 155 Schritten bog ich direkt vor dem Kalvarienberg links ab und erreichte das unmittelbar vor der alten Friedhofsmauer gelegene, breite Grab der Barmherzigen Schwestern und rechts daneben die Parzelle 7, Reihe 10, Grabstelle 14.

»Familie Stammen.«

Ein mächtiger Steinblock aus grobem Fels, moosig angegrünt, mit Kreuz und inzwischen vielen Namen und Daten, rustikal in den Stein geschlagen. Eine niedrige Buchsbaumhecke umrahmte das Grab, dezente Bepflanzung, in der Hauptsache Veilchen. Dazu eine Grablaterne mit roter Kerze. Ein durstiges Blumensträußchen welkte in einer dunkelgrünen Plastikvase. Wirklich eine schöne, alte Grabstelle. Und wahrscheinlich war es nicht verkehrt, sich am Jüngsten Tag in unmittelbarer Nähe der Barmherzigen Schwestern zu befinden. Die wussten sicher ganz genau, was zu tun war.

Ich runzelte nachdenklich die Stirn und ging grübelnd ein paar Grabreihen weiter bis ans Ende des Mittelweges. Und richtig: Gleich neben dem Grab vom Toni Hegmanns hatte der Friedhofsgärtner ein tiefes Erdloch ausgehoben, das jetzt schwarz, dunkel und leer vor sich hingähnte. Der eigentlich vorgesehene Mieter war abgesprungen und das Quartier kurzfristig frei.

»Auch eine schönes Plätzchen.«

Mit Bank. Zum Verweilen. Fast hätte ich mich hingesetzt. Ich nickte. Ich würde dem Hans Hennessen die Situation erklären, ihm diese feine Grabstelle zum Tausch anbieten und dann wären endlich wieder alle zufrieden.

Wo ich gerade mal da war, sah ich in der Friedhofskapelle, für die ich natürlich exklusiv einen Schlüssel hatte, kurz nach dem Rechten und machte mich auf den Weg, meinem Nachbarn Hans einen schnellen Besuch abzustatten und ihm das Wechselangebot zu unterbreiten.

* * *

»Auf keinen Fall!«

»Hans, bitte.«

Hans Hennessen hatte noch nicht mal den röhrenden Motor seines Traktors ausgemacht. »Kannste vergessen, Werner. Wieso sollte ich dem Stammen einen Gefallen tun? Ich hab eine schöne Ruhestätte gefunden, fertig.«

Mühsam gegen den Lärm seines Treckers anbrüllend hatte ich Hennessen die Lage erklärt, ihn angebettelt, um Ver-

ständnis gebeten, an seinen Verstand appelliert. Vergeblich.
»Du alter Sturkopf!«, rutschte es mir schließlich heraus.

Hans Hennessen verzog sein grobes Gesicht, kratzte sich mit einer Hand unter seiner zerknautschten Kappe und deutete mit der anderen auf das große, graue Güllefass, das hinter seinem Traktor an der Kupplung hing. »Pass gut auf, was du sagst, Bursche, sonst setz ich dir aus Versehen wieder den Garten unter Jauche.«

Ich schnappte nach Luft. Das hatte er schon mal gemacht. Aus Versehen. Damals, als ich die Polizei gerufen hatte, weil er bei böigem Westwind alte Autoreifen verbrannt hatte und ich in der fetten, schwarzen Rauchwolke, die über unser Grundstück trieb, fast erstickt wäre. Am Tag nach dem Polizeieinsatz war dem Hans das mit dem Jauchefass passiert. Ganz unglücklich, klar. Schlauch abgesprungen. Sicher … Drei Wochen lang hatte mein Garten dann nach verklappter Schweinescheiße gestunken und noch Monate später lockten festere Bestandteile Hunderte von fetten, glänzend-grünen Schmeißfliegen brummend zum Buffet.

Mann, was hatte die Waltraud damals mit mir geschimpft.

Anderes Thema.

»Ist das dein letztes Wort?«

Als Antwort legte er mit ausdruckslosem Blick vorne bei den Armaturen einen roten Kippschalter um und tippte aufs Gaspedal. Das Jauchefass furzte mit Karacho eine fette, braunschwarze Fontäne mitten auf die Fahrbahn.

Das reichte mir als Antwort. Hans hatte kein Interesse an dem Grab neben Toni Hegmanns.

* * *

Jetzt hätte ich sagen können, tja, da hat der Erwin Stammen eben Pech gehabt. Soll er seine Post lesen und beantworten, der Trottel. Aber ganz so einfach war das nicht.

Erwin hatte seine Brüder erwähnt. Seine Brüder waren Toiletten-Karl, Hans-Peter Stammen, der Dorf-Sheriff, Pastor Stammen, Bernhard von der Tankstelle und Schnipp-schnapp-Scholly. Ach ja. Und Rudi von der Post. Mit anderen Worten: Sich mit dem Stammen-Clan anzulegen kam einer menschlich-sozialen Selbsttötung gleich.

Oder können Sie sich ein Leben ohne Gas, Wasser, Toilettenspülung, Benzin, Post und Friseur vorstellen? Ein Leben ohne Gott? Aber mit exzessiver Verfolgung durch die Polizei?

Ich grinste. Aber noch hatte Erwin seine Brüder nicht eingeweiht. Und von dem ganzen Grabstellendilemma wussten nur Erwin, Hans und ich ... Ich hatte noch einen Trumpf im Ärmel. Einen Trumpft, den ich schon einmal erfolgreich ausgespielt hatte. Die ganze missliche, verfahrene Situation machte eine entschlossene Reaktion erforderlich.

Ich griff energisch zum Telefonhörer.

* * *

Ich warf einen Blick auf meine Armbanduhr. Und fuhr herum. Es hatte geklopft. Heftig. »Pünktlich wie die Maurer«, summte ich. Oder in diesem Fall: wie die Dachdecker. Ich trat an die Tür, schloss sie auf.

Draußen stand Erwin Stammen. »Warum denn ausgerechnet hier in der Friedhofskapelle?«, knurrte er, als er sich an mir vorbei nach innen drückte.

»Damit uns keiner sieht«, erklärte ich.

»Wann kommt der Hennessen?«, fragte Stammen.

Ich deutete nach hinten. »Hans ist schon da. Ich hab mich schon eine halbe Stunde vor dir mit ihm getroffen. Da konnte ich mit Hans schon was vorbereiten.«

»Aha«, knurrte der Dachdecker mit den vielen Brüdern und umkurvte eine grüne Schubkarre, die im Weg stand. »Auf die Idee, sich heimlich in der Friedhofskapelle zu treffen, kann auch nur so einer wie du kommen.«

Ich zuckte mit den Achseln, denn ich hielt das für eine ziemlich naheliegende Idee.

»Ach, da sitzt er ja!« Erwin hatte den Hans entdeckt, der mit dem Rücken zu uns in einem Sessel saß und wie immer seine verdötschte Mütze auf dem Schädel trug. Dann entdeckte Erwin das große Loch in der Kappe. Und das Loch im Kopf. »Was ist das ...?«, rief er.

Ich hatte mir inzwischen mit festem Griff den bereitgestellten Spaten gepackt und ausgeholt. Ich hatte nur einen Versuch. Gerade den kräftigen Erwin musste ich mit dem ersten Schlag erledigen.

Tat ich.

Mit gespaltenem Schädel stürzte Erwin Stammen stumm vornüber und riss im Fallen Hans Hennessen mit auf die schwarz-weißen Fliesen der Friedhofskapelle.

So. Das hatte geklappt. Ich stellte den Spaten beiseite und warf einen Blick auf die beiden Streithähne. Da lagen sie nebeneinander auf den kalten Kacheln. Ach, sie würden sich aneinander gewöhnen müssen. Für eine lange Zeit.

Nur tot würden sie mir jetzt keinen Ärger mehr machen. Erwin mit seinen Brüdern, Hans mit seiner Gülle. Jetzt würde ich sie mit der Schubkarre schnell zu Toni Hegmanns fahren.

Sicher, man würde die beiden vermissen, aber finden, finden würde man die ganz unten im Grab neben dem von Toni

Hegmanns nie. Meine Waltraud, für die ich vor zwei Jahren auch kurzfristig eine hübsche, nicht belegte Grabstelle ausgesucht hatte, hat schließlich auch niemand gefunden.

Anderes Thema!

Hasi soll nicht sterben

Beate. Beate heißt meine Frau. So ist die nett. Sie sieht jetzt nicht aus wie Angelina Jolie, aber … ich bin ja auch nicht Brad Pitt. Auf dem ersten Blick. Beate ist ein paar Jahre jünger als ich. Und Krankenschwester, das war mir wichtig. In der Kombination. Damit sie mich im Alter pflegen kann.

Tja, ob das noch was wird?

Beate schreit nämlich so. Immer. Vor Spaß, vor Schmerz, vor Wiedersehensfreude. Oder einfach so. Fällt einem anfangs gar nicht so auf, nervt aber dann doch. Mit der Zeit, wenn man erst mal drauf achtet. Is schlimm. Geht richtig auf die Ohren.

Insbesondere schreit meine Frau, wenn sie irgendwo im Haus auf eine Spinne trifft. Dann schreit sie. Ganz spitz. Wie von Sinnen. Kann man als Mann gar nicht nachmachen …

So wie jetzt.

»Mach sie weg!«

Sie brüllt. Auf Schreien folgt Brüllen. So ein lautes, bohrendes Keifen.

Ich beeil mich und hetz in den Kellerabgang, wo sie mich am ganzen Körper zitternd erwartet.

»Da unten. In der Ecke. Sie glotzt mich an. Mach sie tot!«

Das klirrt richtig im Kopf. Ich hab direkt so ein Pfeifen in der Muschel.

Ich beuge mich runter und pflücke ein zugegebenermaßen recht großes, haariges Teil vom Marmor. Ganz behutsam, ganz vorsichtig. Junge, Junge, das Vieh hat aber auch ein Fell.

Schwarz und wuschelig. Wie seinerzeit die behaarte Rettungsschwimmer-Brust von David Hasselhoff.

»Mach das Tier platt!«

»Komm her, Hasi«, flüstere ich.

Ich werde das Tierchen natürlich *nicht* plätten. Ich töte keine Tiere.

Als Beate am nächsten Tag die Haustür hinter sich schließt, um bei strahlendstem Sonnenschein zum Spätdienst ins Krankenhaus aufzubrechen, blicke ich ihrem Wagen vom Wohnzimmerfenster aus hinterher und seufze. Auf der kurvenreichen Landstraße wird Beate gleich die Sonnenblende herunterklappen.

Dann wird Hasi sich abseilen. Oder ihr gleich in den Schoß fallen.

Ich hoffe nur, dass Hasi den Unfall überlebt …

Hartmann und die Hexen

Verdammt! Jetzt wurde es aber auch wirklich allerhöchste Zeit. Hartmann strich sich eine verschwitzte Strähne hinters Ohr. Mann, die verschisselte, dritte Seitenstraße und immer noch keine Apotheke in Sicht. Verdammt!!

Hektisch warf er einen Blick auf die Uhr. In siebzehn Minuten fuhr der verflixte Bus. Und den musste er kriegen, wenn er noch irgendwie … Aber zuerst musste er wissen, was es mit diesem merkwürdigen Wirkstoff in Tante Rias Herztabletten auf sich hatte. Penelaxan. Und er musste wissen, ob seine alte Erbtante in der Lage war, aus einem Dutzend zerbröselter Tabletten einen geschmacksneutralen Giftcocktail zu mixen. Vielleicht verdächtigte er sie ja grundlos und hörte mal wieder die Flöhe husten. Und bei einem zu erwartenden Erbe von knapp zwei Millionen Euro wollte er sich als Lieblingsneffe bei seinem weiteren Vorgehen absolut sicher sein, bevor er in ihrem Altenheim ein Fass aufmachte und sie wegen Mordes bei der Polizei verpfiff.

Andererseits, wenn er den Bus nicht erwischte und sie tatsächlich für die in den letzten vier Wochen dramatisch angestiegene Zahl von plötzlichen Herzstillständen verantwortlich war, dann, ja dann würde sie womöglich in einer halben Stunde den nächsten Mitbewohner ins Jenseits zerbröselt haben.

Noch sechzehn Minuten!

Und diese eine, kleine Auskunft könnte ihm jeder drittklassige Apotheker in wenigen Sekunden geben, wenn er nur endlich einen finden würde!

Da! Gott sei Dank! An der nächsten Häuserzeile hing ein beleuchteter Lockvogel mit Schlange. Hartmann beschleunigte. Und ...

»Mist.«

Das tat auch die Alte, die sich aus ihrer Dreiergruppe gelöst hatte und ihm auf dem Gehweg entgegenkam. Er legte noch einen Schritt zu, um vor ihr am Tresen zu stehen. Hm, das hatte sie, halb blind, wie sie mit Sicherheit war, doch irgendwie mitbekommen. Sie ließ Gicht Gicht sein und beschleunigte ebenfalls. Und tatsächlich humpelte sie vor ihm über die Schwelle zur Apotheke. Über die Ziellinie.

»Hihi«, lachten ihre beiden Freundinnen, die die Oma vor dem Laden zurückgelassen hatte. Dann drehte Großmütterchen sich zu Hartmann um und grinste ihn schief an.

»Hexe«, zischte Hartmann.

Im Laden war es stickig. Des Hundertjährigen ältere Schwester roch muffig und ein bisschen nach Schwefel. Hartmann glaubte nicht an Hexen.

Für das Öffnen ihrer beigefarbenen Handtasche brauchte sie siebenundzwanzig Minuten.

Hartmanns Bus fuhr in fünfzehn Minuten!

Um ein Rezept gegen Blasenschwäche aus den Tiefen ihres schwarzen Portemonnaies mit Klickverschluss zu holen, brauchte sie weitere zwei Tage. Es wurde dunkel und wieder hell und wieder dunkel und wieder hell.

»Da isset doch schon.«

Hartmann fuhr sich über den frischen Zweitagebart. Mach hin, Oma! Er brauchte doch nur eine Auskunft. Aber der Apotheker im weißen, fleckenreinen Kittel hatte jeden Blickkontakt mit Hartmann vermieden. Es sind die Knittrigen, die die Kohle bringen. Und hier, so war die Botschaft, ging es immer schön der Reihe nach. Er fischte freundlich lächelnd eine kleine Packung aus dem Regal hinter sich und reichte sie über den Tresen.

Omi machte einen Buckel, zeigte auf ihren Stock und unkte mit schwacher, flatteriger Stimme: »Haben Sie nicht eine größere Packung für mich, sonst bin ich doch nächste Woche schon wieder am Rennen. Ich kann in letzter Zeit doch so schlecht.«

Weißkittel verschwand wieder nach hinten.

»Lohnt sich eine große Packung denn noch?«, flüsterte Hartmann ihr über die Schulter ins Ohr.

»Unverschämtheit!«

»Das warme Wetter geht doch ganz schön auf die Pumpe, oder?«

Sie machte einen Hexenschritt zur Seite. »Sie Flegel!«

Weißkittel kam zurück und wuchtete eine Familienpackung auf den Tresen, die ausreichte, ein mittelgroßes Pflegeheim mehrere Wochen lang zu versorgen. »Da muss aber noch was dazugezahlt werden.«

Das hatte Hartmann befürchtet. Noch knappe zwölf Minuten.

Sie öffnete ächzend wieder ihre Handtasche. Es wurde Herbst, die Bäume warfen ihr welkes Laubwerk zu Boden, die Bären im Grafenberger Wald suchten sich ein bequemes Plätzchen für den Winterschlaf. Hartmann dachte an aktive Sterbehilfe.

»Wie viel macht das denn?«

»Fünf Euro und zweiundsiebzig Cent.«

»Wie bitte?«

»Fünf Euro und zweiundsiebzig Cent.«

»Fünf Euro?«

»Und zweiundsiebzig Cent.«

»Fünf Euro zweiundsiebzig.«

»Genau.«

»Moment«, murmelte sie, »das müsste ich passend haben.«

Auch das hatte Hartmann befürchtet.

Sie leckte sich die Fingerspitzen, fischte einen Fünf-Euro-Schein aus dem Portemonnaie und zählte mit knotigen Zitterfingern sorgfältig das Hartgeld ab.

»So.«

»Zweiundsiebzig«, wisperte der Apotheker milde.

»Ja.«

»Das sind zweiundsechzig«, erklärte er sanft.

»Was?«

»Das sind zweiundsechzig. Da fehlen noch zehn Cent.«

»Noch zehn Cent?«

»Ja, dann sind es zweiundsiebzig«, sagte Weißkittel.

»Zehn Cent. Aha. Da habe ich doch gerade noch einen gesehen. Hier. Nein, das ist ein Zwanziger. Die sehen aber auch alle so gleich aus. Zwanziger gab es ja auch früher gar nicht. Aber hier, nee. Aber jetzt, der hier. Da ist er ja schon, der schlimme Zehner.«

»Das ging ja flott«, knirschte Hartmann.

Vier Tage später hatte die Blocksbergoma das Paket tief in ihrer Handtasche vergraben. Sie nickte Weißkittel freundlich zu. Fast wäre sie gegangen. Fast wäre Hartmann dran gewesen. Fast wäre ihr einiges erspart geblieben.

»Ach«, stöhnte sie. »Jetzt hätte ich es beinahe vergessen. Ich brauche noch neue Einlagen. Für meine Schuhe. Die genaue Größe weiß ich jetzt aber nicht. Ich kriege sonst immer welche mit so dünnen, roten Streifen an der Seite.«

»Ich weiß schon«, nickte Weißkittel. »Die habe ich hinten im Lager. Die muss ich eben schnell holen gehen. Dann legen wir die Ihnen ins Schuhwerk, und Sie schlüpfen ganz, ganz schnell hinein und probieren einfach die Größe aus.«

Die Blocksbergoma warf Hartmann einen hinterhältigen, gemeinen Blick zu und gibbelte heimtückisch. »Dann zieh ich schon mal die Schuhe aus.«

Weißkittel schlich nach hinten. Hartmann warf einen Blick aufs Zeiteisen. In sieben Minuten fuhr der Bus. Und er hatte es eilig. Sehr eilig!

Er trat hinter die Hexe und riss ihr mit einem Ruck den geblümten Schal vom Hals.

»He, was machen Sie denn … grmmpf?«

Blitzschnell zog Hartmann ihr den Stoffstreifen durch den Mund, packte sie am Kragen und schob sie auf eine Tür im linken Teil des Ladens zu. Der Schlüssel steckte von außen. Er lugte über den Tresen nach hinten, aber der Pillendreher hatte Omis an den Seiten rot gestreifte Einlagen noch nicht gefunden.

»Grmpf.«

Hartmann öffnete mit der Rechten die Tür. Eine Besenkammer. Na prima, das passte ja! Wo sie sonst nur auf welchen ritt! Er schob sie samt Knebel in die Kammer.

»Wenn du dich in den nächsten fünf Minuten muckst, komm ich zu dir nach Hause, verbrenne deinen schwarzen Kater, breche deinen Besen in zwei Stücke und klau dir die Rente!« Hartmann drückte die Tür zu und schloss ab. Hastig sprang er zurück zur Theke. Prima. Es roch noch ein bisschen schwefelig, aber sonst erinnerte nichts mehr an Harry Potters Großmutter.

Der Apotheker kam zurück, zwei Paar Einlagen in der Hand und runzelte die Stirn. »Wo ist die ältere Dame denn hin?«

»Rausgegangen«, erklärte Hartmann ruhig. »Sie hat irgendwas von einem Salsa-Kurs genuschelt, den sie vergessen hätte. Aber was anderes. Ich brauch mal ganz schnell eine Auskunft.«

Zwei Minuten später hatte Hartmann eine Menge gelernt über Wirkung, Zusammensetzung und die Gefahren einer Überdosis Penelaxan. Mit Wasser gemischt war das Zeug praktisch geschmacksneutral. Und er hatte erfahren, dass selbst seine teilsenile Tante Ria in der Lage war, das Zeug klein zu hacken und zusammenzumanschen. Was sie – da war sich Hartmann jetzt sicher – ohne Zweifel auch vorhatte.

Noch drei Minuten!

Erbschaft hin oder her: Hartmann musste was tun!

Er hastete grußlos aus dem Laden. Und rannte fast die beiden zerknitterten Freundinnen seiner Blocksbergoma um, die auf dem Gehweg rumlungerten. Eine hatte einen Raben auf der Schulter. Die Großmutter! Die hatte er glatt im Schrank vergessen.

»Eure faltige Freundin steckt drinnen in der Besenkammer!«, rief Hartmann und ging zügig weiter. Zu mehreren war die runzlige Brut des Grauens besonders gefährlich. Eine der Schrullen mit blau eingefärbter Dauerwelle drohte mit dem Besen hinter ihm her.

Einmal um die Ecke, da war die nächste Haltestelle. Leer! Keine Menschenseele im Wartehäuschen! Lange konnte der Bus also noch nicht weg sein.

Was sollte das denn? Was war passiert? Ja. Wahrscheinlich hatte die Alte aus der Besenkammer ihn mit einer Reihe von bösen Flüchen belegt: Haarausfall, die Toten Hosen lösen sich auf, im *Uerige* gibt es nur noch Kölsch, und das Radschlagen in der Düsseldorfer Altstadt wird verboten.

Und sie hatte gemacht, dass der 726er Bus zum ersten Mal seit Erfindung der Haltestelle pünktlich war.

Hartmann glaubte nicht an Hexen … eigentlich.

Äpfelchen

Doch. Da gab es nichts!

Franz-Gerd Wormanns war zufrieden. Eindeutig. Sein Büro war das beste im ganzen Kerkener Rathaus. Ganz sicher! Zwar gab es größere Räume, die angenehmer geschnitten waren. In manchen Büros war die Einrichtung neuer. Und sicher hatte es seinen Reiz, sich ein schmuckes Gemeinschaftsbüro mit der süßen, kleinen Keens zu teilen, aber … Nein. Sein Büro war das beste!

Franz-Gerds Blick fiel auf die runde Wanduhr. Kurz vor halb acht. Er trat ans Fenster. Genau genommen trat er an *das* Fenster. Das Fenster, das dieses Büro zum heißesten Raum im ganzen Gebäude machte.

»Herrlich«, flüsterte er und strich sich durch den lichten, weißen Haarkranz. Denn sein Büro war das einzige, das über ein Fenster zur schmalen Kirchstraße hin verfügte. Und diese Aussicht war atemberaubend.

Richtig, auch der Blick auf den gerade neu gepflasterten Kirchplatz mit seinem alten Baumbestand war beeindruckend. In den kleinen Buntglasfenstern der prächtigen St. Dionysius-Kirche spiegelte sich gerade in den frühen Morgenstunden funkelnd das strahlende Sonnenlicht. Das war schön.

Schön, ja. Mehr aber auch nicht.

Da hatte die exklusive Sicht auf die Kirchstraße und das Häuschen der alten Fronhoffs deutlich mehr zu bieten …

Er blickte auf die Uhr. Noch zwei Minuten. Jetzt war er aber doch schon wieder ein klein wenig aufgeregt.

Anni Fronhoffs hatte ihre kleine Appartementwohnung oben links nämlich vor zwei Monaten an die neue, junge Lehrerin vermietet, die jetzt an der Nieukerker Mariengrundschule ihr Referendariat ableistete und kleinen Kerkener Mädchen und Jungs das Einmaleins beibrachte.

Das war ein Glücksfall.

Für Nieukerk.

Und für ihn ...

Denn hier von seinem gemütlichen Büro aus konnte er in die kleine Wohnung hineinspähen. Nicht einfach so. Er musste sich schon ganz nach links in die Ecke zwängen und seine Wange hart gegen die glitschige Fensterscheibe drücken. Aber dann, dann hatte er ihn. Den direkten Blick in die Wohnung.

In die Wohnung von Annette Schaper-Görtz, geboren am 14. März 1988 und vor nunmehr exakt 59 Tagen aus Essen-Kupferdreh nach Nieukerk gezogen. Franz-Gerd Wormanns hatte das nachgehalten, als er eine Etage tiefer bei Werner Jepkens im Büro war. Werner Jepkens macht Ausweise, Pässe und das Einwohnermeldeamt. Und er hatte eine schlimme Reizblase, die einmal die Stunde hartnäckig auf sich aufmerksam machte. Das hatte ihm die Möglichkeit gegeben, mal ganz schnell im Computer nachzugucken.

Franz-Gerd musste einräumen, dass sich in den 59 Tagen ihrer ... Bekanntschaft eine gewisse, menschliche Nähe eingestellt hatte und er schon hatte wissen wollen, wie seine kleine Lehrerin mit Vornamen hieß.

»Jetzt! Halb acht. Gleich. Gleich geht´s los!«

Er fuhr sich aufgeregt mit der Zungenspitze zwischen die Lippen. Denn das I-Tüpfelchen war, dass er nicht etwa in eine langweilige Küche oder in ein doofes Wohnzimmer gucken konnte, nein, er blickte durch das Fenster geradewegs in das Badezimmer der neu Zugezogenen.

44

»Klasse!«

Franz-Gerd ging steil auf seine Pension zu und hatte wirklich nicht damit rechnen können, dass seine verbleibenden vier Monate im Beamtendienst noch mal auf so delikate Art und Weise versüßt werden würden.

Das war Glück! Glück, Glück, Glück. Das Glück des tüchtigen, aufrichtigen Kommunalbeamten. Glück, das er sich nach beinahe vierzig Jahren im Öffentlichen Dienst verdient hatte! Quasi als spätes, unverhofftes Dankeschön seines Dienstherrn.

Da! Er rieb sich die Hände.

»Los geht's!«

Auf der gegenüberliegenden Seite öffnete sich die Badezimmertür. Er presste sein Gesicht gegen die Scheibe. Aufpassen! Jetzt nicht so heftig atmen, sonst beschlägt die Scheibe wieder!

Oh ja. Nackt, wie ein prächtig aufgelegter Gott die süße Annette an einem besonders guten Tag geschaffen hatte, betrat sie das Bad, drehte sich Richtung Dusche und präsentierte ihm ihre fantastische Rückenpartie. Und die Partie ein wenig tiefer!

»Sagenhaft«, stöhnte Franz-Gerd. »Dieser Po. Diese Backen. So fest, so stramm, so knackig! Wie … Äpfelchen.«

Und jetzt. Ja, jetzt winkelte sie ein Knie an und stieg filigran über die weiße Kante in die Duschtasse. Grazil. Bezaubernd. Diese Anmut!

»Maler müsste man sein«, flüsterte Franz-Gerd, einmal mehr ehrlich beeindruckt und mit laut pochendem Herzschlag.

Und jetzt: Ja, das war immer schade. Mit einer fließenden Handbewegung, locker aus dem hübschen Handgelenk, zog sie den Duschvorhang hinter sich zu. Den leider dunkelblauen Duschvorhang. Dunkelblau und blickdicht.

Seine linke Gesichtshälfte löste sich mit einem schmatzenden Flutsch von der Fensterscheibe. Da konnte man nichts machen.

Und er würde so gerne zusehen, wenn sie sich anmutig im heiß dampfenden Strahl einer morgendlichen Dusche aalte. Wenn sie kräftig und mit festem Griff sicher angenehm duftendes Duschgel auf ihren ebenmäßigen, jugendlichen Körper massierte, um es mit entspanntem Blick und prickelndem Wasserstrahl anschließend wegzuspülen.

Franz-Gerd stöhnte. Er mochte es sich gar nicht ausdenken. Hatte es aber natürlich in vielen Tagträumen bereits gemacht ... Aber: Da konnte man nichts machen. Hatte er alles durchgespielt. Er hatte überlegt, bei ihr einzubrechen und den Duschvorhang zu klauen. Dann hätte sie ein paar Tage lang gar keinen gehabt. Und würde sich später vielleicht einen modernen, durchsichtigen kaufen. Maximal mit kleinen Fischmotiven drauf ...

Aber das war ihm doch zu heikel. Sie sollte sich in ihrer Wohnung ja wohlfühlen. Frei und locker. Nicht, dass sie sich ob des Einbruchs entsetzt eine neue Wohnung suchte. Nein, diese sicher verlockende Idee hatte er schnell wieder verworfen.

Neulich hatte er die Idee, ihr einen neuen, durchsichtigen Duschvorhang mit der Post zukommen zu lassen. Als fingierten Gewinn eines Preisausschreibens getarnt. An dem sie natürlich nicht teilgenommen hatte, aber da mochte sich der Veranstalter eben geirrt haben. Eine überraschende Gewinnausschüttung zu ihren Gunsten. So was kam vor. Dieser Idee hing er noch nach, da musste er noch dran arbeiten.

»Schon eine doofe Erfindung, so ein Duschvorhang.«

Sein Blick fiel auf die Bürotür hinter sich, die er nicht verschlossen hatte. Abschließen, das würde auffallen. Niemand hier im Rathaus schloss sein Büro ab. Gut, die Marita vom Garten- und Friedhofsamt hatte seinerzeit ihr Büro immer abgeschlossen, als der nette Praktikant damals ... Aber das hatte seine ganz besonderen Gründe gehabt. War schließlich auch aufgefallen und beim Bürgermeister nicht so gut angekommen.

Franz-Gerd seufzte. Das war ja auch der Grund, warum er den dicken Feldstecher von Senior Wormanns, Gott hab ihn selig, nicht mehr mit ins Büro nahm. Klar, das wären natürlich noch bessere Eindrücke und Ansichten gewesen. Schon sehr spannend, als er das freche, drollige Tattoo auf Annettes Hintern entdeckt hatte. Ein rotes, böse grinsendes Teufelchen mit Dreizack. Spitze! Und das Muttermal direkt neben ihrem feinen Bauchnabel, in dem sie ein provokantes Piercing trug ... Super!

Aber dann war plötzlich die langweilige, mit dicken Aktenordnern bepackte Cladders ins Büro gestürmt und hatte ihn mit dem Fernglas vorm Gesicht aus dem Fenster starrend entdeckt. Die Cladders arbeitete im Standesamt. Denen war sowieso nicht zu trauen.

»Was machen Sie denn da?«

»Blaumeisen. Schwarze Blaumeisen. Ganz selten. Brüten genau gegenüber«, hatte er gehaspelt, sich einen misstrauischen Blick eingefangen und seitdem auf verschärfende Hilfsmittel verzichtet.

Die Annette war auch so scharf genug. Er lächelte.

Da. Da war sie wieder! Und wie! Nass. Mit triefenden, langen, schwarzen Haaren ... Oben. Auf dem Kopf. Unten trug sie nichts.

»Oh Mann!«

Dieser Körper. Sportlich, muskulös, athletisch ... Natürlich, sie unterrichtete die Fächer Mathematik, Musik und

Sport. Er hatte sich an der Schule unter falschem Namen erkundigt.

»Die langen Beine, der Hals. Und ihre beiden ... Super! Wohlgeformt, stramm, fest. Feines Obst. Wie ... Äpfelchen!« Es fiel ihm einfach nichts Besseres sein.

Elfengleich schlüpfte sie jetzt in einen rosafarbenen Frotteebademantel und verließ das Badezimmer.

Franz-Gerd Wormanns hatte endlich wieder Zeit zu atmen. Fast ein wenig erschöpft ließ er sich hinter dem Schreibtisch in seinen Bürostuhl fallen. Oh ja, es würde ihm wie jeden Morgen schwer fallen, sich seinen bauamtlichen Vorgängen zu widmen. Mochten sie aus ordnungsrechtlicher Sicht auch noch so interessant erscheinen.

Gleichwohl klappte er pflichtbewusst einen roten Aktenordner auf, als sich plötzlich mit einem Ruck die Bürotür öffnete.

»Guten Morgen, Franz«, grüßte ihn der Bürgermeister.

»Oha, guten Morgen, Herr ...«

»Bleiben Sie sitzen! Franz, ich hab es ein bisschen eilig und mache es ganz kurz. Ich hab gestern in kleiner Runde mit meinen Vertretern zusammengesessen. Sie haben ja sicher von meinen Plänen gehört, hier in der Verwaltung personell ein wenig was zu verändern. Kurzum: Das wird auch Sie treffen. Ich bitte Sie, bis nächsten Montag das Büro zu räumen und zu Strucks ins Zimmer 44 zu wechseln. Das ist groß, liegt im Erdgeschoss. Sie müssen mit Ihrem Rücken auch keine Stufen mehr steigen!«

Franz-Gerd Wormanns klappte der Mund auf. »Aber ... aber die Äpfelchen!«

»Bitte?«

»Äh, ich meine. Aber ich habe doch nur noch vier Monate. Und ich bin doch hier richtig ...«

Der Bürgermeister verdrehte genervt die Augen. »Franz, das ist alles Teil eines großen Umstrukturierungsprozesses, den ich im Einzelnen nicht erläutern kann. Wie Sie wissen, fliege ich übermorgen nach Amerika und bis dahin will ich alles auf den Weg gebracht haben, um dann in zwei Wochen richtig durchstarten zu können.«

Franz-Gerd blinzelte hilflos.

Der Bürgermeister strich über seine teure Seidenkrawatte und blickte jäh auf seine Armbanduhr. »Huch. Schon halb acht durch! Ich muss weg. Fangen Sie am besten gleich an, alles einzuräumen. Wenn Sie Hilfe brauchen, äh … suchen Sie sich jemanden!«

Der Bürgermeister schlug hinter sich die Tür forsch und laut krachend in den Rahmen, Franz-Gerd entsetzt die Hände über dem Kopf zusammen.

»Mein Gott«, murmelte er. Er blickte auf seine Akten, dann durch das Fenster. »Ein neues Büro? Was wird denn jetzt aus meinem Halb-Acht-Termin?«

An diesem Bürotag bekam er überhaupt nichts mehr gebacken. Versehentlich genehmigte er einem Landwirt aus Winternam einen weiteren Schweinestall und aus lauter Fratz strich er dem alten Bloemers die geplante Erweiterung seiner Doppelgarage.

In seiner Sache wollte ihm einfach keine Lösung einfallen. Weder im Dienst, noch später auf dem Heimweg bei Ellen und Anita an der Theke. Ihm fiel nichts ein. Aber …

»Nein.«

Das wollte er nicht so ohne Weiteres hinnehmen. Dieses kleine, morgendliche Ritual wollte er sich nicht nehmen lassen. Das war genau die richtige Motivation, seine restliche Dienstzeit hier im Kerkener Rathaus auf würdige Art und

Weise an ein gnädiges Ende zu führen. Das hatte er sich verdient! Prickelnd. Prickelnd sollte es bleiben! Bis zum Schluss.

Aber was jetzt? Der Bürgermeister war für seine klaren Ansagen bekannt. Sie waren nicht immer richtig, aber sie waren klar. Auf ihre kompromisslose Art. Wenn der sich was in den Kopf gesetzt hatte, dann zog der das auf Biegen und Brechen durch. Aussitzen war da kein Thema. Inhaltlich war in der Angelegenheit nichts zu erwarten.

Sich im Büro einzuschließen würde auch nichts bringen.

Franz-Gerd strich sich übers Kinn. Der Bürgermeister flog nach Amerika. Wenn er denn in Amerika einen Unfall hätte. Oder auf dem Weg dorthin das Flugzeug abstürzen würde.

»Das wäre Glück«, murmelte Franz-Gerd.

Anita blickte von der anderen Seite des Tresens auf. »Was sagst du, Franz?«

»Äh … nichts«, stotterte er und nippte am Altbierglas.

Ein Flugzeugabsturz. Gut, damit konnte man aber nicht rechnen. Vielleicht, wenn man nachhalf … Eine Bombe? Ein bisschen Sprengstoff würde sich in Senior Wormanns Hobbykeller ganz hinten bei den verstaubten Kisten sicher noch finden. Senior Wormanns hatte nach dem Krieg mit selbst gebastelten Bomben die Fische aus dem Eyller See an die Wasseroberfläche gesprengt. Und später den Rasen hinterm Haus mit kleinen Ladungen maulwurffrei gebombt. Für ein kleines Loch in der Bordwand würde die Menge sicher reichen.

Andererseits. So viele unschuldige Opfer. Da konnten die ja nichts dafür, wenn der Bürgermeister aus Kerken einem verdienten Mitarbeiter der Kommunalbehörde die Zeit bis zur Pension versaute. Nein, bei Anlegen eines sehr, sehr strengen Maßstabes war das Herbeiführen eines Flugzeugabsturzes wahrscheinlich unverhältnismäßig.

Franz-Gerd nippte nachdenklich am Bierglas und spürte plötzlich ganz genau, dass er auf dem richtigen Weg war. Er musste ja nicht gleich ein Flugzeug vom Himmel holen, aber…

»Anita, tu mir mal noch ein Alt«, grinste er böse.

Denn er hatte eine Idee.

Dass irgendetwas nicht stimmte, merkte er sofort, als er drei Tage später das Rathaus betrat. Noch im Flur fiel ihn die Cladders an.

»Herr Wormanns, haben Sie es schon gehört?«

»Was?«

»Na, das mit dem Bürgermeister?«

»Was mit dem Bürgermeister?«

Sie rieb sich hektisch die Handflächen. »Na, dass unser Bürgermeister ein Terrorist ist?«

Wormanns schob scheinbar erstaunt die Augenbrauen in die Höhe. »Ein Terrorist?«

»Ja. Die Amerikaner haben unseren Bürgermeister bei der Einreise festgenommen und eingesperrt. Kam sogar schon im Radio. An seinem Reisepass hat man Spuren von Sprengstoff gefunden. Und dann befanden sich in seinem Pass arabische Schriftzeichen. Terrorverdacht. Der sitzt sicher schon in Guantanamo!«

Wormanns nickte ernst und legte dann beruhigend eine Hand auf die bebende Schulter seiner Mitarbeiterin. »Ich bin sicher, dass sich das alles aufklären wird. Nun gut, es wird ein paar Monate dauern, aber ich glaube nicht, dass unser Bürgermeister ein Terrorist ist.«

Die Cladders blinzelte nervös, Wormanns ging federnden Schrittes in sein Büro und warf zufrieden die Aktentasche auf seinen Schreibtisch.

Tatsächlich hatte er Sprengstoffreste in Senior Wormanns Bastelkeller gefunden. Und es war ja klar, dass der Bürgermeister sich seinen neuen Pass mit den biometrischen Daten für die Vereinigten Staaten im hiesigen Amt würde ausstellen lassen. Jetzt kam noch die Reizblase von Werner Jepkens dazu, die es zum Kinderspiel machte, ein bisschen Sprengstoff in den Pass zu pudern und ein paar arabische Schriftzeichen in den Ausweis zu kritzeln.

Gerne hätte er sich noch am Gelingen seines Plans ergötzt, denn es war klar, dass die Umstrukturierung erst mal auf Eis gelegt werden würde, aber es war kurz vor halb acht.

Und er hatte einen Termin.

Er legte seine Wange an die Fensterscheibe und flüsterte: »Äpfelchen.«

Kanadischer Charme

Mein Blick strich durch die dunklen Fensterrahmen dieser kleinen, abgelegenen Hütte nach draußen über die raue, unzerstörte Landschaft des Hohen Venn. Verdammt, hier wollte ich nicht tot überm Zaun hängen. Auch im wörtlichen Sinne nicht. Deshalb war ich ja hier.

»So, lieber Dirk, Wurst mit Senf aus Monschau. Ich habe mir sagen lassen, dass Gott in der Eifel war, als er den Senf erfand.« Er knipste mir ein Auge.

Ich grinste unverbindlich.

Von meinem Cousin wusste ich nicht viel. Mark hatte seine Brötchen in den letzten gut zwanzig Jahren in Toronto verdient. Als sehr erfolgreicher Fotograf. Im Ersten lief neulich sogar eine Reportage über ihn und seine *aussagekräftigen* Portraitfotos. Unrasierte, kantige Männergesichter und magere Frauen mit geprügeltem Blick.

Kunst, eben.

»Was verschlägt dich nach all den Jahren aus dem fernen Kanada hierhin in die Eifel?«

Er schob sich ein Stück Wurst zwischen die Zähne. »Ich brauchte dringend eine Luftveränderung, musste da raus. Zumindest für eine Weile bin ich hier in der Eifel gut aufgehoben. Ich werde wohl einige Zeit als Fremder, als Zugereister durchgehen, aber ich habe schon ein paar sehr interessante Menschen kennen gelernt.«

Ich grinste innerlich. Auf der Anrichte im Bad stand ein teures Damenparfüm, hinterm Sofa hatte ich einen schwarzen Seidenstrumpf mit Spitze entdeckt und im Schrank eines

55

Art Gästezimmers hing außen links ein blaues, unlängst getragenes Negligé. Ich hatte mich bei Gelegenheit gründlich im Haus umgeguckt. Eine alte Angewohnheit.

»Und wie komme ich zu der Ehre deines Besuchs?«, fragte Mark.

»Tante Rita hat mir erzählt, dass du wieder in Deutschland bist. Von ihr habe ich deine Adresse. Ich war beruflich in der Nähe und dachte, ich schau mal bei meinem Cousin vorbei. Schön wohnst du hier!«

Ich hatte Murks gebaut, keine Frage! Sie würden ein Exempel statuieren müssen. Und mir war klar, dass dieses Exempel die Form einer Neun-Millimeter-Kugel haben sollte, die mir jemand von hinten quer durch den Schädel jagt. Ich musste sofort von der Bildfläche verschwinden. Wie schön, dass Mark ausgerechnet jetzt eine Art Heimweh bekommen hatte.

»Du musst unbedingt über Nacht bleiben«, erklärte er. »Ich habe ein kleines, gemütliches Gästezimmer und mache uns morgen ein deftiges Frühstück. Glaub mir: Die Eifel hat eine Menge zu bieten.«

Ich dachte an das Negligé. Sicher!

Demonstrativ blickte ich mit gerunzelter Stirn nach draußen in den dunklen Abendhimmel. »Das Angebot nehme ich gerne an. Ich bin, ehrlich gesagt, hundemüde.« Dabei reckte ich leise ächzend die Knochen. Ich musste ihm ja nicht auf die Nase binden, wie lange ich wirklich vor hatte zu bleiben. Das würde er früh genug merken.

Cousin Mark stand auf, öffnete einen Küchenschrank und murmelte, mir den Rücken zugewandt: »Schön. Und bevor wir uns hinlegen, gibt´s noch einen Kräuterschnaps. Starkes Zeug, kann man prima von schlafen.«

Ich musterte seine schlanke Figur. Mark hatte sich gut gehalten. Er war 47, drei Jahre älter als ich, und hatte offensichtlich regelmäßig Sport getrieben. Auf seine Figur hätte man neidisch sein können. Ich natürlich nicht, denn ich war mehr als sehr gut durchtrainiert.

Er drehte sich um und stellte zwei mit einer gefährlich klaren Flüssigkeit gefüllte Schnapsgläschen zwischen uns auf den Tisch. »Auf uns, Dirk. Schön, dich endlich wiederzusehen.«

»Stimmt. Gesehen habe wir uns das letzte Mal vor über zwanzig Jahren.«

»Und ist es nicht erstaunlich, wie ähnlich wir uns sehen?«

Ich nickte zustimmend: »Tante Rita hat mir immer wieder Fotos von dir gezeigt. Das hätte ich sein können. Sie hat uns schon damals, bevor du ausgewandert bist, immer verwechselt.«

»Tja, die Gene. Wir sind eben alle aus dem gleichen Stall«, grinste Mark und hob das Glas.

Das war genau genommen auch der Grund, warum ich meinen Cousin aufgesucht hatte. Untertauchen will nämlich gelernt sein, das ist schwieriger als man denkt. Es reicht nicht, die Birne eine Zeit lang unter Wasser und die Luft anzuhalten. Man musste ja irgendwann wieder auftauchen. Und dann?

»Du wohnst hier sehr einsam.«

»Toronto war eine große Stadt. Ich wollte es eine Nummer kleiner.«

Okay. Sollte mir sehr recht sein. Warum nicht jetzt gleich? Das Schnapsglas war leer, der Magen warm. Ich griff in meinen Gürtel, brachte die Knarre nach vorne und schoss ihm mitten in die Stirn. Er kippte mit dem Stuhl hinten rüber.

Tot. Klar.

Sie bluten nicht sehr stark, wenn man die richtige Munition verwendet und ihnen direkt in den Kopf schießt. Das hatte ich schließlich gelernt. Leider hatte ich beim letzten Job den Falschen erschossen, was wiederum diese unplanmäßige Liquidation in eigener Sache erforderlich machte.

Ich hatte vor, die Identität meines Cousins aus Kanada anzunehmen.

Vorsichtig zog ich Mark in den Waschraum und wuchtete ihn in die Badewanne. Zurück im Wohnzimmer, schnappte ich mir einen feuchten Aufnehmer und wischte sorgfältig die wenigen, kleinen Blutspritzer vom Boden.

»Mark Müller!«

Ich hatte ihn nicht gehört, wirbelte herum. Wo kam der her? Wieso hatte Mark die Haustür nicht verriegelt? Und, verdammt, warum hielt der Typ ein Gewehr in seinen Fingern und zielte auf meinen Bauch?

»Das reicht! Ich bin euch draufgekommen! Sechzehn Jahre bin ich glücklich verheiratet, und du Schwein verdrehst ihr mit deinen verfluchten Fotoapparaten den Kopf. Nicht mit mir, nicht hier in der Eifel!«

»Das ist ein Missverständnis, ich bin nicht …«

»Es gibt ein sehr schönes Hochmoor in der Nähe. Sei sicher, dass ich ein sehr hübsches Plätzchen für dich finde. Es wird dir gefallen. Es wird dort sehr viel fotografiert!«

Ich hatte bei meiner Planung den intellektuellen, kanadischen Künstlercharme meines Cousins nicht bedacht. Mit dem konsequenten Umsetzen des einmal gefassten Entschlusses eines gehörnten Ehemanns wiederum musste ich jetzt rechnen.

So sind sie in der Eifel.

Er drückte mehrmals ab. Ich spürte nur den ersten Treffer.

Reizende Aussichten

Ich muss das in den Griff bekommen! Auf jeden Fall.«
Ich wohne mit meiner Hanni in Schleiden. Kennen Sie? Sicher! Nordeifel. Nicht in einem der siebzehn Ortsteile rundum, sondern direkt in Schleiden Stadt. Dort wohnen wir beide in einem gemütlichen Einfamilienhaus mit Gärtchen. Wir sind beide um die Fünfzig, gesund und zufrieden. Unser Leben ist übersichtlich.

Die Zahl unserer Nachbarn auch.

Wir haben ein Eckgrundstück. Im Osten grenzt unser Grundstück an das des alten Nießen. Hubert Nießen ist knapp über achtzig, schwer herzkrank, und eigentlich warten alle darauf, dass ihn bald der Schlag trifft. Insbesondere sein Sohn Ferdi …

Viel mit gemeinschaftlicher Nachbarschaft ist da nicht, denn Hubert verbringt sein Leben tagsüber auf Knien im Blumenbeet, um mehr oder weniger vorhandenes Unkraut zu zupfen. Das macht er schweigend.

Zum sonnigen Süden hin grenzt unser Grundstück an das kleine Häuschen, das der dicke Meier vermietet. Oft nicht sehr erfolgreich, denn es stand gerade über ein halbes Jahr leer.

Was ich damit sagen will: Es ist bei uns zwar sehr schön ruhig, entspannend und friedlich, der direkte Blick auf das beeindruckende Schloss mit Schlosskirche ist atemberaubend, aber für meinen Geschmack ist es manchmal ein bisschen langweilig. Ich bin ein visueller Mensch, ich sehe gerne mal was. Manchmal fehlen mir einfach die Reize.

Nun ja. Das hat sich ja jetzt alles geändert …

Als ich nämlich nach der letzten Dienstreise nach Hause kam, fiel mir als Erstes ein silberfarbener Geländewagen vor der Garage unseres Nachbarhauses auf.

»Die neuen Mieter vom Meier sind vorgestern eingezogen«, erklärte Hanni. »Nette Leute. Ein junges Paar, Anfang dreißig, keine Kinder. Sie machen einen wirklich sympathischen Eindruck.«

»Aha«, kommentierte ich erfreut.

»Ich habe die beiden für morgen Abend zu einem kleinen Essen eingeladen, damit wir uns ein bisschen näher kennen lernen können.«

»Das ist gut«, lobte ich.

Das ist ein Fehler, wäre vielleicht ein besserer Gedanke gewesen …

»In meinem Job ist es sehr stressig, und ich brauche an den Wochenenden einfach meine Ruhe«, erklärte Jörn Schieferstadt am nächsten Abend dann mit tiefer Stimme und nippte an seinem Eifeler Landbier.

»Deshalb sind wir auch so froh, etwas auf dem Land gefunden zu haben«, fügte seine Frau Beate aufgeräumt hinzu.

Hanni füllte ihr Gläschen nach. Hanni macht so einen leckeren Kirschschnaps. Und die kleinen Gläschen immer randvoll.

»Wir wohnen jetzt auf dem Land und sind trotzdem ruck, zuck in Bonn, Köln oder Euskirchen. Herrlich!«

Herrlich ist genau der richtige Ausdruck. Also, nicht für die zugegeben recht optimale Verkehrsanbindung an die Metropolen unserer Region mit Auto und Eifel-Express, an die hatte ich mich ja schon gewöhnt. Nein, ich saß meiner neuen Nachbarin gegenüber und die trug eine dünne, weiße Sommerbluse unter der sich frech ein feiner, schwarzer Spitzen-BH abzeichnete. Und wenn sie sich über den Tisch beugte, was ab und zu vorkam, dann zeichnete sich nicht nur das ab.

Die beiden waren wirklich sehr angenehm.

Jörn hatte mehrere Jahre in der IT-Branche gearbeitet, wobei ich nicht genau wusste, was das genau war. Irgendwas mit Kabeln. Dann hatte die Firma Pleite gemacht, und jetzt arbeitete er als Lagerist in einer mittelständischen Firma für Elektrobedarf bei Euskirchen. Also wieder was mit Kabeln.

Sie arbeitete in Aachen bei einer Privatbank. Welche genau, hatte ich nicht mitbekommen. Sie hatte sich über den Tisch gebeugt und nach dem Aschenbecher gegriffen.

Ich versuchte mich zu konzentrieren.

Hanni hatte mir unter dem Tisch schon zwei Mal gegen das Schienbein getreten. Sie weiß nämlich Bescheid. Also, dass ich mich für Frauen interessiere. Genau genommen, für deren Unterwäsche. Nicht für jede Art von Unterwäsche natürlich. Aber so richtig raffinierte, pfiffige Dessous, also … die reizen mich schon sehr.

Hanni hatte mich gleich so eindringlich angeguckt, als die beiden neuen Nachbarn bei uns im Türrahmen standen. Meine Frau hat einen sensiblen Blick für so was, für die Details.

Genauso wie ich. Also, anders natürlich. Sie wissen, was ich meine!

Ihr war, genau wie mir, der dunkle BH unter ihrer weißen Bluse natürlich auch sofort aufgefallen. Dieser schwarze, feine Träger-BH mit Spitze …

Ich schweife ab.

»Und natürlich sind wir an den Wochenenden gerne mal unter uns«, erklärte Jörn, fuhr mit einer Hand über die sportliche Kurzhaarfrisur und füllte mit der anderen erneut sein Pilsglas.

»Ja, hier ist es manchmal ganz schön einsam«, erläuterte Hanni. »Vorn am Haus führt ein Radweg der Tälerroute vorbei, aber wenn man hinten im Garten ist, gibt es nur noch den alten Hubert Nießen und uns. Sonst hat man seine Ruhe.«

»Prima«, flüsterte Beate und stupste ihrem Gatten frech in die Seite. »Da sind wir ungestört.«

»Vollkommen«, versicherte ich hastig.

Hanni trat mich unterm Tisch zum dritten Mal.

Es war ein richtig netter Abend. Jörn erzählte von seinen umfangreichen, sportlichen Aktivitäten. Er betrieb seit mehreren Jahren Kampfsport.

Hanni füllte Beate eine halbe Flasche ihres roten Zeugs ein, was dazu führte, dass deren Bewegungen fahrig und nachlässig wurden, wovon ich mehrfach auf sehr angenehme Art und Weise profitierte.

»So«, klatschte Jörn schließlich in die Hände, es war draußen längst schon dunkel geworden.

Wir erhoben uns. Und es folgte dieser Moment, der alles änderte …

Mit einer blitzschnellen Bewegung schoss Beate auf mich zu, legte gut nachbarschaftlich einen Arm um meinen Hals und drückte mich zum Abschied, schon in unserer Haustür stehend, herzlich an ihre Brust. So schnell konnte ich meine Hände gar nicht in Sicherheit bringen. Es war wirklich nicht so, dass ich ihr absichtlich an …

Wirklich nicht!

Aber diese kurze Berührung, dieser kleine, zärtliche, zufällige Kontakt, dieser feine, seidige Stoff unter meinen Fingern …

»Danke«, hauchte ich kurzatmig. »Für den Besuch.«

Keiner hatte was bemerkt. Soweit ich das beurteilen konnte, während mein Pulsschlag wieder auf ein normales Maß zurückfuhr.

Hanni winkte den beiden zum Abschied hinterher und verschwand wieder ins Haus. Ich stand im Haustürrahmen und blickte den beiden nach, als Jörn plötzlich innehielt, seiner Beate etwas ins Ohr flüsterte und noch mal kurz zu mir zurückkam.

Ich ahnte Übles.

Er trat ganz nah an mich ran. Seine stahlblauen Augen funkelten. »Glaub nicht, ich hätte nicht bemerkt, wie du meiner Frau pausenlos in den Ausschnitt gestarrt hast. Wenn es nicht der erste Abend gewesen wäre, hätte ich dich eben schon vom Stuhl gehauen! Lass die Finger von meiner Frau und deine Augen aus ihrer Bluse. Ich hoffe, wir haben uns verstanden. Sonst macht dir der neue Nachbar das Leben zur Hölle, klar?«

»Sicher«, murmelte ich und zog mich hastig nach innen zurück.

In der Küche wartete Hanni mit in die Hüften gestemmten Händen. Auch ihr Blick verhieß nichts Gutes.

»Karl-Heinz, du kannst froh sein, dass ihr Mann scheinbar blind ist. Ich habe genau gesehen, wie du unsere neue Nachbarin angegiert hast!«

»Angegiert?«

»Du weißt genau, was ich meine!«

Ich senkte den Blick. Wie gesagt: Hanni wusste Bescheid. Und hatte sich mit meinem … Hobby irgendwie arrangiert. Aber in diesem Fall zog sie offensichtlich eine deutliche Grenze.

»Karl-Heinz, das sind unsere Nachbarn. Mach keinen Ärger! Mehrere Jahre Kampfsport … Ich möchte keinen Stress, sonst ist was los! Hast du mich verstanden?«

Ich nickte.

Um das hier an dieser Stelle aber mal ganz deutlich zu sagen: Ich habe mein … Hobby durchaus unter Kontrolle. Zumindest den größten Teil davon. Es ist beileibe nicht so, dass ich mich ausschließlich – quasi unreflektiert und wahllos – für weibliche Unterwäsche interessiere. Wirklich nicht! Nein, was die Wäsche angeht, so muss da noch was hinzukommen. Das variiert. Das kann der persönliche Kontakt zur Trägerin sein. Oder eine Berührung.

Damals bei Waltraud von Hannis Rommé-Frauen war es der Likör, der ihr gegen Ende des Abends versehentlich in den Ausschnitt getröpfelt war.

Bei so was wird es schwierig.

Für alle.

Auch für mich.

Was dann in mir passiert und wozu das führen kann … oh je, das würde auch meine Hanni nicht mehr wirklich nachvollziehen können. Oder tolerieren. Deshalb musste ich jetzt sehr, sehr vorsichtig sein!

Auf der anderen Seite: Wie sollte ich dieses heiße, schwarze Kleidungsstück wieder in meine Finger bekommen? Das kann man sich wünschen! Aber dabei bleibt es dann. Das muss man realistisch sehen. Da kann ich von schwarz-sündiger Seide mit delikater Spitze so viel träumen, wie ich will. Insofern waren der Nachbarschaftsfriede und ich nicht wirklich gefährdet.

So sah das auch Hanni und sprach diese kleine Episode am nächsten Morgen nicht mehr an.

Wie ich bereits erwähnte, liegen unsere drei kleinen Häuschen eng beieinander, die drei Gärten grenzen sogar *an*einander. Man kann, wenn man möchte, von einem Garten in den anderen gucken.

Tut man nicht. Ist Privatsphäre, klar.

Ich verspürte aber gleich diese Mischung aus überraschter Freude und ernster Sorge, als ich sah, wie Neunachbar Jörn am folgenden Wochenende in seinem Garten eine Wäscheleine spannte. Schon am nächsten Tag raubte mir ein verbotener, heimlicher Blick über den Gartenzaun den Atem.

Da hing er!

»Der BH.«

In seiner ganzen verführerischen Schwärze! Mit seinem nur für mich wahrnehmbaren, fatalen Aufforderungscharakter.

Ich versuchte mich mit Gartenarbeit abzulenken. Was beim alten Nießen scheinbar funktionierte, blieb jedoch bei mir ein aussichtsloses Unterfangen. Egal, ob ich mich um das vernachlässigte Rosenbeet, um die überreifen Johannisbeeren oder um das am Dach beschädigte Vogelhäuschen ganz hinten am anderen Ende unseres Gartens kümmerte, meine Gedanken kreisten in einem immer schneller werdenden Tempo um dieses verflixte Kleidungsstück.

Ich spürte die sinnliche Berührung des Stoffs immer noch auf meinen Fingerkuppen, praktisch als lieblicher Geschmack in meinem trockenen Mund. Wie eine schmeichelnde Melodie im Ohr.

Ich kannte das. Da half alles nichts. Nachbarschaft hin, Nachbarschaft her, ich musste den BH noch einmal in meine zittrigen Finger bekommen.

Und die Gelegenheit war günstig! Hanni war mit ihrer Qi-Gong-Gruppe nach Düren gefahren. Mit meiner Gattin war vor dem Abendessen nicht zu rechnen. Den silberfarbenen Wagen der Nachbarn hatte ich auf deren Garageneinfahrt nicht gesehen. Offensichtlich war nebenan niemand zu Hause. Und so hoch war der Gartenzaun zwischen unseren

Grundstücken nicht, als dass ich nicht problemlos darüber-
steigen konnte.

Ich leckte mir die Lippen und visierte das köstliche Objekt
meiner verbotenen Lust an.

Die Gelegenheit war nicht nur günstig, sie war …

»Perfekt!«

Eine warme Windbö strich durch unsere Gärten. Der BH
schaukelte. Er winkte mir zu.

Komm her! Berühr mich! Fass mich an!

Hastig trat ich an den grünen Maschendrahtzaun und kletterte rüber aufs Nachbargrundstück. Nur zehn Meter trennten mich von … Nur noch neun …

Es gab jetzt keinen Grund, den Moment meiner ersehnten
Begierde unnötig hinauszuzögern. Gleich würde ich den teuren Stoff in meinen Fingern halten, ihn drücken, streicheln.
Ich hielt die Luft an. Nur noch wenige Zentimeter trennten
mich von diesem Traum in sündigem Schwarz …

Halt!

Aus dem Augenwinkel sah ich plötzlich, wie die Garagen-
tür, die in den Garten führte, geöffnet wurde. Gleichzeitig
erkannte ich Jörns breiten, muskulösen Rücken im Türrahmen.

Verdammt! Da gab es nichts zu überlegen. Wortwörtlich
konnte ich mich an seine deutliche Ansage erinnern und jetzt
stand ich hier an der Wäscheleine in Griffnähe zum schwarzen BH, den seine Frau getragen hatte. Da wäre nicht viel zu
erklären. Das sprach für sich.

So würde das auch Hanni sehen …

Mehrere Jahre Kampfsport? Flucht!

Noch bevor Jörn sich mir zudrehte, wirbelte ich herum. Mit
drei Sätzen war ich am blickdichten Holzzaun, der diesen
Garten von dem des alten Nießen trennte. Ich blickte mich

nicht um, sondern machte einen Satz, den ich mir selbst nicht zugetraut hätte, und landete auf der anderen Seite im Blumenbeet.

Ich duckte mich ... und entdeckte erst dann den alten Nießen, der mit einem Schäufelchen in der Hand zwischen den Pflanzen hockte und mich erschreckt mit weit aufgerissenen Augen anstarrte.

Und sich ans Herz griff.

Heute ist Nießens Beerdigung. Die allgemeine Stimmung ist eigentlich recht gut. Der Hausarzt hat einen natürlichen Tod bescheinigt. Hubert war über achtzig. Das schwache Herz, das warme Wetter. Irgendwann musste das passieren.

Der junge Ferdi hat schon eine neue Mieterin gefunden. Eine ältere, alleinstehende Dame mit Hund, die aus Bad Münstereifel zu uns ins schöne Schleidener Tal ziehen möchte.

»Ich muss das in den Griff bekommen! Auf jeden Fall.«

Das gerade Erlebte ist mir eine mehr als nachdrückliche Lehre. Ich kann von Glück reden, dass mich niemand mit dem plötzlichen Herzstillstand vom alten Nießen in Verbindung gebracht hat.

Ich bin kuriert. Ich werde mir ein neues Hobby suchen. Was Ehrenamtliches im Nationalpark Eifel. Seltene Briefmarken sammeln vielleicht. Oder Schmetterlinge.

Dem Sarg folgend und den Rosenkranz murmelnd entdecke ich im Trauerzug zwei, drei Reihen vor mir die beiden Schieferstadts. Jörn trägt einen schicken, schwarzen Anzug, Zweireiher. Sie eine weiße Bluse.

Den schwarzen BH trägt sie darunter.

Habe ich genau gesehen ...

Kartoffelsuppe

Ich hasse es! Ich hasse es, wenn man mir beim Kochen in die Kochtöpfe guckt. Oh ja. Ich hasse es! Aber ich will korrekt bleiben. Ich hasse es, wenn *er* mir beim Kochen in die Kochtöpfe guckt. Ich hasse eigentlich alles, was er macht.

Ich hasse ihn!

Schon wie er grußlos in unsere Küche schlurft, ohne sich die Schuhe ausgezogen zu haben. Wie er den Dreck von draußen mit reinbringt und sich ächzend an den Küchentisch fallen lässt.

»Was gibt es heute?«

Jeden Tag die gleiche Frage.

»Frische Kartoffelsuppe«, lautet meine Antwort heute und ich schütte das heiße Kartoffelwasser dampfend in den Ausguss.

»Hoffentlich ordentlich gewürzt!«

Mein Blick fällt über die Spülbecken hinweg nach draußen in den Innenhof, dorthin, wo unser kleiner Vierkanthof vor sich hingammelt. Der kleine Bauernhof, den Männe nicht verkaufen will, den er aber auch nicht in Schuss hält. Irgendwann wird eine der beiden Scheunen in sich zusammenkrachen! Und Männe unter sich begraben. Aber so lange will ich nicht mehr warten.

Giftig zerquetsche ich die Kartoffeln mit dem Stampfer.

»Sind das Kartoffeln aus unserem Garten?«, fragt er knurrig, wohl in der Befürchtung, ich hätte im Supermarkt wieder unnötiges Geld ausgegeben, wo doch unser kleiner Gemüsegarten voll steht.

Aber ich kann ihn beruhigen. »Frühkartoffeln aus unserem Garten.«

Er knurrt zufrieden. Ich gebe frische Zwiebeln und – nach guter niederrheinischer Art – einen ordentlichen Schuss Muskat an die Kartoffelsuppe. Milch drauf. Zwiebeln. Auf kleiner Flamme ziehen lassen. Umrühren.

Oh ja, ich hatte mir das alles anders vorgestellt. Damals, als ich den kräftigen, aber gut aussehenden Män kennen gelernt habe und zu ihm auf den Hof gezogen bin. Meinen Job als Lehrerin gab ich auf, um mit ihm den kleinen Hof zu bewirtschaften. Aber aus dem kräftigen Män wurde der muffelige, schlafmützige, faule Männe, und die Einzige, die hier noch ab und zu was kräftig anpackte, das war ich.

Mein Blick glitt wieder nach draußen. Die geöffnete Tür der leeren Pferdebox. Den letzten Braunen hatte Männe vor zwei Monaten verkauft. Ohne mich zu fragen. Reiten: Das war das Einzige, was mir noch geblieben war, aus der Zeit vor dieser trostlosen Ehe.

Jetzt blieb mir nur noch das Kochen.

»Is bald fertig?«

Schon diese Art, nie einen vollständigen Satz von sich zu geben. Oh, wie ich das hasse! Aber nein, ich will ja korrekt bleiben: Wie hasse ich das an ihm! Das werde ich ihm abgewöhnen. Endgültig.

Ich mache seinen Teller randvoll und schiebe ihm die Maggiflasche zu. Ohne abzuschmecken spritzt er die halbe Flasche in die Suppe. Da freut sich die Köchin.

»Heiß«, knurrt er.

Stimmt, denke ich. Und nicht nur das.

Von draußen wirft die Sonne vorlaute Strahlen zwischen uns in die Küche. Die Sonne war immer mein Freund!

Gierig schaufelt er die Suppe in sich hinein. Er hat Hunger. Er hat immer Hunger. Und er ist immer gierig. Und er nimmt immer eine halbe Flasche Maggi zur Suppe. Er hustet. Aber er hat sich nicht verschluckt.

Ich schiebe ihm ein Glas Wasser zu.

Er trinkt es. Gierig. Und lässt das Glas auf den Tisch knallen. »Schmeckt irgendwie anders. Brennt und kratzt im Hals!«

»Das sind die frühen Kartoffeln.«

»Hm.« Er greift sich in den Kragen.

Ich grinse ihn an. Er hält inne. Sein Blick senkt sich. Er starrt in die Suppe und stößt den fast leeren Teller von sich.

»Was ist mit der Suppe? Hast du da Gift reingetan, du Miststück?«

Gift? Ich schüttle den Kopf.

»Gift? Warum sollte ich Gift in die Suppe tun. Du stirbst, die Kriminalpolizei wird kommen, sie werden dich obduzieren, ein Gerichtsmediziner wird feststellen, dass du vergiftet wurdest und ich lande im Knast. Das ist doch Unsinn. Ich habe kein Gift in die Suppe getan!«

Ich grinse ihn an.

Er japst nach Luft. »Aber irgendwas ...«

Männe wischt sich den Schweiß von der Stirn. Er versucht aufzustehen. Aber das gelingt ihm nicht. Oh, ihm wird so einiges nicht mehr gelingen. Er wird zum Beispiel keine unvollständigen Sätze mehr über seine Lippen würgen. Ich habe ja gesagt, dass ich es ihm endgültig abgewöhnen werde ...

»Schatz, kein Gift. Solanin. Solanin ist ein Alkaloid. Das wird dir nichts sagen, aber es ist vor allem in Frühkartoffeln und im grünen Anteil der Tomate enthalten. Werden Kartoffeln lange Zeit dem Licht ausgesetzt, steigt der Solaningehalt an. Eine Dosis von 400 mg kann dann bereits tödlich sein. Und, Schatz, du weißt ja, wie doll die Sonne in den letzten Tagen geknallt hat.«

Er weiß es. Und sackt in sich zusammen.

Rache ist rot

Katja strich sich über ihre verheulten Augen und verwischte den teuren Kajalstift. »Ach, Helga. Es ist so schrecklich. Ausgerechnet mit dieser Bürotippse aus der Marketingabteilung.«

Ich legte ihr beruhigend eine Hand auf die Schulter. »Das ist nie schön.«

»Das hat in der Firma bestimmt jeder mitbekommen. Dass der Alte ein Verhältnis mit der jungen, knackigen Blondine hat und seine Frau betrügt. Das ist so erniedrigend.«

Ich seufzte. Die Katja... Mit ihr in einer Klasse hatte ich vor gefühlt unendlich vielen Jahren in der Nieukerker Mariengrundschule die Bank gedrückt. Zusammen waren wir zur fünften Klasse ans Lise-Meitner-Gymnasium nach Geldern gewechselt. Wir rockten in den gleichen Diskotheken, besuchten gemeinsam die Tanzschule bei Groterhorst und natürlich hatten wir uns immer in die gleichen Jungs verliebt.

Die Auswahl war hier am linken Niederrhein nicht gerade riesig. Allerdings hatte ich mir Frank Alberts, den begnadeten Foxtrotttänzer aus Pont, zuerst als Tanzpartner ausgeguckt, aber er hatte sich kurz vor dem Abschlussball doch noch für Katja entschieden. Eine Entscheidung mit erheblicher Tragweite, denn die beiden waren immer noch zusammen und seit mehr als fünfzehn Jahren verheiratet.

Wer will da nachtragend sein?

Jetzt war sie auf eine Tasse Kaffee in mein kleines Modestübchen an der Krefelder Straße hereingesprungen und hatte mir schluchzend vom Fehltritt ihres Göttergatten erzählt.

Sie schniefte. »Und im kommenden Monat diese Jubiläumsgala im Gelderner See-Hotel. Ich weiß überhaupt nicht, wie ich damit umgehen soll. Franks Firma feiert ihr 50-jähriges Bestehen, und ausgerechnet er als Abteilungschef und diese blonde Marketingschlampe sollen zusammen durch das Programm führen. Ich darf gar nicht daran denken! Ich bin als Franks Frau natürlich auch eingeladen und weiß überhaupt nicht, wie ich das durchstehen soll.«

»Sei einfach ganz du selbst«, erklärte ich. »Souverän, stark, so wie wir uns seit Jahren kennen.«

»Ach, Helga. Die ist fünfzehn Jahre jünger als ich, besucht regelmäßig ein Sportstudio und hat mehr als nur ein Kilo weniger auf den Rippen als ich.« Sie drückte sich ein Taschentuch vor die Nase. »Stell dir vor, wie das aussieht, wenn wir beide nebeneinander auf der Bühne stehen und sie mir optisch total den Rang abläuft. Da kann sich doch jeder seinen Teil denken.«

Hm. Mein Blick fiel an Katja vorbei auf das dort an einem Bügel hängende, rote Abendkleid. Ich hatte eine Idee. »Im Leben kann man alles ausgleichen«, murmelte ich über ihre Schulter hinweg.

»Wie meinst du das?«

Ich setzte das Tässchen Kaffee auf dem Tischchen zwischen uns ab, erhob mich entschlossen und ging rüber an den Kleiderständer. Vorsichtig strich ich über den roten Satinstoff. »Wenn wir uns ein bisschen Mühe geben …«

»Was meinst du?«

Ich klatschte in die Hände. »Okay, siehst du dieses bildschöne, hinreißende Kleid? Ein Traum in Rot. Wenn du das in vier Wochen anziehst und neben dieser Blondine auf der Bühne stehst, wird das ein Anblick, der allen im Saal den Atem rauben wird.«

Sie zog skeptisch die Augenbrauen zusammen. »Ein rotes Kleid? Ich?« Sie strich unsicher über ihre runden Hüften.

Ich lachte und war ganz in meinem Element. »Das Kleid ist der Hammer. Katja-Schatz, ich bin die Fachfrau. Lass mich nur machen!«

Als Katja zweieinhalb Stunden später den Laden in doch wieder recht aufgeräumter Stimmung verließ, wusste ich, dass ich eine Menge Arbeit vor mir hatte. Meine Güte, hatte die flotte Katja zugelegt ...

Aber die Frau wächst mit ihren Aufgaben, und ich hatte nicht weniger vor, als meine Freundin Katja an diesem Abend zum rot strahlenden Mittelpunkt eines unvergesslichen Abends zu machen. Und damit musste ich sofort anfangen!

Aber vorher ließ ich mir von einer jungen Dame am Telefon eine Karte für die Jubiläumsgala zurücklegen. Ich musste dabei sein!

»Und?«, fragte mich Katja drei Wochen später vorsichtig und mit dünner Stimme, nachdem sie sich ein siebtes Mal in den roten Traum aus Samt und Seide gezwängt hatte.

»Hm.« Ich trat einen Schritt zurück, legte meinen Kopf schief, kniff die Augen prüfend zusammen und musterte den Sitz des Kleides mit fachkundigem Blick. Ich seufzte: »Perfekt!«

Sie schrie spitz auf und fiel mir um den Hals. »Helga, du bist die Beste!«

»Na ja ... Ja.«

Sie löste sich von mir, strich erleichtert über ihre dunkle, brave Kurzhaarfrisur, die sie noch ein wenig älter machte als die 45 Jährchen, die wir beide tatsächlich auf dem Buckel hatten, und atmete erleichtert tief aus.

»Ich muss dir ja nicht noch mal sagen, wie wichtig dieser Abend für mich ist. Auf dieser Gala muss alles perfekt sein.«

Ich lächelte sie an. »Das Kleid ist perfekt«, stellte ich schmunzelnd fest.

Katja warf einen weiteren prüfenden Blick in den hohen Spiegel und fuhr sich über die dunklen Augenränder.

Ich legte verstehend eine Hand auf ihre Schulter. »Du in dem Kleid: das wird der nicht zu toppende Höhepunkt des Abends.«

Sie blickte mir direkt in die Augen. »Ich weiß gar nicht, wie ich dir danken soll.«

»Das Kleid ist hinreißend, aber nicht ganz billig. Wenn du es bar bezahlst, ist das Dank genug.«

Sie lachte, schlang ihre Arme um mich und fing schon wieder an zu heulen. Hastig schob ich sie von mir und mahnte mit nachsichtiger Stimme. »Keine Tränen, Katja! Die stören den Gesamteindruck, und wenn du geschminkt bist, ruinieren sie unser kleines, prächtiges Schmuckstück. Und das wollen wir doch auf gar keinen Fall.«

Sie lachte wieder, schüttelte den Kopf und wischte sich vorsichtig ein kleines Tränchen aus dem Augenwinkel. Dann fiel ihr Blick auf die rote Schleife, die eigentlich zum Kleid gehörte, und die auf dem Ausstelltischlein lag.

Ich reagiert sofort. »Du weißt, ich kann sehr ehrlich sein. Die Schleife ist natürlich ein Highlight, aber, Honey, die muss man nicht nur tragen können, die muss man tragen dürfen. Das Ding betont derartig die Hüften und bei allem Respekt: auf dieses modische I-Tüpfelchen musst du leider verzichten!«

Es blitzte zwar gefährlich in ihren blauen Augen – Kritik einzustecken, war nie Katjas Stärke gewesen –, aber die Mundwinkel blieben da oben, wo sie waren. Da gehörten sie in diesem Fall auch hin. Auch ohne die Schleife sah sie umwerfend aus. Das Kleid war ein echter Hingucker, und ich hatte mir wirklich Mühe gegeben, es perfekt ihrem Körper anzuschmeicheln.

Sie warf einen letzten Blick in den Spiegel und nickte trotzig: »Mit diesem Kleid an meinem Körper werden Franks Arbeitskollegen sich so ihre Gedanken machen!«

»Mit Sicherheit!«, stimmte ich aufrichtig zu.

Die letzte Woche vor der Gala verging wie im Flug. Es war sowieso viel zu tun, und ich hatte natürlich noch andere Kundinnen und Kunden, denn mein kleiner, gut sortierter Laden, der sich auf exklusive Hochzeits- und Abendkleider spezialisiert hatte, lief richtig gut. Manchmal musste man sich wundern, was über die Schützenfeste hinaus hier am Niederrhein so alles gefeiert wurde.

Todschicke Kleider wurden immer gebraucht!

Und nicht nur bei meiner Freundin Katja gab ich mir sehr viel Mühe. Es galt immer, die Kundschaft zufriedenzustellen. Nur so richtig zufriedene Kundinnen und Kunden kamen wieder!

Endlich war er da, der Abend der Jubiläumsgala. Ich hatte mir ein schlichtes, blaues Cocktailkleid ausgesucht, das gerade frisch aus Mailand eingetroffen war. Ein Traum aus Seide, das ich mir allerdings – gut gehende Geschäfte hin oder her –, selbst niemals würde leisten können. Mir fehlte, anders als das zum Beispiel bei Katja der Fall war, der auch finanziell potente Partner an der Seite. Ganz genau genommen, fehlte mir generell der Partner an meiner Seite.

Aber das tut jetzt nichts zu Sache.

Mein modisches Kleid war elegant, aber unauffällig und mehr als geeignet, die Gala aus der Mitte des Publikums heraus ganz entspannt genießen zu können.

Und dann kam er, der Moment.

Die bekannte Erkennungsmelodie einer Samstagabend-show begleitete Frank Alberts eine provisorische Showtreppe hinunter auf die mit großen Blumenarrangements dekorierte Bühne.

Frank sah toll aus. Er hatte sich sehr gut gehalten, war prima in Form. Er war gebräunt, hatte immer noch volles, dunkles Haar und bewegte sich auf der Treppe gekonnt auf genau die gleiche selbstverständliche, natürliche Art und Weise, die mich schon damals im Tanzkurs beeindruckt hatte. Respekt, keine Frage! Durchaus verständlich, dass Frank auch auf jüngere Frauen und Angehörige der Marketingabteilung mehr als sympathisch und anziehend wirkte.

»Meine sehr verehrten Damen und Herren, liebe Kolleginnen und Kollegen! Ich darf Sie heute im Namen der Franz-Alfred Horstmann GmbH ganz herzlich hier im Gelderner See-Hotel zum 50-jährigen Firmenjubiläum begrüßen!«

Es gab mehr als höflichen Applaus für die gelungene Eröffnung. Beeindruckend. Die Firma hatte sich ganz offensichtlich richtig ins Zeug gelegt.

»Zunächst möchte ich mich ganz herzlich bei meiner Frau Katja bedanken, die in den letzten Wochen und Monaten den ein und den anderen Abend auf mich verzichten musste, damit ich mit meinem Team diese Gala heute vorbereiten konnte!«

Noch mehr Applaus, einzelne Schmunzler. Wie Katja mir ja anvertraut hatte, ahnten einige der Anwesenden bereits, wie die abendlichen Vorbereitungen auf dieses glamouröse Jubiläum ausgesehen hatten …

Ich ermahnte mich. Jetzt nicht böse werden, Helga!

Frank zauberte mit flottem Griff hinter einem mit weißem Stoff eingeschlagenen Podest einen herrlichen, imposanten

Blumenstrauß hervor. »Ich darf dich, liebe Katja, bitte mal ganz kurz an meine Seite bitten.«

Applaus. Katja erhob sich aus ihrem Sessel in der ersten Reihe und glitt drei Stufen hoch auf die Bühne. Ich hielt den Atem an. Anerkennendes Geraune. Mein Platznachbar reckte bewundernd den Hals.

Oh ja, Katja sah klasse aus. Das Kleid: Wahnsinn. Wie für sie gemacht, kein Fältchen an der falschen Stelle, nichts hing über, alles passte. Das vornehm-dezente Make-up war spitze, und die von mir empfohlene Friseurin hatte ihr einen unbeschwerten, feschen Haarschnitt verpasst. Ich klatschte begeistert in die Hände. Da gab es nichts zu meckern: Besser ging nicht!

Freudig überrascht und den Applaus genießend nahm Katja den Blumenstrauß entgegen und hauchte ihrem Gatten einen sanften Kuss auf die Wange.

»Nie mit Lippenstift«, mahnte ich leise murmelnd.

»Liebe Katja, bleibe bitte noch einen Moment hier an meiner Seite und begrüße mit mir die Co-Moderatorin des heutigen Abends. Verehrtes Publikum, Sie werden die Dame kennen: Sandra Küppers aus unserer Marketingabteilung.«

Ich reckte mich angespannt. Applaus brandete auf. Und ging über in glucksendes Gemurmel, das laut anschwoll. Einzelne Lacher streuten sich ein. Ich versuchte, die Szene mit einem Blick zu erfassen, wollte alles ganz genau mitbekommen …

Katja entglitt der Blumenstrauß, er fiel zu Boden. Franks Mund klappte auf.

Und ich? Oh, ich war sehr zufrieden. Ich hatte meinen unvergesslichen Abend.

Sandra Küppers schob einen dunkelblauen Vorhang zur Seite, trat aus der Dekoration heraus auf die Bühne und erstarrte. Sie trug exakt das gleiche rote Kleid wie Katja. Nur stand es ihr mit den langen, fließenden, blonden Haaren eindeutig besser. Sicher lag es auch an den ungefähr zehn Kilo weniger, die Sandra um die Hüften trug. Ja, wirklich! Sie konnte als I-Tüpfelchen sogar die reizende Schleife tragen.

Ich grinste zufrieden. Jetzt hatte jeder der Anwesenden den unmittelbaren Vergleich und würde sich selbst die Frage beantworten können, warum der tolle Frank Alberts ein außereheliches Verhältnis hatte.

Katja, die jetzt auf der Bühne in Tränen ausbrach, musste sich dort oben fühlen, wie ich mich damals vor dem Abschlussball gefühlt hatte.

Nun ja, sie hätte sich denken können, dass sie nicht meine einzige Kundin war. Ich *musste* der modellgleichen Sandra das rote Traumkleid empfehlen. Es sah einfach hinreißend aus an ihr.

Und nur zufriedene Kundinnen kommen wieder!

Todsicher!

Unmöglich! Eine Riesensauerei war das. Lächerlich. Ja, erniedrigend. Wie ein Gockel, der auf dem obersten Ast der Tanne sitzt und den Hähnen darunter auf den Kopf scheißt.

Echt, das Allerletzte.

Als der alte Schorsch Brauer in Rente ging, gab es in unserer Firma nur einen legitimen Nachfolger für seinen Job. Nämlich mich. Das kann ich ohne Einschränkungen sagen.

Da können Sie alle fragen!

Außer vielleicht die doofe Steffen, aber die ist eh bekloppt. Oder den Merkel, der hat von nichts eine Ahnung.

Vor ungefähr zwei Wochen kam der Juniorchef dann plötzlich mit diesem jungen Typen aus der Buchhaltung und stellte ihn als neuen Abteilungsleiter vor. Rüdiger Raufmann.

Ich bitte Sie: einen aus der Buchhaltung! Der hat doch vom An- und Verkauf überhaupt keine Ahnung, jetzt praktisch. Klar, kann der Zahlen addieren und subtrahieren und hier und da mal was in Prozent ausdrücken, aber das ist doch wirklich nicht der Punkt.

Man muss mit den Kunden umgehen können!

Sich auf sie einstellen, sie einschätzen können. Was geht, was geht nicht? Ein Angebot ausloten, einen Termin günstig platzieren. Das ist es doch.

Und das kann ich. Ich bin da nämlich sehr aufmerksam und sehr sensibel, das können Sie mir verdammt noch mal glauben!

Heinz, sagte ich zu mir, Heinz, das sitzt du locker aus. Dieser weichgespülte Schwachkopf mit seiner Föhnfrisur, dieser Bücheridiot wird einen Bock nach dem anderen schießen und innerhalb kürzester Zeit unsere besten Kunden vergraulen.

Ganz sicher.

Er stellte sich dann geschickter an, als ich es erwartet hatte. Aber das konnte ich durchstehen, das war auszuhalten. Alles eine Frage der Zeit.

Nicht auszuhalten war dagegen seine geradezu großfürstliche Art, in meiner Abteilung über alles und jeden zu verfügen. Mit der Selbstverständlichkeit eines französischen Sonnenkönigs bediente er sich aus Steffens Obstkörbchen und schlug seine Zähne in ihren schönsten Granny.

Das fand die auch noch witzig, hihi.

Dem Schröder hat er den Tacker vom Schreibtisch geklaut und Meier den gerade frisch aufgefüllten Kaffeebecher aus den Fingern gegrapscht und grinsend ausgetrunken.

Primitivstes Dominanzverhalten! Um eigene Unsicherheiten zu überspielen, ganz klar.

Aber auch: eine Unverschämtheit!

»Heinz, Heinz, Heinz …«, murmelte Raufmann eines Morgens in seiner jovialen Art und – man muss sich das vorstellen! – setzte sich mit seinem dicken Hintern auf meinen Schreibtisch. »Heinz, ich brauche die Kontakte zu Meiners & Co. Die habe ich schon letzte Woche angemahnt.«

Steigernder Pulsschlag, ich spürte den Blutdruck in meinen Ohren. »Meiners ist bis Ende des Monats in Urlaub, und es hat sich in der Vergangenheit immer bewährt, direkt mit Kurt Meiners …«

»Heinz! Bitte. Eine moderne Firma wird heutzutage nicht mehr durch einen Einzigen geführt. Auch Kurt Meiners wird seine Aufgaben für die Zeit seiner Abwesenheit verantwortlich an seine Mitarbeiter delegiert haben. Ich möchte einen Kontakt und ich möchte ihn zügig!«

»Aber ...« Ich stutzte. Das Aber blieb mir im Hals stecken. Was machte der Idiot da? Ich wollte meinen Augen nicht trauen. War der nicht ganz bei Trost? Raufmann nahm einen Bleistift aus meinem Stiftköcher und bohrte mit dem stumpfen Ende in einem seiner Ohren. Dabei sah er mir herausfordernd in die Augen.

Mir stockte der Atem.

Seelenruhig drückte er anschließend den Stift wieder zurück in die Halterung. »Irgendwen bei Meiners! Zügig!« Rüdiger Raufmann stand auf und ging zurück an seinen Schreibtisch, den größten von allen, am anderen Ende unseres modernen Gemeinschaftsbüros.

Mir fehlten die Worte.

Schweigend und mit pochender Stirnader entsorgte ich den Stift im Papierkorb.

Drei Nächte schlief ich nicht richtig, wälzte mich von links nach rechts.

Hatte ich das nötig? Ich, der eigentliche und von Verstands wegen rechtmäßige Leiter der Abteilung? Hatte ich das nötig?

Kündigen war kein Thema. Ich war für die derzeit herrschende Situation am Arbeitsmarkt überqualifiziert. Und vielleicht etwas zu alt.

Krank melden: das wäre kneifen. Feigheit vor dem Feind. Kam nicht infrage!

»Du gefällst mir gar nicht, Heinz«, murmelte Hermann, der Wirt meiner Stammkneipe.

»Ärger im Büro«, knurrte ich über die Theke.

»Den Stress darfst du nicht in dich reinfressen. Hier, nimm eine Frikadelle!«

Ich grunzte ihm eine Art Dankeschön entgegen. »Ein Typ in der Firma macht mich fertig.«

»Entlass ihn doch«, schlug Hermann vor.

Ich hatte noch keine Gelegenheit gehabt, Hermann darüber aufzuklären, dass sich die Struktur in unserer Abteilung nach Brauers Weggang nicht ganz so entwickelt hatte, wie sie es richtigerweise hätte tun sollen, und verdrückte schweigend meine Frikadelle.

»Den musst du loswerden, Heinz, sonst kriegst du Magengeschwüre.«

Ich nickte. Genau. Ich musste was tun. So ging das wirklich nicht weiter.

Auch im Sinne der Firma nicht. Die hatte ich vor allem im Blick.

Die feinen, edlen Pralinen, optisch ansprechend in einem kleinen, offenen Schächtelchen verpackt, erstand ich am folgenden Nachmittag im *Café Monka* am Gelderner Marktplatz.

Unmittelbar vor der Frühstückspause zog ich die bunte Schachtel aus meiner Aktentasche und platzierte sie mitten auf meinem Schreibtisch. Dann folgte ich den anderen in unsere Kochnische zum Kaffeeautomaten.

Beim Rausgehen sah ich noch, wie Raufmann scheinbar ziellos durchs Büro schlawenzelte, an meinem Schreibtisch stutzte, das Schächtelchen musterte, vielleicht eine Sekunde lang zögerte, dann fix hineingriff und mit geschlossenen

Augen einen Traum aus Vollmilchschokolade und feinstem Nougat in seinem Mund versenkte.

Knappe drei Minuten später setzten die Krämpfe ein, kurz darauf krachte er am Schreibtisch stöhnend vom Stuhl. Was viele Kolleginnen und Kollegen erschreckte.

Mich nicht.

Ich hatte so viel Pflanzengift in die Pralinen gespritzt, dass es ein Pferd umgehauen hätte.

Ich hatte ihn nicht aufgefordert, sich aus der schicken Schachtel zu bedienen, die ich jetzt unauffällig wieder in meiner Aktentasche verschwinden ließ. Für einen Abteilungsleiter war die Dosis nämlich tödlich.

Todsicher.

Ein faules Ei für Hartmann

Das ist praktisch ein Kinderspiel!«

Hartmann runzelte die Stirn. Dieser Spruch machte ihn immer misstrauisch. Wenn es um harmlose Kinderspiele ging, suchte man normalerweise nicht die Hilfe eines Privatdetektivs. Aber genau das hatte der Mann mit dem schwungvollen Salvador-Dalí-Bärtchen gemacht. Nämlich einen Privatdetektiv aufgesucht. Ihn: Christian Hartmann, Ermittlungen aller Art.

Sein Gegenüber schob ein Foto über den Schreibtisch. »Und um diesen Gegenstand handelt es sich.«

»Ein Osterei?«, fragte Hartmann erstaunt, vermutlich durch die bevorstehenden Feiertage inspiriert, und rupfte das Foto vom Holz.

»Das ist kein Ei! Das ist feinste, russische Jadearbeit! Spätes 15. Jahrhundert. Eines der drei weltberühmten Tatareneier Zar Alexanders des Großen. Verziert mit vornehmstem Petersburger Blattgold. Allein der filigrane Verschluss ist unbezahlbar. Im Inneren des Kunstwerks befindet sich ein Reiter aus purem Gold. Ein Unikat. In jedes der Tatareneier wurde ein anderer Reiter eingearbeitet. Edelste Arbeit! Der Künstler hieß Juri Tschechenikov. Aber das wird Ihnen sicher nichts sagen.«

Aha, dachte Hartmann, also doch ein Ei!

Vladimir Werther – das war der Mann mit dem schicken Bärtchen – legte nun drei weitere Fotos auf den Schreibtisch. »Und dies sind die drei Verdächtigen. Einer von ihnen hat das Kunstwerk während der Vernissage am vergangenen Samstag entwendet.«

Hartmann studierte die Fotos. »Das sind Passbilder.«

»Alle drei Männer haben für einen Sicherheitsdienst gearbeitet. Hätte ich gewusst, dass dort in der Firma praktisch unbekannte Teilzeitkräfte angestellt sind, hätte ich niemals auf dieses Unternehmen zurückgegriffen. Ich bin sicher, dass der Täter eigens zum Diebstahl dieses Kunstwerks bei dem Unternehmen angeheuert hat. Es muss ganz sicher einer von diesen dreien gewesen sein!«

Der auf dem ersten Bild hatte eine gigantische Nase mit Adern, die aussahen wie eine Schnittmusterbeigabe aus der Burda. Lustig. Aber auch unschön. Nicht hübsch war auch die Warze auf der Wange des zweiten Verdächtigen. Eine solche Warze treibt jedermann in die Kriminalität. Außer vielleicht Peter Maffay. Der dritte Mann war Mitte zwanzig, blass und hatte einen riesigen, dunklen Bart. Okay. Man brauchte nur zweimal genauer hinzuschauen, um zu erkennen, dass das ausladende Haarteil angeklebt war. Aber das behielt Hartmann erst mal für sich.

»Wie viel ist das Husarenei wert?«

»Tatarenei! Ta-ta-ren. Das Kunstwerk ist unbezahlbar.«

»Geht es genauer?«, blieb Hartmann hartnäckig.

»Zweihunderttausend Euro.«

Hartmann musterte das grüne Ei mit den goldenen Verschnörkelungen. »Kunstdiebstahl. Das ist doch eigentlich was für die Polizei?«

»Der Eigentümer dieses Kunstwerks hat mir das Stück für die Ausstellung überlassen. Ich mache im Vorfeld der Veranstaltung nicht viel Aufhebens und spare eine Menge Geld beim Transport des Objekts, jetzt vom Sicherheitsaufwand her. Wenn herauskommt, wie unverkrampft ich mit diesen und ähnlichen Objekten umgehe, würde mir niemand mehr ein Kunstwerk überlassen. Die Polizei würde solche Fragen ganz sicher stellen, und ich kann mich nicht darauf verlassen, dass die Beamten meine unkomplizierten Handhabungsinterna für sich behalten.« Werther räusperte sich. »Mir ist der Täter vollkommen egal! Ich will das Objekt zurück und nicht, dass mir irgendwer irgendwelche Fragen stellt, die mich in übelste Bedrängnis bringen.«

»Wie kommen Sie auf mich?«

Werther machte eine ausholende Geste. »Ich habe die Information, dass sich dieses Objekt in einem Schließfach am Bahnhof befindet.« Er nickte Richtung Fenster. »Der liegt Ihrem Büro gleich gegenüber, und ich nahm an, dass Sie sich dort gut auskennen. Das erschien mir hilfreich. Ich habe mich diskret erkundigt. Sie genießen in Ihrer Branche einen guten Ruf.«

Aha, dachte Hartmann, du in deiner übrigens nicht! Vladimir Werther war ihm weniger als bedeutender Künstler, Kunsthändler und Galerist bekannt. Hartmanns Kenntnisse über Kunst hielten sich allgemein arg in Grenzen. Hartmann wusste, dass Van Gogh Probleme mit seinen Ohren hatte und Rembrandts Vater einen hübschen, goldenen Helm besaß. Das war es dann aber auch schon. Nein, Werther war vor zwei Jahren in einen Aufsehen erregenden Kokainskandal verwickelt gewesen. Er hatte eine seiner Musen – so nannte man wohl minderjährige Kunstgroupies – mit Kokain versorgt. Gutem, hochwertigem Stoff. *Zu* gutem Zeug, denn das Mädchen war kurz drauf an einer Überdosis gestorben. Werther hatte eine hohe Haftstrafe zur Bewährung bekommen. Der Skandal war in großen Zeitungslettern nicht zu überlesen gewesen.

»Von wem haben Sie diese Schließfach-Information?«, hakte Hartmann nach.

»Von einer Person, die nichts mit der Angelegenheit zu tun hat, die aber gut informiert ist und deren Name ich Ihnen nicht nennen werde.«

Hartmann streckte sich im Bürostuhl die Knochen gerade und schob eine lange Strähne hinters Ohr. »Ich fasse mal zusammen. Sie wollen das Objekt zurück. Die Polizei scheidet aus, weil sie Fragen stellt. Sie selbst scheiden aus, weil der Täter Sie erkennen würde. Er würde das Tatarenei dort lassen, wo es ist, und ihm ist nichts nachzuweisen. Das Ei bleibt verschwunden, Sie kriegen Ärger! Jetzt komme ich ins Spiel. Okay, hat Sinn. Hat Ihr Informant eine Ahnung, wann das Ei dem Schließfach entnommen wird, damit ich den Täter abfangen kann?«

Werther nickte, die gezwirbelten Bartzipfel wippten nach. »Ich gehe davon aus, dass das Objekt kurzfristig einem Interessenten, vermutlich in Übersee, angeboten wird. Über eine solche Kontaktaufnahme erhalte ich unverzüglich Kenntnis. Möglicherweise steht dieser Kontakt schon, dann rechne ich mit einem Vollzug des Handels in den nächsten zwei, drei Tagen. Sind wir uns einig?«

Hartmann stellte noch ein halbes Dutzend Fragen, die in etwa so viel brachten wie der Versuch, in einem Fortuna Düsseldorf Fanshop Trikots des 1. FC Köln zu verkaufen. Anschließend ließ sich der finanzielle Aspekt des Auftrags allerdings erfreulich unkompliziert regeln.

Hartmann begleitete seinen Klienten nach draußen auf den Flur, trat ans Fenster und presste sein Gesicht von innen gegen die Scheibe. Das gab zwar einerseits hässliche Fettflecken auf dem Glas, andererseits konnte er so aus der dritten Etage heraus seinen Klienten beobachten, wie dieser das Haus verließ.

Das war manchmal aufschlussreich. Wenn sich ein Klient zum Beispiel nach dem Verlassen des Hauses ausschüttelte vor Lachen, ließ das häufig Rückschlüsse auf die Seriosität des soeben erteilten Auftrags zu. Erleichtert angezündete Zigaretten ließen sich ebenfalls deuten.

Werther tat weder das eine noch das andere. Er überquerte die Fahrbahn und stieg in seinen Wagen. Das einzig Auffällige war das Auto selbst.

»Ein 65er Aston Martin in Dunkelgrün mit weißem Dach!« Hartmann war beeindruckt.

Und wollte sich gerade wegdrehen, als ihm ein zweites Fahrzeug auffiel, das ebenfalls losfuhr und hinter dem Aston her gleichfalls über eine durchgezogene Linie wendete. Begleitet von einem Hupkonzert einiger hundert entrüsteter Taxifahrer.

Hartmann presste seine Habichtaugen zusammen. Die Städtekennung? D für Düsseldorf. Ganz kleines Kennzeichen. Ein Buchstabe, eine Ziffer. Ein Geländewagen, schwarz. Großer, roter Aufkleber auf der Beifahrertür.

Er drehte sich zögernd um und beugte sich nachdenklich über das Foto mit dem grünen Ei. Hm. Wenn ihn nicht alle Sinne ganz fies täuschten, war an der Sache irgendetwas faul. Und es war ja hinlänglich bekannt, wie bestialisch schlimm faule Eier stinken ...

»Straßenverkehrsamt, Vollmer, guten Morgen, was kann ich für Sie tun?«

»Vollmer, alter Hengst, ich bin es, dein Kumpel Hartmann. Du schuldest mir einen Gefallen, und heute ist genau der Tag.«

»Hartmann? Christian Hartmann? Du bist nicht mein Kumpel! Wieso sollte ich dir einen Gefallen schulden?«

»Oh, bitte, Vollmi-Baby. Du machst mich verlegen. Muss ich dich wirklich daran erinnern?«

Am anderen Ende der Telefonleitung holte jemand tief Luft. »Ich weiß überhaupt nicht, auf was du anspielst, Hartmann. Bist du betrunken?«

»Lassen wir es dabei, Kumpel. Ich sitze in 'ner Kneipe und kann nicht frei sprechen. Die kriegen hier um mich rum schon Elefantenohren. Ich brauche den Fahrzeughalter eines schwarzen Geländewagens. Könnte ein BMW sein. Dora und dann ein Buchstabe und eine Ziffer.«

»Das geht nicht!«

»Natürlich geht das.«

»Ich kann dir nicht so ohne Weiteres einen Fahrzeughalter machen. Außerdem gibt es für deine Anfrage tausend Möglichkeiten.«

»Rein rechnerisch nicht, Vollmi. Mach hin!«

»Ich weiß überhaupt nicht ...«, murmelte der Mann am anderen Ende der Leitung, und Hartmann erlauschte zufrieden, dass eine Computertastatur bearbeitet wurde. »Ich hab sieben Treffer.«

»Lies mal vor!«

»Du bringst mich in Teufels Küche, wenn das rauskommt!«

»Kommt nicht raus! Versprochen!«

Vollmer leierte die Liste runter und Hartmann hörte nach dem vierten Namen nicht mehr hin. Bingo! Treffer! Hatte ihn sein etwas zu groß geratenes Näschen nicht getäuscht. Und bei dem Halter war mit Sicherheit was faul!

»Und? Zufrieden?«, fragte Vollmer.

»Du hast eine ganz tolle Stimme!«

»Arsch! Was war das überhaupt? Was weißt du über mich?«

Hartmann legte auf. Jeder hat irgendwas am Stecken. Was das jetzt bei Kumpel Vollmer im Einzelnen war, wusste Hartmann zwar nicht genau, aber ihm wäre sicher was eingefallen.

Hartmann bezeichnete Angie gerne als seinen besten, freien Mitarbeiter. Für andere war Angie ein runtergekommener

Junkie, der sich täglich mehrmals giftiges Zeug in die Venen jagte. Beides stimmte.

Hartmann warf einen Blick aufs Zeiteisen: 14.00 Uhr.

Angie hockte, wie immer um diese Zeit, auf einem bekritzelten und mit Flyern beklebten Stromkasten in der Nähe des Carlsplatzes, umringt von einem halben Dutzend Personen. Gestalten, denen man ungern im Dunkeln über den Weg lief. Im Hellen eigentlich auch nicht …

»Tag, Angie, saubere Blutwerte?«

»Willst du doch gar nicht wissen, du Pfosten«, grüßte Angie galant zurück.

»Stimmt. Arbeitest du immer noch nebenbei als …«

Angie sprang vom Stromkasten, schob Hartmann hastig einige Meter beiseite und zischte. »Halt bloß die Klappe, Hartmann! Ja, den Job hab ich immer noch, muss hier aber keiner was von wissen.«

Hartmann schob die Augenbrauen unters Dach. »Wieso das denn nicht?«

»Macht meinen Ruf kaputt.«

Hartmanns Blick strich unauffällig über die illustre Runde hinter Angie, die sich schweigend einen Zweiliterkanister Lambrusco teilte. Einer torkelte gerade ein paar Schritte zur Seite und erbrach sich unfein in einen Mülleimer. Hartmann fragte sich, wie hier ein *guter Ruf* definiert wurde. Was war rufschädigend daran, billiges Werbematerial für einen Elektrogroßmarkt zu verteilen?

»Schlimm genug, dass ich nebenbei für dich schnüffle«, fügte Angie gallig hinzu.

»Wo du es gerade ansprichst, du müsstest mir unbedingt kurzfristig bei einer Sache helfen. Ist praktisch ein Kinderspiel.«

Hartmann war mit seinem Plan zufrieden. Ein einfacher Plan. Er liebte einfache Pläne. Hingehen, umhauen, wegnehmen, abhauen! Sehr übersichtlich. Konnte nichts schiefgehen. Ein Kinderspiel. Praktisch.

Doch dann runzelte er die Stirn. Vielleicht sollte er doch noch eine zusätzliche Sicherung einbauen.

Hartmanns Telefonanlage summte.

»Hartmann, Ermittlungen aller...«

»Hartmann, ich habe einen Anruf bekommen. Aus New York. Einem Kollegen ist das Tatarenei angeboten worden. Der Deal soll morgen Mittag über die Bühne gehen. Das bedeutet ...«

»Schon klar!«

Hartmann legte auf und hackte gleich eine neue Nummer ins Telefon. Das bedeutete, dass jetzt oder in wenigen Minuten irgendwer im Bahnhof gegenüber ein Schließfach öffnen und diesem ein glitzerndes Schmuckstück entnehmen würde. Da kam ja plötzlich konstruktive Hektik in seine Eiergeschichte!

Ah! Ein guter Instinkt ist die eine Hälfte der Arbeit eines Privatdetektivs. Hartmann hatte voll auf den Allerweltsgesichtstyp mit dem falschem Vollbart gesetzt. Na ja. Ein gewisses Maß an Flexibilität war die andere Hälfte. Es war der Mann mit der geäderten Landkarte auf der Knollennase, der sich durch einen Strom Passanten kämpfte, den der ICE aus Stuttgart in den Düsseldorfer Hauptbahnhof gespuckt hatte.

Zielstrebig steuerte Adernase die Schließfächer an. Hartmann folgte ihm zügig und rempelte einen Osterhasen an, der im Weg stand und Plastikeier an nölende, rotzfreche Kinder verteilte. Der Hase würdigte ihn keines Blickes. So viel zum frohen Osterfest.

Zehn Meter von Adernase entfernt widmete sich Hartmann der Tafel mit den S-Bahn-Verbindungen. Aus den Augenwinkeln beobachtete er, wie Nase derweil das Schließfach öffnete. Jetzt musste es schnell gehen! Ein Kegelclub auf Herrentour torkelte zwischen ihnen lärmend und von Norderney schwärmend durch den Flur.

Nase zog einen Jutebeutel heraus.

Jetzt!

Hartmann sprang los. Der Geäderte bemerkte ihn im letzten Moment und drehte Hartmann ein völlig überraschtes Gesicht entgegen. Hartmann schlug zu. Einmal hart mit der Rechten aufs breite Kinn. Hartmanns Linke krallte sich den Jutebeutel, der sich um einen geheimnisvollen, eiförmigen Gegenstand schmiegte. Hartmann ließ einen zweiten Haken folgen, der Näschen ins dunkle, wauschige Land der Träume schickte, und riss den Beutel endgültig an sich.

Drehung und Fersengeld!

Einer der lustigen Kegelfreunde hatte den Zwischenfall bemerkt und grölte Hartmann ein wirklich wichtiges »Ey« hinterher.

Soweit, so gut!

Hartmann jagte um die Ecke ... und prallte mit dem Osterhasen zusammen. Der ging taumelnd zu Boden und verlor zur fröhlichen Belustigung der kreischenden Kinderbande einige seiner bunten Plastikeier. Als der Hase sich fluchend aufrappelte und anfing, die heruntergefallenen Eier einzusammeln, bog Hartmann schon nach rechts in den Toilettenbereich ab.

Seine beiden durchtrainierten Verfolger, die sich plötzlich vom Aufgang des Gleises 13 lösten und hektisch hinter ihm herjagten, ahnte er mehr, als dass er sie sah. Hatte er es sich doch gedacht, dass Adernäschen und er nicht die einzigen beiden Eierfreunde waren, die hier auf der Platte erschienen. Die Geschichte hatte einen doppelten Boden, klar! Hartmann gab Gummi, hielt sich rechts, nahm Anlauf und sprang über die metallenen Absperrgitter in den Toilettenbereich.

Erst jetzt hielt er inne. Natürlich: das war eine Sackgasse!

Zum Umdrehen war es zu spät, denn zwei breit gebaute Kleiderschränke versperrten ihm heftig schnaufend den Rückweg. Und nicht nur die beiden wirkten auf Hartmann alles andere als freundlich. Zwei fiese, schwarze Pistolen zeigten mit dem unangenehmen Ende auf ihn.

Ungefähr in Brusthöhe.

Mindestens einer der beiden konnte sprechen: »Rück das Teil raus, Alter. Keine Zicken!«

Hartmann hob sicherheitshalber die Hände gen Himmel. »Ich weiß nicht, was ihr wollt!«

»Bist du lebensmüde oder was? Schieb den Beutel aus dem Schließfach rüber. Dalli. Sonst mach ich dir ein Loch ins Hemd! Ich zähle jetzt bis drei! Eins, zwei ...«

Vier Toilettentüren flogen gleichzeitig auf.

»Polizei! Runter mit den Waffen! Sofort!«

Den beiden Hartmann bedrohenden Mündungen wurden zahlreiche schwarze Löcher hinzugefügt, die zu geschätzt einem Dutzend Maschinenpistolen gehörten. Die, so stellte Hartmann beruhigt fest, visierten allerdings nicht ihn, sondern zwei andere Ziele an. Leicht zu erkennen, an einem Dutzend roter Punkte, die auf den Körpern der beiden Kleiderschränke tanzten. Und von denen richtig gedeutet wurden, denn die beiden ließen hastig ihre Pistolen sinken und legten sie auf die weißen Fliesen zu ihren Füßen.

Hartmann entspannte sich. »Na prima!«

106

Hinter den SEK-Leuten kam ein Polizist in Zivil zum Vorschein, der den ersten beiden Beamten einen Wink gab, woraufhin diese die beiden Killer mit Handschellen versorgten. Zusammen mit zwei anderen führten sie die Schränke zügig ab.

»Los, Hartmann, jetzt zu dir. Was ist hier los?«

Hartmann zuckte mit den Schultern. »Keine Ahnung, Herr Kommissar.«

»Hartmann!«, spuckte Kriminalhauptkommissar Dircks. »Erzähl mir jetzt keine deiner üblichen Lügenstories. Ich will wissen, was hier läuft, und warum die beiden Typen dir an den Kragen wollten!«

Hartmann strich sich durchs Haar. Er kannte und schätzte den Cop der Düsseldorfer Mordkommission. Sie kamen im Grunde genommen gut miteinander aus, Hartmann wollte es sich mit dem smarten Ermittler nicht verderben. So einen lügt man ungern an.

Aber jede Wahrheit hat seine Zeit. »Ich habe heute Vormittag einen anonymen Anruf bekommen. Ich soll aufpassen, zwei Typen wollen mich umlegen. Worum es geht, wusste mein Informant nicht. Wahrscheinlich eine Verwechselung. Der Typ wollte mich nur warnen. Jetzt kann ich ja nicht darauf warten, irgendwann umgepustet zu werden. Deshalb bin ich spazieren gegangen, hab mich intensiv umgeschaut und vor meiner Haustür diese beiden Typen entdeckt. Ich hielt es für eine verdammt gute Idee, den beiden eine Falle zu stellen. Euch habe ich hier in den Toilettenbereich bestellt. Ich gehe in den Bahnhof und renne plötzlich und ohne Grund los. Die beiden folgen mir natürlich und schwupp, könnt ihr die beiden Eisenträger festnehmen. Ich glaube zwar nicht, dass die beiden euch gegenüber besonders gesprächig sein und Licht in die Sache bringen werden, aber he: ich, ich habe wirklich keinen blassen Schimmer, worum es hier geht!« Hartmann fügte seiner Unschuldsmiene ein ratloses Achselzucken hinzu.

Der Cop schüttelte den Kopf. »Ich hab selten so eine Scheiße gehört! Los, rück den Jutebeutel raus, von dem die Typen eben gesprochen haben!«

»Ich habe keinen Jutebeutel. Die Dinger fand ich in den Achtzigern schon schrecklich und ...«

»Quatsch keine Opern! Halt still!« Der Cop drückte Hartmann gegen die Kacheln, drehte seine Klamotten auf links und fand keinen Jutebeutel. »Du hast ihn weggeworfen!«

»Das hätten die Typen doch bemerkt.«

»Offensichtlich nicht.« Der Cop war wirklich sauer. »Das hat ein Nachspiel, Hartmann!«

»Is klar. Mich will man umnieten, und als Zugabe krieg ich ein Nachspiel. Toll«, antwortete Hartmann, zupfte sich das Hemd zurecht und ließ eine Handvoll gut verpackter SEK-Bullen und einen verärgerten Kriminalhauptkommissar mit wutrotem Gesicht in der Herrentoilette des Düsseldorfer Hauptbahnhofs zurück.

Angie erwartete ihn in seinem Büro. Dessen Osterhasenkostüm hing im Flur an der Garderobe. Angie hielt ein grünes Jadeei in den Händen. »Von Ostereiern habe ich wirklich bald genug«, sagte er.

»Das ist kein Osterei, sondern ein Tatarenei. Spätes 15. Jahrhundert«, erklärte Hartmann und nahm ihm das Schmuckstück weg.

Er schüttelte das Teil. Hoffentlich fiel der Reiter drinnen nicht vom Pferd. Dann klickte er den goldenen Verschluss auf. Das Innere des Eis rieselte auf seinen Schreibtisch.

»Hoppla. Ein Tatarenreiter im Winter«, grinste Hartmann.

»Scheiße! Das ist Koks!«, jauchzte Angie.

»Japp! Finger weg, Angie! Das hab ich mir gedacht. Vladimir Werther, der Hund! Hat einen ganzen Packen Stoff im Tatarenei versteckt. Dann wird ihm das Ei geklaut. Nicht nur, dass er den materiellen Schaden hat, nein, im Ei befindet sich Koks in einer solchen Menge, dass es ausreicht, seinen einschlägig vorbestraften Besitzer, der unter Bewährung steht, für ein paar Jährchen hinter schwedische Gardinen zu bringen. Deshalb hat Werther sich nicht an die Polizei gewendet. Hätten die das Ei gefunden, hätten sie das Kokain entdeckt, und unser Eierfreund wäre im Knast gelandet, weil das Zeug sich ganz sicher auf die ein oder andere Art ihm zuordnen lassen würde.«

»Hm«, knurrte Angie, den feinkörnigen, weißen Schneeberg fest im Blick. »Und die beiden Hauer?«

»Waren welche von Huren-Heinz´ Leuten. Das war einer seiner schwarzen Jeeps, der Werther gefolgt war. Der große, rote Aufkleber an der Beifahrerseite, der auf seinen Bums in der Stresemannstraße hinweist, pappt an allen seinen Fahrzeugen. Und bei Huren-Heinz geht es immer entweder um ...«

»Huren.«

»Oder um Koks! Und weil in das Ei schwerlich eine blutjunge, osteuropäische Schönheit reinpasst, lag es nahe, dass sich Koks im Ei befindet. Vermutlich hat Werther noch 'ne Rechnung mit Huren-Heinz offen. Möglicherweise hat er noch nicht bezahlt. Das ist Werthers Problem! Weil aber grundsätzlich mit Heinzis Leuten nicht zu spaßen ist, habe ich die Kavallerie in die Herrentoilette bestellt.«

Angie leckte sich die Lippen. »Was hast du mit dem Zeug vor?«

»Schätze, die Kanalratten feiern heute Abend eine heiße Koksparty!«

Angie stöhnte auf. »Das ist nicht dein Ernst? Die Toilette runter? Das gute Zeug! He, Hartmann, komm! Eine Linie für den Osterhasen!«

»Ausgezeichnete Arbeit, Hartmann!«

Gierig riss Vladimir Werther Hartmann den fleckigen Jute-beutel samt Tatarenei aus den Fingern und leckte sich die Lippen, die Bartspitzen zitterten hektisch.

»Darf man bei mir erwarten«, murmelte Hartmann und fing an, die Scheinchen nachzuzählen, die Dalí ihm in einem Briefumschlag stilecht rübergeschoben hatte.

Dalí stutzte. Er hielt das Ei in seinen Händen und hatte gerade festgestellt, dass es ca. 738 Gramm leichter war, als angenommen. Wenn Angies Feinwaage genau funktionierte.

Hartmann fing Werthers Blick auf und hielt ihm stand. »Stimmt etwas nicht?«

Dalí schluckte. »Ich dachte nur …«

»Sitzt der goldene Reiter noch im Tatarensattel?«

Dalí öffnete mit zittrigen Fingern und Schweißtropfen an den Schläfen das Jadeei. Der frisch polierte Reiter glänzte in voller, goldener Pracht.

»Der Reiter ist noch da«, summte Hartmann, versenkte den Umschlag mit den Scheinchen in der Schreibtischschublade und grinste Werther an. »Sie hatten recht, das war ein Kin-derspiel!«

Verbrechen mit Rechen

Ich musste mir unbedingt einen neuen Faltplan kaufen. Erst fand ich die richtige Ortseinfahrt nicht, dann musste ich feststellen, dass die Krise im Baugewerbe an Nieukerk wohl weiträumig vorbeigegangen ist. Auf meinem Plan stimmte fast gar nichts mehr. Dabei war ich hier noch vor knapp zwei Jahren bei einem Handballspiel des Aldekerker TV. Gegen Wuppertal. Oder Oppum? Egal.

Schließlich musste ich mich durch Rahm, Stenden, Aldekerk und Eyll bis nach Nieukerk durchfragen, um endlich den Schlehdornweg zu finden. Immerhin fand ich im verkehrsberuhigten Bereich dann sofort ein paar graue Pflastersteine und konnte meinen Wagen direkt vor der Zweiundzwanzig abstellen. Ums Haus herum in den Garten, hatte der Kollege der Einsatzleitstelle erklärt. Okay.

Im Garten erwartete mich ein Kollege, den ich vom Sehen kannte. Die meisten Polizisten am Niederrhein haben irgendwann mal in Düsseldorf oder Köln gearbeitet, bevor das Versetzungsgesuch in die Heimatbehörde durch ist.

»Morgen.«

»Morgen. Jürgen Dircks«, stellte ich mich vor. »Wir kennen uns aus Düsseldorf, oder?«

»Jow. Markus van den Brandt. Ich war drei Jahre in der Polizeiinspektion Nord. Seit eineinhalb Jahren bin ich jetzt in Geldern. Du bist alleine unterwegs?«

»Rufbereitschaft. Bei meinem Kollegen ist dauerbesetzt. Er hat drei Töchter.«

»Ach so.«

»Wart ihr die ersten am Tatort?«

»Jow. Der Anrufer bei uns, um 16.34 Uhr, war Herr Janssen. Das ist der da.«

Janssen, in grüner Gärtnerlatzhose, saß wie ein Häufchen Elend kopfschüttelnd auf der Terrasse. Ein zweiter Kollege hockte neben ihm und grüßte. Ich winkte zurück.

»Wir waren fünf Minuten später hier. Er hat vorm Haus auf uns gewartet. Gesagt hat er nur, dass er seine Frau erschlagen hat. Sie liegt dort drüben«, sagte er und zeigte dabei ans andere Ende des Gartens.

»Übersichtlicher Sachverhalt, oder?«

Ich guckte mir den übersichtlichen Sachverhalt genauer an. Frau Janssen, so zwischen sechzig und siebzig Jahre alt, war augenscheinlich tot. Sie lag vor mir auf dem frisch gemähten Rasen. Ich lugte hinüber zum Notarzt, der dabei war, Papiere auszufüllen.

Das Interessante war der Rechen. Der war von *Gardena*. Ich habe selbst einen kleinen Garten, da erkennt man so was … Mit diesem Rechen hatte Herr Janssen seine Frau erschlagen. Das war offensichtlich. Ein, zwei, drei Zacken hatten sich bis in den Schädel geschraubt. Tja. Im Schläfenbereich ist das tödlich … Das hatte der Notarzt auch gemeint und wedelte jetzt mit der Todesbescheinigung. Ich winkte zurück.

Frau Janssen hatte in einem weißen Plastikgartenstuhl gesessen, der umgestürzt zu ihren Füßen lag. Außerdem fiel mir ein gutes Dutzend zusammengeknüllter Seiten Schreibpapier auf, die hier überall herumlagen. Passend zur Schreibmaschine, die auf dem Gartentisch stand.

Ein Blatt Papier steckte noch in der Maschine.

Ein Traum in rot,
nicht lebend,

nicht tot.
Mehr als ein Stich
Mehr als Schmerz.
Ernüchterung im Abendrot
Bringt ...

Und jetzt fiel's mir auch ein: Janssen! Gertrude Janssen. Na klar, die Schriftstellerin. Immer diese kleinen Gedichte in den Lokalblättchen. *Niederrhein Nachrichten* und so. Zehn oder zwölf Zeilen lang, immer passend zur Jahreszeit oder zum Feiertag. Na ja. Halt immer so Dinger, wie der rote Traum hier. Ich fischte einen weiteren Zettel vom Rasen.

Der Traum ist grau
Die Farbe ist rot.
Ich bin das Trinken
Ich bin das Essen.

»Und jetzt werden dich bald die Würmer fressen«, murmelte ich und ließ den geistigen Erguss zu Boden segeln. Es war an der Zeit, sich dem Täter zu widmen.

Janssen schüttelte immer noch den Kopf. »Ich wollte das nicht. Doch nicht mit dem Rechen.«

»Am besten fangen wir ganz vorne an. Ihre Frau sitzt im Garten an ihrer Schreibmaschine und schreibt. Sie sind ebenfalls im Garten, halten den Garten in Ordnung.«

»Genau. Sie wollte so einen richtig großen Garten. Mit so einer richtig großen Rasenfläche. Ich bin ja mehr für Bäume, Sträucher und Rindenmulch. Aber wenn sie sich was in den Kopf gesetzt hat ...« Janssen seufzte.

Ich wartete.

»Sie hatte nur ihre Schreiberei im Kopf. Gertrude Janssen. Diese Gedichte in der Zeitung. Kennen Sie die? Kennen Sie! Grün hat sie inspiriert. Ich frage mich, zu was?«

»Und heute?«, wollte ich zur Sache kommen.

»Heute? Heute war es besonders schlimm. Seit heute Morgen um acht Uhr bin ich dran. Vorne vorm Haus habe ich angefangen. Sie saß hier hinten und hat getippt. Dann habe ich hier hinten angefangen, mit dem Rasen. Immer um ihren Tisch rum. Und schon hat sie wieder einen Zettel auf den Rasen geschmissen. Ich habe ihn aufgehoben. Ein neuer Zettel. Ab in den Müll. Und immer hat sie mich gefragt: Was reimt sich auf Morgensonne? Was auf Trennungsschmerz? Was reimt sich auf Heimweh? Sie hat mich wahnsinnig gemacht!« Seine Stimme wurde hektisch: »Und immer diese Zettel. Und immer diese Fraaaaaaagen. Reime! Reime! Da habe ich den Rechen genommen. Den hatte ich ja sowieso fürs Blumenbeet bereitgelegt. Was reimt sich auf Hungersnot? Was reimt sich auf Leberfleck? Und wieder ein Zettel. Der Rechen. Was reimt sich auf Abendrot? Und dann habe ich sie aus dem Stuhl gehauen. Zack. Rums, in ihren Schädel. Und dann war Ruhe. Keine Zettel mehr. Keine Reime mehr.« Er hielt inne. »Ich werde Sträucher pflanzen …«

»Später dann, Herr Janssen.«

»Später. Hauptsache, ich habe meine Ruhe. Keine Zettel und keine verdammten Fragen mehr! Der Richter. Er wird doch Verständnis für mich und meine Situation haben. Diese Fragen. Diese ewige Reimerei …«

Ich beugte mich nach vorne: »Also, Herr Janssen: Sich zu rächen / mit dem Rechen / ist ein schwerwiegendes Verbrechen. / Der Richter wird ein hartes Urteil sprechen.«

Janssen ging mir sofort an die Kehle. Der Kollege riss ihn zurück und bugsierte ihn zügig Richtung Streifenwagen.

Jetzt war ich es, der den Kopf schüttelte. »Erst die Alte erschlagen und dann auch noch völlig humorlos sein. Da macht auch der übersichtlichste Sachverhalt keinen Spaß.«

Drachenfest

[Pacinotti-]

Mit diesem Anruf hatte ich gerechnet. Hundertprozentig. Ich brauchte gar nicht aufs Display zu gucken. Sie rief mich immer einen Tag vorher an, damit ich ja an den Muttertag dachte.

Wie hätte ich den vergessen können? Ich hatte die vergangene Nacht schon schlecht geschlafen.

Ich hob ab. »Sabine, ich hab nicht vergessen, dass morgen Muttertag ist. Und ja, ich werde pünktlich zu Kaffee und Kuchen da sein.«

Ein paar Sekunden lang blieb es in der Leitung ruhig. Dann: »Gut. Ich dachte nur. Wo sie doch letzten Monat fünfundachtzig geworden ist. Da kann jeder Muttertag ihr letzter sein.«

»Schön wär es«, knurrte ich.

»Thomas!«

»Ist ja gut. Ich werde gründlich duschen, mir was Nettes anziehen, mich kämmen, schöne Blümchen kaufen und pünktlich sein.« Ich legte auf und wechselte vom Büro die Treppe hinunter in die Küche.

Michael hockte über der Tageszeitung. Ich schüttete mir einen Kaffee ein, strich ihm übers schwarze Haar und setzte mich dazu.

»Und?«, fragte er.

»Meine Schwester Sabine. Sie hat mich daran erinnert, dass morgen Muttertag ist.«

»Hu!« Er schüttelte sich. »Drachenfest.«

Ich lachte. »Genau.«

»Und gehst du hin?«

»Natürlich. Ich bin ein braver Junge.«

Er grinste. »Bist du nicht. Deine Freundin heißt nicht Marion, Mandy oder Miriam, sondern Michael. Und das bedeutet: keine Enkelkinderchen.«

Ich nippte am Kaffee. »Stimmt. Die wären bei uns eher unwahrscheinlich. Das wird morgen sicher wieder Thema sein.«

»Soll ich mitkommen?«, fragte er.

Ich lachte. »Lieb gemeint. Aber das würde sie umbringen.«

»Na ja.« Er zwinkerte mir zu. »Nicht die schlechteste Entwicklung. Dann bräuchtest du kein Messer.«

»Du bist böse, mein Schatz!«

»So magst du es doch am liebsten.«

»Das stimmt. Aber da muss ich alleine durch. Ich gehe ja auch alleine zum Zahnarzt. So schlimm wird es nicht werden. Zum Abendessen bin ich wieder zu Hause.«

* * *

Mutters selbstgemachter Kuchen schmeckte noch furchtbarer als im letzten Jahr. Die gute Backmischung von *Aldi*, aufgepeppt oder wie sie sagen würde, raffiniert verfeinert, mit selbst gezogenen Kräutern aus dem heimischen Garten. Ich fand, dass das Selbstgebackene ein wenig nach Fischteich roch, nach dem sumpfigen Tümpel, der Mutters Garten zum Nachbargrundstück begrenzte. Aber da mochte ich voreingenommen sein.

»Noch ein Stückchen?«, fragte Mutter, und ich schüttelte hastig den Kopf.

Auch Sabine winkte ab. »Ich muss ein wenig auf meine Figur achten, Mutter.«

»Ach was«, wischte Mutter den Einwand beiseite. »Du musst nicht auf deine Figur achten. Nicht mehr.«

Ich nippte am Kaffee und warf einen prüfenden Seitenblick nach links.

Sabine erwischte mich, kniff die Augen gefährlich eng zusammen und zischte mich an: »Sag nichts Falsches, Bruderherz!«

»Ich werde mich hüten.«

Mutter hüstelte heiser. Sie trug wie immer ihr blaues Kostüm mit dem weißen Rüschenkragen. Für besondere Anlässe. Und sie war beim Friseur gewesen. Aldekerk, am Marktplatz bei *Koch*. Da ging sie immer hin. Oben in der flotten Frisur steckte ihre Lesebrille. Mutter sah gut aus, hatte sich prima gehalten, wurde einfach nicht älter.

Und wollte einfach nicht sterben, fügte ich in Gedanken böse hinzu. Die reine Niedertracht hielt sie am Leben. Vielleicht sollte ich wirklich versuchen, der Natur bei Gelegenheit ein wenig hilfreich zur Hand zu gehen.

Mann, der Kuchen lag aber auch schwer im Magen. Wie ein Stein!

Mutter faltete ihre feine Stoffserviette zusammen und legte sie aufs Tellerchen.

»Kein Stück Kuchen mehr? Nein? Na gut. Für euch zu backen, hat nie besonders viel Spaß gemacht.«

»Kam früher auch nicht allzu häufig vor«, konnte ich mir anzumerken nicht verkneifen.

Mutter strafte ihren Sohn mit einem vernichtenden Blick, und Sabine trat mir unterm Tisch gegen das Schienbein. Nicht heute, sollte das heißen.

Na gut, ich würde mich zusammenreißen.

Dann lächelte Mutter sogar milde. »Nun denn. Wir wollen nicht böse miteinander sein. Es ist das letzte Mal, dass wir in dieser trauten Muttertagsrunde zusammensitzen werden.«

Sabine blickte entsetzt.

Ach, dachte ich.

Mutter räusperte sich. »Ich habe mich ja damit abfinden müssen, dass mein Leben nicht mit Enkelkindern gesegnet sein wird.«

»Nicht das wieder«, murmelte ich.

»Du, Thomas, bist in dieser Hinsicht ja eine einzige Enttäuschung. Mit deiner Abartigkeit.«

»Mutter!«, entfuhr es Sabine.

»Lass nur«, legte ich meiner Schwester schnell eine Hand auf ihren Arm.

Ich blickte auf das scharfe Kuchenmesser direkt vor mir auf dem Tisch und dann Mutter in die kalt-blauen Augen, die mir in meiner Kindheit böse funkelnd so oft den Schlaf geraubt hatten. »Mach nur so weiter, Mutter. Dann bin ich früher zu Hause beim Abendessen als ich dachte.«

Sie nickte gönnerhaft. »Mit Kindern ist bei dir jedenfalls nicht zu rechnen.«

»Michael und ich haben nicht vor, welche zu adoptieren.«

Mutter hielt einen Moment inne. »Adoptieren? Da hatte ich gar nicht dran gedacht. Nun ja. Es wären ja eh keine ... richtigen Enkelkinder gewesen.«

Sabines Gesicht nahm schlagartig die gebleichte Farbe des gestickten Deckchens auf dem Tisch zwischen uns an. Sie schien etwas sagen zu wollen.

Aber Mutter kam ihr zuvor. »Und von dir, liebe Sabine, ist ja seit einigen Monaten auch nichts mehr zu erwarten. Wo du dich ja hast sterilisieren lassen.«

Sabine schnappte nach Luft. »Mutter! Woher ... woher weißt du das?«

»Von deinem Hausarzt.«

»Was? Das ist doch wohl … Der kann dir doch nicht einfach erzählen, dass …«

»Er ist genauso ein Lämmchen, wie du, Sabine. Ich hab ihn ein wenig unter Druck gesetzt, seitdem hält er mich über interessante Entwicklungen auf dem Laufenden. Sabine, das war eine sehr, sehr herbe Enttäuschung für mich, an der ich lange zu knabbern hatte.«

»Das ist alleine unsere Entscheidung«, murmelte meine Schwester leise.

Ich strich mir durchs Haar. Immerhin. Dieser Muttertagskaffee war auf jeden Fall nicht so fürchterlich langweilig wie die gefühlten dreihundert davor. Durchs große Wohnzimmerfenster fielen freche Sonnenstrahlen herein, die sich in der breiten, scharfen Klinge des Kuchenmessers funkelnd spiegelten.

»Sei es aber drum«, fuhr Mutter mit ruhiger Stimme fort. »Mir wurde auf jeden Fall klar, dass diese heutige Zusammenkunft die letzte gemeinsame Muttertagsrunde sein würde. Ich habe es satt, mit diesen Enttäuschungen an einem Tisch sitzen zu müssen.« Sie zögerte einen kleinen Moment. Ihr Blick kreiste über die Tafel. »Muss ich ja jetzt auch nicht mehr. Wie sich die Dinge ergeben haben.«

Für mich gab es nur eine Erklärung. »Du bist krank?«

Sie lachte. »Ich bin kerngesund. Fünfundachtzig, aber kerngesund. Und kräftig. Kräftig genug, um eure beiden Leichen gleich zum Fischteich zu ziehen und sie dort zu versenken.«

Sabine und ich sahen uns an. Jetzt war Mutter offensichtlich total übergeschnappt.

»Wie ihr sicher bemerkt habt, habe ich den Kuchen nicht angerührt. Nicht nur wegen des fortschreitenden Diabetes. Nein, ich habe genug frisches Gift aus dem Kräutergarten reingemischt, dass es dreimal für euch gereicht hätte. Und es wirkt ganz schnell. Merkt ihr schon was?«

Ich fuhr mir an den Hals.

Verdammt.

Sabine versuchte aufzustehen. Vergeblich.

»Dass ihr mir Enkelkinder schenkt, war euer einziger Lebenszweck. Da das nichts mehr wird, fällt eure Lebensberechtigung weg. Ich kann und will euch nicht mehr sehen.«

Sie nickte hinter sich durchs große Wohnzimmerfenster in den Garten. Mit Fischteich.

Ich griff zum scharfen Kuchenmesser, um es ihr durchs hässliche, blaue Kostüm in die Brust zu rammen.

Mutter lächelte.

Es wollte mir nicht gelingen.

Scharf

Scharf! Rattenscharf!

Ich stieß meiner Freundin und Gastgeberin vorsichtig den Ellbogen in die Seite und nickte rüber ans andere Ende der Küche. »Wo hast du denn dieses süße Sahneteilchen aufgesammelt?«

Sie grinste mich an. »Heute Morgen in der Waschanlage.«

»In der Waschanlage?«

»Ich hab mein Auto waschen lassen. Da stand er plötzlich mit seinem Wagen in der Schlange direkt hinter mir. Und da hab ich ihn angesprochen.«

»Cool.« Ich strich mir eine blonde Locke hinters Ohr. Susi, seit mehreren Jahren fest mit Michael liiert, überraschte mich immer wieder. Selten allerdings so angenehm wie heute.

»Ich hab ihn gefragt, ob er heute Abend was vor hat. Hatte er nicht, und da hab ich ihn eingeladen. Ist doch eine Bereicherung, oder?«

»Eindeutig.« Ich musterte den Traum meiner schlaflosen Singlenächte, der sich drei Meter von mir entfernt ein paar Cracker mit Lachs vom Buffet angelte: Eins-fünfundachtzig groß, schlank, aber kräftig, lange, schwarze Haare – gepflegte Erscheinung. Blaue Augen, soweit ich das von hier aus erkennen konnte. Er trug einen dunklen, engen Rollkragenpulli und eine enge, bestickte Bluejeans, in der er einen knackigen Hintern versteckt hielt. Ebenfalls: soweit ich das von hier aus erkennen konnte … »Endlich mal ein neues Gesicht.« Das war hier auf den Feten am Niederrhein, wo jeder mit jedem die Schulbank gedrückt hatte und man auf den Partys

127

immer über die gleichen Leute stolperte, eher selten der Fall.

»Na ja«, stichelte Susi, »da ist es ja eigentlich schade, dass du schon in männlicher Begleitung gekommen bist.«

Ich warf ihr einen warnenden Blick zu. Keine falschen Schlüsse jetzt! Ich nickte rüber ins Wohnzimmer, in dem Jürgen, meine eben erwähnte männliche Begleitung, an einem Stehtisch heftig mit einer Kegelschwester flirtete. »Jürgen ist ein Arbeitskollege. Dichte uns nichts an! Wir stecken bis zum Hals in Arbeit, haben heute bis sieben gemacht, und ich hab ihn gefragt, ob er Lust hat, mit auf deine Party zu kommen. Ein Arbeitskollege, mehr nicht!«

»Och, eigentlich schade, er sieht doch auch ganz nett aus.«

Ich nippte am Cocktail. »Ist er auch! Sonst hätte ich ihn ja nicht mitgebracht. Aber denk dran, du bist in festen Händen. Ich dagegen, ich suche noch welche.« Ich nickte rüber ans Buffet. »Vielleicht habe ich für heute Abend ja ein schönes, festes Paar gefunden! Das würde mir fürs Erste reichen.«

»Fürs Erste, aha. Na, dann wünsche ich dir viel Erfolg. Lohnt sich übrigens. Zum Traumtyp gehört auch noch ein gelber Porsche.«

Mir fiel fast das Glas aus der Hand. Ein gelber Porsche.

»Na, na, wer kriegt denn da plötzlich glänzende Augen? Ein profaner, gelber Porsche kann dich beeindrucken? So kenne ich dich ja gar nicht.«

Ich sammelte mich schnell. Eine ganze Menge schoss mir rasend schnell durch den Kopf. Geil aussehender Dressman mit gelbem Porsche unterm knackigen Hintern. Hm. Da darf man sich als Single von zwanzig something doch sicher mal kurz bemerkbar machen ... Oder etwa nicht? Das müsste klappen! Immerhin hatte ich lange, blonde Haare!

Susi legte mir ihre Hand auf den Arm. »Ich muss mich ein bisschen um Michael kümmern. Der hängt beim DJ rum und versucht ihn zu überreden, mehr Beatles zu spielen. Das muss ich verhindern, wenn die Party was werden soll. Viel Erfolg beim schönen Unbekannten«, zischte Susi, kniff mir verschwörerisch ein Auge und huschte davon.

Aus taktisch naheliegenden Gründen schien es geboten, am Buffet ein paar Trauben einzuschieben. Und die lagen direkt neben den Lachscrackern.

»Hoppla.« Ich rempelte ihn an.

»Nix passiert«, strahlte er zurück und brachte seinen wackelnden Cracker wieder ins Gleichgewicht.

»Am Buffet herrschen raue Sitten«, grinste ich.

»Fast wie auf hoher See.«

»Aha: ein Seemann!«

Er lachte und zeigte ein strahlendes Gebiss, womit er bei mir optisch die letzte Hürde nahm. Nur eine Reihe dunkler Grabsteine in seinem Mund hätte mich jetzt noch von ihm fernhalten können. Wenn überhaupt.

»Nee, kein Seemann. Immobilienmakler aus Düsseldorf, den die Suche nach ein paar kleinen, einsamen Katstellen im niederländischen Grenzgebiet an den schönen Niederrhein getrieben hat.«

»Und ein dreckiges Auto.«

Er schob ein dichtes Paar Augenbrauen fragend nach oben.

Ich fischte eine Traube vom Buffet. »Die Waschanlage. Susi hat mir erzählt, wie ihr euch kennen gelernt habt. Ich bin ihre Freundin. Annika.«

Er lachte, trat einen halben Schritt zurück und hielt mir die Hand hin. »Ach ja, wir sind auf dem Land, da spricht sich offensichtlich alles sehr schnell rum. Dann stelle ich mich mal besser vor, bevor es ein anderer tut. Ich bin Sven.«

Ich schnappte mir seine Hand und genoss seinen kräftigen Händedruck. »Hallo Sven. Ein nordischer Name, vielleicht doch ein Seefahrer? Oder ein Wikinger? Auf jeden Fall ein neues Gesicht.«

»Na ja, so neu ist das Gesicht auch nicht mehr.«

Ich blinzelte ihn frech an. »Och, bestimmt nicht älter als mein Hintern.«

Er legte den Kopf schief, beugte sich zur Seite und schielte meinen Rücken herab. Ich war froh, die enge Jeans einem Schlabberrock vorgezogen zu haben.

»Das müsste ich natürlich genauer überprüfen«, stellte er fest.

»Ich habe keinen Ausweis dabei, der das exakte Baujahr nachweisen könnte.«

Sein Blick verschwand vorne in meiner Bluse. Ich checkte im Geiste hastig meine Unterwäsche. Es hatte vor der Party alles ziemlich schnell gehen müssen. Hm, okay, was kleines Blaues, das ging in Ordnung.

Sein Blick kroch langsam wieder heraus. »Wo sollte der Ausweis auch versteckt sein ...«, erklärte er.

Ich pflückte noch eine Traube vom Buffet und war mit unserer kleinen, scharfen Partykonversation sehr zufrieden ...

Michael hatte es offensichtlich nicht geschafft, den DJ von der Partytauglichkeit seiner alten Beatlesscheiben zu überzeugen, denn die kleine Tanzfläche im Wohnzimmer hatte sich zu alten Discorhythmen der Achtziger prima gefüllt.

Es lief was von Chic, und er legte seinen Arm um meine Hüfte. »Sollen wir tanzen?«

Tanzen konnte er auch noch! Der Typ wurde immer interessanter. »Gerne.«

Susi warf mir auf der Tanzfläche heimlich einen aufgereckten Daumen zu. Der Fisch zappelte am Haken. Hm, und es war ein Prachtexemplar, das sich da vor mir geschmeidig im Rhythmus der Gitarre aalte. Unsere Augen trafen sich. Wir berührten uns. Klasse!

130

Jürgen, meinen Arbeitskollegen, hatte ich zugegebenermaßen ein wenig vernachlässigt, aber der, so schien es, als ich ihn bei einer schwülwarmen Klammerbluesnummer im Vorbeitanzen leicht anstupste, war auch sehr gut und erfolgreich beschäftigt.

Das hatten wir uns aber auch verdient. Nach all dem Ärger und den Überstunden in den letzten Wochen.

»Noch einen Drink, Annika?«

»Einen kleinen vielleicht noch. Und du?«

»Ich nehme ein Mineralwasser, ja.«

»Musst du noch fahren?«

»Klar.«

Ich schmiegte mich eng an ihn und drückte meine Brust an seine. »Ich müsste noch *gefahren werden*.«

Seine Hand rutschte mir auf den Hintern. Sanft zog er mich an sich. »Ich bin ein sehr vorsichtiger Fahrer.«

Ich drückte ihm zärtlich einen Kuss ans Ohrläppchen und flüsterte. »Hoffentlich nicht zuuu vorsichtig.«

Er grinste mich an. »Ich möchte allerdings nicht mehr allzu lange bleiben.«

»Ich auch nicht.«

Er presste ein wenig stärker. »Dann lass uns gehen.«

»Okay.« Ich küsste ihn flüchtig auf die Lippen. »Ich sag nur kurz meinem Kollegen Bescheid, dass er nicht auf mich zu warten braucht. Du kannst schon mal meine Jacke holen. Die hängt im Flur an der Garderobe, eine kleine, rote, aus Leder.«

Er verschwand nach nebenan in den Flur. Ich kämpfte mich durch schummriges Discolicht und ineinander verknotete Tanzpaare, entdeckte Jürgen und erklärte ihm schnell, was erklärt werden musste. Dann verabschiedete ich mich von Susi, die mir mit einem frechen Augenaufschlag viel Spaß wünschte.

Oh, den würde ich haben.

Drei Minuten später saß ich in einem gelben 911er Porsche. Draußen war es aprilfrisch, aber mir war heiß. War die Klimaanlage des Wagens an? Egal. Ich knöpfte meine Bluse einen Knopf weiter auf. Der prächtige Fisch sollte mir schließlich so knapp vorm Ziel nicht mehr vom Haken rutschen!

»Dein Arbeitskollege war nicht begeistert, dass du dich von einem fremden Mann nach Hause bringen lässt.«

Er hatte uns beobachtet.

»Männer ... «, lachte ich ihn an. »Wenn es um hübsche, junge Frauen geht – was ich ja ohne Zweifel bin –, dann entwickeln sie eine fast zärtliche Fürsorglichkeit, von der ich mir manchmal mehr wünschen würde. Nämlich dann, wenn es bei uns im Büro darum geht, die Arbeit gleichmäßig zu verteilen.«

Er warf mir einen schnellen Seitenblick zu. »Was macht ihr denn beruflich?«

»Wir arbeiten in Düsseldorf. Viel Bürokram, ein bisschen Außendienst, oft langweilig und selten so spannend wie heute.«

Er fragte nicht nach. Besonders interessiert war er augenscheinlich nicht. Musste er auch nicht sein: Ich erwartete ganz andere Dinge von ihm.

Stattdessen drückte er am Armaturenbrett ein paar Knöpfe. Leise legte sich angenehme, klassische Musik über das gleichmäßige Summen des Motors. Ich reckte mir die Anspannung ein wenig aus den Knochen und ließ mich tief in den weichen Ledersitz sinken. Er hatte mich noch gar nicht gefragt, wo ich wohne. Mein geliebtes Walbeck hatten wir lange hinter uns gelassen.

Deshalb erklärte ich ins Streichquartett hinein. »Ich wohne nicht in Holland.«

»Hm?«

»Holland. Das da eben war die holländische Grenze. Ich wohne aber nicht in Holland.«

Er lachte. »Du möchtest – wirklich – nach Hause?«

Ich grinste zurück. »Wenn *du* wüsstest, was *ich* wirklich möchte.«

Er senkte die Geschwindigkeit und bog nach rechts in eine kleine Seitenstraße ab. »Ich hab da schon so eine Ahnung.«

»Ach ja?«

Der Wagen holperte über den kleinen Waldweg, der an ein großes, dunkel vor sich hingähnendes Baggerloch grenzte. Es hatte in der vergangenen Woche geregnet.

»Dein Auto wird dreckig. Du wirst es wieder waschen lassen müssen.«

»Oh, das Geld für die Waschanlage war sehr, sehr gut investiert.«

Er legte eine Hand auf meinen Oberschenkel. Dann fuhr er rechts ran und löschte das Licht des Wagens. Vielleicht war er ja wirklich nur ein gut aussehender, angenehm riechender Typ mit gelbem Porsche.

Von der Straße näherte sich das Brummen eines herannahenden Fahrzeugs. Es fuhr an der Einfahrt unseres Waldweges vorbei, und das Motorgeräusch erstarb langsam in der Ferne.

Seine Hand glitt in meine Bluse. Das war angenehm. Ich versuchte halbwegs, meine Sinne beieinander zu halten. Höchste Zeit, dass ich ihm nicht komplett die Initiative überließ. Ich drückte ihn vorsichtig nach hinten, beugte mich zu ihm rüber, schob seinen Pulli hoch und streichelte seine breite, rasierte Brust. Hm, er benutzte ein herbes, männliches Parfüm, das mir gleich den nächsten Schauder über den Rücken jagte.

Ich liebe es, wenn Männer gut riechen.

Zärtlich küsste ich seine Brust, kniff ihn vorsichtig mit den Zähnen. Er stöhnte. Oh ja, ich machte meine Sache gut.

»Weißt du«, flüsterte er plötzlich und strich durch meine langen, blonden Haare. »Du bist mir auf der Party sofort aufgefallen. Ich stehe auf Frauen mit langen, blonden Haaren.« Er schob seine rechte Hand unter meinen Po. »Und auf schöne, kleine, stramme Hintern.«

Ich grinste ihn an. »Hab ich beides.«

Sein Blick glitt über mich hinweg nach draußen in die Dunkelheit. »Ich hätte wetten können, dass du mich ansprichst.«

Ich verkniff mir eine freche Bemerkung und biss ihm statt dessen kess in die Seite.

»Ja. Eigentlich war ich fürs Erste hier am Niederrhein fertig, aber ...«

Ich krabbelte an ihm hoch. »Aber was?«

Er schob mich sanft ein wenig nach hinten. Ich spürte das Lederlenkrad im Rücken.

»Du bist schon einen kleinen Nachschlag wert.«

»Das will ich doch hoffen«, flüsterte ich.

Er starrte immer noch an mir vorbei nach draußen. Durch die getönte Windschutzscheibe seines Porsches. Über den stillen, tiefen, dunklen See auf die andere Seite, wo eine mächtige Baumreihe das Licht der nächsten Ortschaft dimmte. Und plötzlich wurde mir klar, dass diese – nächste – Ortschaft mehrere Kilometer weit entfernt und die Wahrscheinlichkeit, dass sich Anfang April ein zweites Liebespärchen an dieses einsame Baggerloch verirrt hatte, sehr gering war.

Ich wollte mich aufrichten, aber er legte seinen rechten Arm vor meinen Bauch und drückte mich gegen das Lenkrad. Ich versuchte, mich wegzudrehen, aber … ich konnte mich überhaupt nicht mehr bewegen. Er hatte mich einge-klemmt.

»Autsch«, protestierte ich.

Er grinste mich an. Von oben herab. Diabolisch. Irgend-wie … unheimlich. Plötzlich verschwand seine Linke blitz-schnell unterm Fahrersitz.

»Dann mache ich mich jetzt mal an den Nachschlag«, flüs-terte er tonlos und als seine Linke wieder auftauchte, blitzte eine Messerklinge im grünen Schimmerlicht des CD-Players.

Er grinste mich schief an.

Ich wollte schreien.

Mit einem Ruck wurde die Fahrertür aufgerissen. Ein kräf-tiger Unterarm legte sich um Svens Hals und zog ihn mit einer heftigen, ruckartigen Bewegung nach hinten. Ich brach-te eine Hand nach vorne, packte sein Armgelenk und schlug ihm das Messer aus den Fingern.

»Raus!«, schrie Jürgen.

Das Messer flog an ihm vorbei nach draußen und klatschte in den Matsch. Ein zweites Paar Hände packte Sven und gemeinsam gelang es den beiden, ihn nach draußen zu zie-hen. Ich krabbelte aus dem Wagen und rappelte mich auf. Sie hatten ihn auf den Bauch gedreht.

Jürgen zog seine Brieftasche hinten aus der Hosentasche, holte tief Luft, aber ich unterbrach ihn. »Lass mich!«

Ich beugte mich runter, packte Svens Gesicht, drehte es zur Seite und sah ihm in die Augen. »Ich verhafte dich wegen dreifachen Mordes und versuchtem Mord! Wo wir uns doch so nett über meinen Hintern unterhalten haben: Deiner gehört jetzt mir! Mein Kollege und ich sind Polizisten, zurzeit in der *Soko Gelb*. Wir schieben seit Wochen Überstunden, um den Typen festzunageln, der im deutsch-niederländischen

Grenzgebiet drei junge, blonde, langhaarige Mädchen in seinen gelben Sportwagen gelockt, sie vergewaltigt und ihnen dann die Kehle durchgeschnitten hat. Dass wir dich ausgerechnet auf Susis Geburtstagsparty kriegen, ist allerdings ein Hammer! Warum mein Kollege eben auf der Party so sparsam geguckt hat, als ich mich von ihm verabschiedet habe? Na ja, ich hab mich ja gar nicht von ihm verabschiedet, sondern ihm kurz das taktische Vorgehen erläutert. Er hatte Bedenken.«

Jürgen beugte sich ebenfalls zu ihm runter. »Lockvogel, Falle stellen und so. Ich bin ein bisschen vorsichtig und arbeite eher konventionell.« Er hob das Messer auf und strich vorsichtig mit dem Finger über die blanke Klinge. »Scharf, Annika, echt scharf.«

Ich blickte meinen vorsichtigen, konventionellen Kollegen an und nickte in Richtung DJ. Er war derjenige, der zusammen mit Jürgen zugepackt und Sven aus seinem Porsche gezerrt hatte. Nun hing er sichtlich erregt mit weit aufgerissenen Augen an unseren Lippen. »Was macht denn der hier?«

»War der einzig Nüchterne unter den Partygästen«, erklärte Jürgen. »Und ich dachte mir, dass ich so kurzfristig vielleicht ein wenig Unterstützung brauchen könnte.«

»Genau«, sagte der DJ.

»Aha«, sagte ich. »Dann wird Michael in der Zwischenzeit die Platten auflegen. Das heißt *Yellow Submarine* und *Yesterday*! Schade um die Fete. Das wird Susi nicht toll finden.« Ich tippte Jürgen auf die Brust. »Sie wird dich nie mehr einladen.«

Ich blickte auf das schweigsame Bündel Sven zu meinen Füßen. »Dich auch nicht!«

Es muss wie ein Unfall aussehen!

Es muss wie ein Unfall aussehen. Ein Haushaltsunfall am besten«, murmelte Ernst-Herrmann Heyerichs und nippte lustlos an seinem dampfenden Frühstückskaffee.

»Was sagst du, Schatz?«, fragte Ortrud Heyerichs, seine Frau, die ihm gegenübersaß und im *Spräkbaas*, der Nieukerker Kirchenzeitung, blätterte.

»Ach nichts, Herzchen, nichts. Ich hab nur laut nachgedacht. So eine Sache. Im Büro«, haspelte Ernst-Herrmann.

Au Mann. Jetzt quasselte er schon halblaut vor sich hin. Die Sache machte ihn fertig! So ging das auf keinen Fall weiter. Da musste was passieren. Unbedingt. Am besten ein Unfall. Und am besten schon bald.

Er kippte den Rest des Kaffees, der eigentlich immer noch viel zu heiß war, in einem Rutsch runter, stand auf und angelte sich die schwarze Aktentasche von der Eckbank. »Ich muss, Herzchen.«

»Ja, Schatzi, denk dran, dass ich heute Abend, wenn du Feierabend machst, nicht zu Hause bin. Diese Woche ist ...«

»Bibelwoche, Herzchen, ich weiß«, ergänzte Ernst-Herrmann, drückte seiner Gattin einen schnellen Kuss auf die Stirn und verließ fast schon fluchtartig die Wohnung. Im Treppenhaus ächzte er sich das Leid von der Seele.

Sie musste sterben! Und es musste wie ein Unfall aussehen!

Zwei Stunden später versuchte Heyerichs, ganz der pflichtbewusste, leidensfähige Verwaltungsfachwirt im Bauamt der Gemeinde Kerken, sich stöhnend den bohrenden Kopfschmerz aus den Schläfen zu massieren. Vergeblich. Vor sich auf dem Tisch der unsägliche Bauantrag.

Er seufzte tief und blätterte ihn zum hundertsten Mal hilflos von hinten nach vorne und genauso ratlos wieder zurück. Da war nichts zu machen.

Das Baugebiet Melmesfeld in Nieukerk hatten die Verantwortlichen der Gemeinde Kerken recht regelungsfrei und ohne die üblichen Auflagen gehalten. Im Grunde genommen konnte jeder Bauherr dort zwischen der Gelderner Straße und der Kerkener Umgehungsstraße sein Häuschen so bauen, wie er wollte, wenn er sich an ein paar kleine Auflagen hielt.

So musste allerdings zwingend eineinhalbgeschossig gebaut werden. Heyerichs jaulte lautlos. Und jetzt dieser vermaledeite Bauantrag der Frau Rosemarie Borschel, die ihr kleines, gemütliches Einfamilienhäuschen um eine Etage aufstocken wollte.

»Rosemarie Borschel.«

Heyerichs fuhr sich nervös durchs korrekt gescheitelte Haar und war sofort zwischen Groll und wohliger Wärme hin und her gerissen. Und war es nicht genau das? Hatte ihn nicht exakt diese gefährliche, verboten-erotische Mischung von Anfang an gereizt?

Müde stand er auf. Sein sorgenvoller Blick fiel durch das Fenster seines Büros nach draußen auf die St. Dionysius-Kirche. Auf der gegenüberliegenden Seite des gepflasterten Kirchplatzes befand sich das alte Pfarrheim, in dem Herzchen heute und an den darauf folgenden Abenden ihren Bibelkreis aufsuchen würde.

Heyerichs seufzte. Er würde einen Ortstermin einschieben müssen.

Nackt wie Gott ihn erschaffen hatte stand Ernst-Herrmann Heyerichs am Fenster und blinzelte mit zusammengekniffenen Augen in den malerischen, niederrheinischen Sonnenuntergang. Melmesfeld. Schön geworden. Gerade Linien, sauber. Verkehrsberuhigter Bereich. Junge Familien, viele Kinder, Grünflächen, ein Spielplatz. Er mochte sich kaum losreißen, ein bisschen war das auch sein Werk.

Hinter ihm räkelte sich Rosemarie Borschel katzengleich schnurrend auf dem Bett.

»Komm vom Fenster weg, Bärchen! Die Nachbarn können reingucken. Und du möchtest doch nicht, dass dich hier jemand sieht? Oder, Bärchen?«

Nein, das wollte Bärchen auf keinen Fall. Gesehen werden, hier bei der flotten Rosi, seines Wissens nach die einzige Prostituierte in ganz Kerken.

Sie winkte ihn zu sich. »Komm noch mal zu Mama, Bärchen! Siehst du, deshalb brauche ich eine zweite Etage. Damit nicht jeder Hinz und Furz hier bei mir reingucken kann.«

»Dann mach doch blickdichte Vorhänge vor die Fenster«, schlug Heyerichs vor, aber Rosi winkte ab.

»Das hatten wir doch schon. Dann kann ich mir ja gleich ein rotes Herz mit Beleuchtung ins Fenster hängen. Und dann möchte ich mal sehen, welche Freier sich noch zu mir ins Studio trauen. Das werden nicht mehr allzu viele sein, Bärchen.«

»Aber ... aber deinen Bauantrag kann ich beim besten Willen nicht genehmigen, Süße. Das Baugesetzbuch. Da gibt es eindeutige Richtlinien!«

Rosis flinke Finger wanderten ein paar Zentimeter tiefer. »Ich hab auch eindeutige Richtlinien, Bärchen. Finanzielle Richtlinien. Und die halte ich bei dir auch nicht immer ein.« Um ihren Worten Nachdruck zu verleihen, piekste sie ihm frech in den Wabbelbauch. »Bärchen, ich brauche eine weitere Etage. Ich möchte oben ausbauen.« Sie nickte Richtung Fernseher.

Auf dem Bildschirm vergnügten sich eine dralle, blonde Hausfrau und ein südländisch aussehender Klempner heftig stöhnend in einer abenteuerlichen, wild schaukelnden Seilkonstruktion.

»So was will ich da oben einbauen lassen.«

Heyerichs runzelte die Stirn. »Was soll das denn sein?«

»Eine Liebesschaukel. Autoerotische Spiele. Strangulationen. Todesnähe. Der letzte Schrei!«

»Aha«, murmelte Heyerichs, wenig angetan und war sofort wieder der gewissenhafte Sachbearbeiter. »Ich komm an den strikten Richtlinien und am Bebauungsplan nicht vorbei. Wenn ich deinen Antrag genehmige, reißen mir die Kollegen, allen voran der Bürgermeister, den Kopf ab.«

»Ich reiß dir auch gleich was ab«, gibbelte Rosi.

»Rosi, bitte!«

»Bärchen, ich hab es dir schon einmal gesagt, und ich wiederhole es nur sehr ungern. Ich brauche die Genehmigung. Ich will die zweite Etage! Sonst mach ich dir richtigen Ärger. Deine Frau wird nicht begeistert sein. Ist dir das klar?«

Heyerichs zuckte heftig. »Aber, wenn ich deinen Antrag ausnahmsweise genehmige, dann will plötzlich jeder ...«

Sie blickte ihm fest in die ängstlichen Augen. »Bärchen, bin ich jeder?«

Na ja. Ernst-Herrmann Heyerichs musste an seine brave Ortrud denken, die sich gerade im Pfarrheim tapfer durch die Bibel diskutierte. So ging das nicht weiter!

Die Frau musste sterben. Und er hatte da eine Idee. Eine gute. Die war auch nötig, die gute Idee, denn ... Es musste wie ein Unfall aussehen!

Den nächsten Nachmittag machte er sich im Amt frei. Im nahe gelegenen Krefeld gab es so einen Laden. Dort hatte er neulich für Rosi ein paar DVDs gekauft, die er zusammen mit ihr angeguckt hatte.

Gut angelegtes Geld.

Ein ordentlich geführter Laden, sehr gepflegt, sauber, aufgeräumt, kein bisschen schmuddelig. Und anonym. Einen kleinen Sex-Shop gab es seit einigen Jahren auch in Geldern auf der Mühlenstraße, aber das war ihm doch zu nah dran. Nicht auszudenken, wenn irgendwer ihn dort rein- oder rausgehen sehen würde!

Kurz nach achtzehn Uhr parkte er seinen Wagen wieder zu Hause in der gepflasterten Auffahrt. Er zog das in dunkelbraunem Papier eingeschlagene Päckchen vom Rücksitz und schlich hastig, mit geröteten Wangen und arg beschleunigtem Pulsschlag ins Haus.

»Hallo? Herzchen?«

Niemand da. Sicher. Ortrud war wieder im Pfarrheim. Die Bibelwoche.

Zügig ging er gleich hoch bis auf den Speicher. Diesen Sommer hatte er eigentlich die Holzbalken verkleiden und das Dach von innen isolieren wollen, aber er war irgendwie nicht dazu gekommen. Dass die dicken Balken jetzt noch frei lagen, war ein glücklicher Zufall.

»Ha.«

Schnell riss er die Verpackung auf. Dann hielt er inne und musterte seine Neuerwerbung.

»Liebesschaukel. Luststeigerung. Erotische Asphyxiation. Soso. Wo ist denn jetzt oben?«

Er drehte verwirrt das aus mehreren, beigefarbenen Stricken bestehende Gehänge in alle Himmelsrichtungen. Wo war unten? Und wofür brauchte man den quietschgelben Stöpsel?

Er schüttelte den Kopf. Eine Reißleine … Hm. Und wie hängte man das Ganze jetzt auf?

»Aha, eine Gebrauchsanweisung.«

Mit Foto. Das war gut. Denn als besonders geschickt oder gar handwerklich begabt wollte Ernst-Herrmann Heyerichs sich nicht unbedingt bezeichnen. Aber für so ein Autoerotisches Dingsbums sollte es wohl reichen. Energisch krempelte er die Ärmel seines blau-weiß gestreiften Hemdes hoch.

Eine knappe Dreiviertelstunde später stand er, einen warmen Schweißfilm auf der hohen Stirn, zufrieden und mit stolz in die Hüften gestemmten Händen vor seinem mit einem Eisenhaken in einem der dicken Holzbalken gedübelten Werk.

»Es musste …«, murmelte Heyerichs. »Genau. Aber ich muss es erst mal ausprobieren, um genau zu sehen, wie das Teil überhaupt funktioniert.«

Er warf einen Blick auf die Armbanduhr. Eine gute Stunde Zeit hatte er noch, bis Ortrud heimkommen würde. Hastig streifte er sich die Kleidung vom Leib, realistische Bedingungen herstellend. Wenn schon, denn schon.

»Ein Stuhl …«

Wichtig! Lebenswichtig! Der Stuhl war eine der beiden Sicherungen. Denn das besagte die Verpackungsbeilage in sieben verschieden Sprachen und mit einer Vielzahl von dicken Ausrufezeichen: die Nutzung des lüsternen Hängeteils war nicht ganz ungefährlich. Die Verhaltens- und Sicherheitsvorschriften waren unbedingt zu befolgen.

Heyerichs zog einen Stuhl heran. Das war der Notausstieg aus der Seilkonstruktion. Dann wickelte er eine Sicherungsschnur ums linke Handgelenk. Obacht! Die so genannte Reißleine war eine zweite Sicherung, die im Notfall die komplette Seilkonstruktion auflösen und ihn freigeben würde.

Unentschlossen stand er nackt auf dem Stuhl vor dem komplizierten Knotengeflecht. Jetzt musste man mit Schwung ins Getäue springen. Dann würde es wild schaukeln, sich die Konstruktion Lust steigernd zusammenziehen, sich eine Schlinge nach und nach die Atemluft raubend um seinen Hals legen und im letzten Moment galt es, eine der beiden Sicherungen zu betätigen.

Heyerichs grinste. »Sonst ist Ende im Gehänge!«

Kurz überlegte er dennoch, auf diesen unangenehmen Selbstversuch zu verzichten, aber … da musste er jetzt durch. Er musste genau wissen, *ob* das Ding funktionierte und *wie* es funktionierte. Nur dann konnte er die Stricke unauffällig so manipulieren, dass es für die gute Rosi leider keinen lustvollen Ausstieg in allerletzter Sekunde gab.

Eigentlich schade. Er hatte so viel Spaß mit Rosi gehabt. Aber wenn er jetzt wählen musste, zwischen seinem Job im Bauamt und den Extrawünschen seiner wunderbaren, heimlichen Gespielin, dann musste er sich schweren Herzens gegen die wollüstigen Stunden mit Rosi entscheiden. Den Bauantrag *durfte* er nicht genehmigen und eine Erpressung *konnte* er sich nicht leisten.

Irgendwie bizarr, dass es die rassige Rosi war, die ihn auf dieses komische Hängedings aufmerksam gemacht hatte. Jetzt brauchte er sie nur noch bei ihrem nächsten Treffen in die Seile zu locken und … ja, es würde wie ein Unfall aussehen.

»Nun denn«, sprach Ernst-Herrmann und sprang mutig in die Stricke, die ihn bereitwillig auffingen, sich aber sofort unangenehm in die Haut drückten. Eines der geflochtenen Taue legte sich automatisch um seinen Hals, wurde zur Schlinge und zog sich langsam enger zusammen.

Unangenehm, stellte er fest. Sehr unangenehm. Und überhaupt nicht erotisch!

Und was war das?

Er hörte Schritte. Fußtritte auf der Treppe! Er blinzelte alarmiert und lauschte.

»Schatzi? Ernst-Herrmann? Wo bist du? Die Bibelstunde war heute eher aus. Du errätst nie, wer einen fiesen Kreislaufkollaps hatte! Schatzi?«

Ernst-Herrmann Heyerichs ... stand auch kurz vor einem Kreislaufkollaps. Mehr als das! Hastig zog er mit dem linken Handgelenk an der Sicherungsleine. Zu hastig! Denn die Kordel glitt ihm vom Handgelenk, rutschte weiter in der Konstruktion nach unten und blieb an einem Querseil hängen.

»Schatzi?«

Er ruckelte nach rechts und kriegte sie fast zu fassen ...

»Schatzi?«

Die Schritte kamen näher.

Sie stand schon auf dem Treppenabsatz. »Bist du oben auf dem Speicher?«

Seine Fingerspitzen berührten das Sicherungsseil. Das ganze Hängeding schaukelte. Die Schlinge drückte ihm hart gegen den Hals. Er tippte gegen die Sicherungsleine... und stupste sie vom Querseil. Sie glitt schlängelnd zu Boden.

Mist, hätte er gesagt, aber der Strang war schon zu eng. Dann öffnete sich die Tür.

»Schatzi? ... Um Himmel willen, was machst du denn da?«

Ortrud schlug entsetzt die Hände vors Gesicht. Ernst-Herrmann grunzte unartikuliert und mit weit aufgerissenen Augen.

»Ernst-Herrmann! Pfui, Teufel!«

Sie drehte sich um und knallte die Tür laut hinter sich zu. Und als sie das tat, zuckte Ernst-Herrmanns linkes Bein und

stieß den Sicherungsstuhl zu Boden. So, stellte er abschlie-
ßend fest, bevor es sehr schnell sehr dunkel wurde. Das sah
jetzt nicht nur aus wie ein Unfall ... das war einer!

Hartmann im Nebel

Verdammte japanische Schrottkarre!«

Hartmann verpasste dem Lenkrad fluchend einen rechten Haken. Das war ungerecht. Es war zwar ein japanisches Modell, aber auch ein BMW wäre ohne Sprit liegen geblieben. Das tun Autos nun mal. Hartmann zückte sein Handy. Das Guthaben war alle. Na klar!

»Verdammtes finnisches Handy!«

Nun denn, es gibt so Tage. Hartmann riskierte einen vorsichtigen Rundumblick. Aber viel war hier nicht zu sehen. Der asphaltierte Waldweg verlor sich ein paar Meter weiter vor ihm im dichten Nebel. Links und rechts griffen die Äste einiger alter Bäume ins Leere.

Hartmann seufzte. Ausgerechnet hier in der Walachei, in der sich kein menschliches Wesen freiwillig länger als unbedingt nötig aufhielt, blieb die Kiste liegen. Er hatte noch nicht mal eine ungefähre Ahnung, wo er sich befand.

Nutzte alles nichts. Wurde der Feierabend eben verschoben. Hartmann öffnete das Handschuhfach und schob sich was Hartes hinten in den Gürtel. Verärgert stieg er aus, schepperte die Autotür hinter sich in den Rahmen und latschte fluchend los.

Um ihn herum knisterte und raschelte es. Es roch modrig, und Hartmann entdeckte mehrere Werwölfe, die ihre Beute mit kalten, roten Augen beobachteten. Natürlich war er das einzige irdische Wesen im Umkreis einiger hundert Kilometer.

Halt! Rechts riss der Nebel kurz auf und etwa zweihundert Meter vom Weg entfernt lag auf einer leichten Anhöhe ein Gebäude. Ein altes Schloss. Ein Herrensitz.

»Dracula«, flüsterte Hartmann, und ein paar Schweißtropfen liefen ihm den Rücken runter. »Vielleicht hat Dracula ein Telefon«, grummelte er und suchte mit zusammengekniffenen Augen nach einer Auffahrt oder einem Weg. Aber er hatte hier offensichtlich die Rückseite des Herrenhauses vor sich, und so was lag vermutlich auf der anderen Seite des Gebäudes.

Okay. Hartmann schluckte ein mulmiges Gefühl die Kehle runter und marschierte los, quer durch den Wald. Unter seinen Füßen gab der feuchtweiche Boden bei jedem Schritt federnd und mit einem seufzenden Schmatzen nach. Riesige, uralte Bäume griffen von beiden Seiten mit ihren blattlosen Ästen nach ihm. Dichte Nebelschwaden versperrten immer wieder den Blick auf das moosige Gemäuer.

Ein Knacken! Hartmann fuhr herum.

Nichts!

»Ich bin ein braver, mutiger Privatdetektiv! Ich habe keine Angst und gehe einfach weiter! Das ist ein ganz normales Haus! Da wohnen ganz normale Menschen! Die werden nett zu mir sein und mich telefonieren lassen.«

Hartmann konnte sich gerade noch bremsen, ein Liedchen zu pfeifen. So viel Selbstbeherrschung musste sein!

Hinter dem nächsten Baum knirschte es erneut. Hartmann schluckte und steuerte zügig weiter auf das schwache Licht zu, das er am Gemäuer ausgemacht hatte. Als er den Herrensitz endlich erreicht hatte, entdeckte er, dass zum fahlen Licht eine schwere, schwarze Holztür gehörte, an der sich ein massiver Löwenkopf aus Metall befand. Keine Klingel. Hartmann hob kurz entschlossen den schweren Eisenring im Maul des Löwenkopfs an und ließ ihn mit einem lauten Knall auf eine Metallplatte krachen. Der Schlag grollte dumpf durch den Wald.

Vor ihm rührte sich nichts.

152

Dann brach direkt neben ihm eine riesige, dunkle Eule durch das Geäst.

»Huah!«

Hartmann duckte sich. Sein Herzschlag stolperte und hämmerte krachend Beulen in seinen Hals. Hastig ballerte er das Eisenteil schnell hintereinander noch zwei, drei Mal auf die Metallplatte, und endlich öffnete sich quietschend die Tür.

»Schatzi, was machst du denn hier hinten an der ...?«, fragte ein attraktives, anziehendes Gesicht, das, mit einem erwartungsfrohen Lächeln ausgestattet, im Türspalt erschien.

Allerdings verschwand das Lächeln sofort, als das Gehirn zum hübschen Gesicht registrierte, dass es nicht Schatzi war, der den Löwenkopf betätigt hatte.

»Was machen Sie denn hier? Wer sind Sie?«

»Hallo! Mein Name ist Hartmann«, erklärte Hartmann. »Ich bin mit meinem Wagen ein Stückchen weiter auf der Straße liegen geblieben und wollte kurz ...«

Hartmann stockte irritiert. Hinter ihm hatte es wieder heftig geknackt und geknirscht. Die Pupillen in den zweifellos hübschen Augen seiner unbekannten Gesprächspartnerin weiteten sich und fixierten nunmehr einen Punkt im Nebel hinter ihm. Der mit einem Mal entsetzte Blick der Frau gefiel ihm gar nicht!

Hartmann drehte sich um. Das machte die Sache nicht besser. Was er nun sah, gefiel ihm noch weniger.

In erster Linie sah er ein kreisrundes, schwarzes Loch mit Metall außen rum. Dazu einen untersetzten, vollbärtigen Mann mit rotem Kopf und wildem Blick, der das unangenehme Teil in seiner Hand hielt und so aussah wie Orson Welles in einem seiner späten Filme.

»Aha! Hab ich es doch gewusst! Du gottverdammte Schlampe!«

Hartmann drehte sich zurück zur gottverdammten Schlampe, die ihre Hände vor den Mund schlug. Übrigens ohne, wie es Hartmann unangenehm auffiel, hier gleich irgendetwas richtigzustellen. Das wollte dann Hartmann machen. »Ähm, um hier mal was ...«

»Halt das Maul, du Dreckskerl!« Der Mann wedelte aufgeregt mit seiner Waffe. »Los, rein mit dir, rein da!«

Hartmann warf einen prüfenden Blick auf die Knarre, fand, dass die Puste genauso scharf aussah wie die Frau und tat brav, wie ihm geheißen. Ihr zischte er zu. »Klären Sie das verdammt noch mal auf!«

Der hübschen, jungen Frau hatte der martialische Auftritt des Typen allerdings nicht nur die Farbe aus dem Gesicht getrieben, sondern auch die Sprache verschlagen.

Hartmann versuchte es selbst noch einmal. »Hören Sie! Ich weiß nicht, was hier läuft, aber irgendwas ...«

Der Kerl war gar nicht besonders schnell, aber Hartmann hatte nicht damit gerechnet, dass er gleich zuschlagen würde. Der Lauf seiner Pistole ratschte ihm einen blutigen Strich über die Stirn.

Die Stumme fand ihre Sprache wieder. Sie schrie kurz und spitz auf.

Der Mann stieß beide vor sich her durch einen unendlich langen, muffigen Gang in eine Eingangshalle auf der anderen Seite des Gebäudes, in der zwei große Fackeln flackerndes Licht auf die Szene warfen. Ein paar dunkel porträtierte Typen in großen Holzrahmen hingen grimmig an den Wänden und schwiegen. Der Dicke atmete schwer und rollte bedrohlich mit den Augen.

Hartmann verwarf ein hastig entworfenes Konzept zur gewaltfreien Klärung dieser Situation, das ausschließlich auf Kommunikation setzte.

»Oh Gott«, stöhnte der Kerl und fuhr sich mit der pistolenlosen Pranke durchs Gesicht. »Ich hatte recht! Du hintergehst mich in den eigenen vier Wänden!«

»Hans! Es ist nicht wie du denkst!«

»Schweig! Du hast mich lange genug zum Narren gehalten! Mich zum Gespött gemacht! Alle haben sie mir gesagt, dass du nichts taugst, alle! Aber ich war ein Narr. Ich habe mich blenden lassen, ich habe geglaubt, dass mich eine junge Frau lieben kann! Mich, nicht mein Geld! Wie ein räudiger Hund liege ich draußen im Dunkeln auf der Lauer und warte darauf, dass …« Er rang nach Luft.

»Hans, ich …«

»Wie lange geht das schon? Lydia? Jeden Dienstagabend, um acht? Sag mir: Wie lange geht das schon?«

»Hans«, flehte Lydia.

Hilflos pendelte ihr Blick zwischen dem Mann mit der Waffe in den Fingern und Hartmann hin und her.

Der wischte sich einen Streifen Blut aus der Stirn. »Ich weiß nicht, welcher Film hier abläuft. Ich bin mit meinem Wagen liegen geblieben und habe die Frau dort noch nie in meinem Leben gesehen.«

Orson Welles wollte gerade wieder losblaffen, als ein dumpfer Schlag durch die Halle donnerte. Hartmanns Herz vervierfachte die Frequenz. Eine Standuhr! Acht Mal dröhnte das Teil dumpf durch die schwarz-weiß gefliste Halle.

»Hans«, raunte Lydia dann mit eindringlicher Stimme. »Ich schwöre dir, ich kenne diesen Mann nicht! Ich habe den Mann noch nie in meinem Leben gesehen.«

Eine grelle Klingel an der Eingangstür unterbrach den, wie Hartmann fand, sowieso nicht besonders originellen Vortrag. Ihr Blick streifte die Standuhr.

Und Hartmann sah plötzlich klar.

Der Hausherr visierte mit seiner Knarre zunächst Hartmanns Brust, dann die von Lydia und schließlich Hartmanns Stirn an. Augenscheinlich hatte er sich noch nicht entschieden, wohin er die erste Kugel jagen sollte. Ohne den flackernden, fahrigen Blick von seinen potentiellen Zielen zu lassen, ertastete er die Klinke der Haustür und zog sie mit einem kräftigen Ruck auf.

»Hallo!«, grüßte ein sonnengebräunter Mann mit vollem, schwarzem Haar fröhlich, der, wie Hartmann fand, schon viel eher wie *Schatzi* aussah. Sein sonnenbankgebräuntes Lächeln erstarb allerdings schnell, als er die schwere, schwarze Puste entdeckte. Und erkannte, wer sie in der Hand hielt.

»Herr von Ginsdonk«, stammelte der Typ tonlos.

Der schnitt ihm mit wilder Geste das Wort ab. »Rein! Berger, du? Und Lydia? Der Tennislehrer? Das darf doch nicht wahr sein!«

Er drehte sich mit weit aufgerissenen Augen fragend zur Frau hin, die blutleer hin und her schwankte.

Lange würde das hier nicht gut gehen, entschied Hartmann.

Tat es auch nicht!

Lydia machte stöhnend einen Ausfallschritt nach rechts und taumelte schlapp gegen eine verrostete Ritterrüstung. Der Tennislehrer reagierte reflexartig und griff nach Lydia. Von Ginsdonk reagierte auch reflexartig.

Seine Knarre mechanisch.

Die Kugel riss Berger nach hinten und warf ihn auf das schwarzweiße Mosaik. Hartmann sprang nach vorne. Von Ginsdonk schwenkte die Mündung in seine Richtung. Hartmann war schneller und traf ihn mit beiden Händen an der Brust. Die Wucht schleuderte ihn wie einen Sack Kartoffeln durch den Flur in ein paar Emporen aus Terrakotta, die krachend zersplitterten. Die Knarre fiel von Ginsdonk aus der Hand, rutschte ihm allerdings hinterher über die Fliesen und blieb zu seinen Füßen liegen. Von Ginsdonk schüttelte den Kopf und entdeckte die Waffe in Reichweite.

Hartmann lag auf dem Bauch und griff seinerseits blitzschnell hinten in den Gürtel.

Auch er hatte ein kleines, rundes Loch im Angebot. »Keine Bewegung, Ginsdonk! Lass die Knarre, wo sie ist!«

Der schnaubte, hielt inne, und bevor er es sich anders überlegen konnte, robbte Hartmann nach vorne und wischte die Pistole unter eine schwere Holztruhe.

»Oh nein!«, schrie Lydia und drückte den an der Schulter blutenden Berger an sich.

Er würde es überleben.

Hartmann ging die ganze Sache hier jetzt mächtig auf den Keks.

»Haben Sie Telefon? Gut! Dann rufen Sie die Polizei an. Und einen Krankenwagen. In dieser Reihenfolge!«

Lydia nickte, richtete sich auf und sah Hartmann mit ihren großen Augen dankbar an. »Ich bin so froh, dass Sie gekommen sind, Sie waren zur richtigen Zeit am richtigen Ort!«

Hartmann fuhr sich zweifelnd mit einem Finger über die blutige Stirn. »Finde ich nicht!«

Tödliches Vorspiel

Zu mir geht nicht, ich bin verheiratet. Und ich bin überhaupt nicht in der Stimmung, dich meinem Ehemann vorzustellen.«

Ich grinste sie an. Vicky. Sie war eine tolle Frau, hatte eine klasse Figur, ein hübsches Gesicht und einen herrlich frechen Humor. Ich war zwar nicht verheiratet, aber ein »zu mir« kam aus vielerlei Gründen ebenfalls nicht in Frage.

Sie bewegte sich vor mir auf der Tanzfläche mit einer selbstbewussten, entspannten Leichtigkeit, die mir schlicht den Atem raubte. Wie zufällig strichen Vickys Hände über ihre perfekten Hüften, schoben den engen Jeansrock einige wenige Zentimeter nach oben und gaben den Blick frei auf den fein gewebten Spitzenrand ihrer schwarzen, halterlosen Strümpfe.

Unsere Blicke trafen sich. Aufreizend langsam strich sie eine verschwitzte Strähne aus dem Gesicht.

Alles in meinem Körper schrie: Mehr!

Der DJ meinte es gut, wechselte das Tempo und spielte *Careless Whisper* von George Michael, einen Song, der in den über zwanzig Jahren seiner schwülwarmen, gehauchten Existenz schon manchem meiner Altstadtabende die entscheidende Wendung gegeben hatte.

Wir drückten unsere Körper aneinander. Ich versenkte meine Nase in ihr langes, schwarzes Haar. Sie roch klasse. Der Abend durfte noch nicht zu Ende sein, keine Frage!

»Wir könnten ein wenig am Rhein spazieren gehen«, flüsterte ich ihr vorsichtig ins Ohr.

Sie zuckte zusammen. »Rhein! Ich habe noch eine bessere Idee.«

»Ich liebe bessere Ideen!«

Fünf knisternde Minuten später hatten wir uns am Burgplatz ein Taxi erkämpft und rutschten auf den Rücksitz. Meine Hand glitt hinten unter ihre weiße Bluse, den Rücken hinunter, über ihre Hüfte, eine Fingerspitze tief in ihren Jeansrock.

Der Taxifahrer fing die aufgeladene Stimmung ein und richtete den Rückspiegel.

»Jeff, ein Freund von mir, wohnt in einem kleinen Häuschen unten in Benrath, direkt am Rhein. Er ist Pilot und übers Wochenende weg. Das weiß ich genau. Und ich weiß, wo er seinen Zweitschlüssel versteckt.«

Ich biss ihr vorsichtig ins Ohr. Prima, sollte das heißen.

Der Schlüssel lag im Vorgarten unter einem Maulwurf mit Regenschirm aus Stein. Die Haustür sprang auf.

»Kein Licht!« Sie zog mich ins Haus. Wir tasteten uns durch das milchig schimmernde Mondlicht in einen geräumigen Flur. Schemenhaft zu erkennende Designermöbel und teure, aufwendig gerahmte Kunstdrucke an den Wänden ließen den Rückschluss zu, dass Jeff ein sehr großes und teures Flugzeug flog.

»Er darf natürlich nicht bemerken, dass wir hier waren, also wirf nichts um, Schatz!«

»Die Einzige, die ich gleich umwerfe bist du, Baby«, flüsterte ich, und sie boxte mir frech in die Seite.

Ich umfasste ihre beiden Handgelenke und drückte Vicky mit dem Rücken gegen die Wand. Unsere Lippen fanden sich. Sie wand sich in meinem Griff mit geschlossen Augen. Langsam, schlangengleich. Genau wie zuvor auf der Tanzfläche. Aber diesmal tanzte sie nur für mich. Ich spürte jede Faser meines Körpers. Ihres Körpers.

Dann öffnete sie entschlossen ihre Augen und flüsterte: »Komm!«

Sie drehte sich aus meinem Griff und führte mich durchs Dunkel die Treppe hoch ins Dachgeschoss: ein riesiges Schlafzimmer mit einem Wasserbett in der Mitte. Überall lagen lange, erdfarbene Schals und Tücher, deren Einsatz sich geradezu aufdrängte. Es duftete nach Mittelmeer. Jeff hatte Stil, keine Frage!

Der Blick durch ein breites, bodentiefes Fenster nach draußen über den träge glitzernden Rhein war atemberaubend. Der Mond spiegelte sich funkelnd im Wasser.

»Musik?«, fragte ich.

Sie schüttelte den Kopf. »Nachbarn.«

»Gibt es hier doch gar nicht«, protestierte ich.

»Doch, Süßer. Die Nachbarn gehen hier spät abends mit ihren Hunden spazieren. Wenn die uns hören oder sehen und wissen, dass Jeff irgendwo in der Weltgeschichte umherfliegt, rufen sie die Polizei. Ich denke, was wir hier machen, fällt unter Hausfriedensbruch, oder?«

»Ja«, sagte ich. Da kannte ich mich aus. Ich drückte sie an mich. »Dann wird das hier aber eine ganz schön geräuscharme Veranstaltung.«

Sie grinste mich schräg an. »Ich hoffe doch sehr, nicht *zu* geräuscharm.«

Ich schob meine Hand langsam unter ihren Rock, spürte den feinen Spitzenabschluss ihrer Strümpfe, dann die zarte Haut ihrer weichen Schenkel. Meine Finger glitten ein wenig höher und strichen ein kleines bisschen Stoff zur Seite.

»He, nicht so schnell! Ich erwarte ein erstklassiges, aufregendes Vorspiel, Baby.«

»Okay, ich lass mir was Spannendes einfallen ...«

Ich ging in die Hocke, hob sie mit beiden Armen von den Füßen und trug sie langsam durch das sinnliche Dämmerlicht zum Wasserbett. Vorsichtig legte ich sie auf das schwarze Seidenlaken.

Dicht über sie gebeugt strich ich ihr mit der linken Hand zärtlich die wilde, schwarze Strähne aus dem Gesicht. Mit der rechten öffnete ich langsam die beiden Knöpfe ihrer Bluse, die bereitwillig auseinanderglitt und den Blick auf einen roten Spitzen-BH freigab, der ihre Brüste schmeichelnd umspielte.

Sie beugte sich nach vorn. Mit einer fließenden Bewegung streifte ich ihr das dünne Kleidungsstück vom Körper. Die Bluse fiel raschelnd zu Boden.

Ich zog einen der seidenen Schals heran, legte ihn um ihr Handgelenk und befestigte ihn an einem der metallenen Pfosten, die das Wasserbett einrahmten.

Sie blitzte mich mit halb geschlossenen Augen herausfordernd an.

Ich funkelte zurück und legte ihr, ohne unseren Blickkontakt zu brechen, einen zweiten Schal ums andere Handgelenk.

Das Wasserbett schaukelte sanft. Unsere Bewegungen ergänzten sich vollkommen, wir waren wie für einander gemacht, dieser Moment wie für uns geschaffen.

Sie öffnete leicht ihre Lippen. Ich tat es ihr nach, aber nur, um die meinen sanft auf ihren Hals zu legen. Meine Zunge strich die salzige Haut ihre Schulter hinunter. Meine Sinne genossen jeden verlockenden Zentimeter ihres Körpers hinunter auf ihre Hüfte. Sie wand sich und streckte mir ihre spitzenbedeckten Brüste entgegen. Ein heiserer Laut entfuhr ihrem halb geöffneten Mund.

Meine Hand glitt unter ihren Rücken. Fest grub ich meine Finger in ihre zarte Haut. Sie bäumte sich auf, die Fesseln zogen an.

164

Sie winkelte ein Bein an. Der obere Rand ihres roten Slips rutschte frech aus dem Jeansrock. Ich ließ meine Zungenspitze über ihre Hüfte kreisen. Sie zuckte und stemmte sich mir mit einem heftigen Ruck entgegen. Die beiden erdfarbenen Seidenschals machten es unmöglich, mich zu erreichen.

»Du machst mich verrückt«, flüsterte sie heiser.

»Ich fange gerade erst an«, erwiderte ich leise und zog mit meinen Zähnen behutsam den transparenten, roten Stoff ein Stück nach unten.

Sie stöhnte verhalten. Ich blickte an ihr hoch. Das Mondlicht zeichnete die Konturen ihres Gesichts, ihrer Brüste, ihres geschmeidigen Körpers weich und fließend im silbrigen Halbdunkel nach. Sie biss sich auf die Unterlippe.

Meine Finger glitten langsam in ihren Slip, drückten ihn vorsichtig so weit zur Seite, bis meine Zunge ihre Leiste umspielte. Ich spürte, dass ihre Hände die Fesseln fest umfassten. Ihr ganzer Körper zitterte vor Spannung. Sie warf den Kopf nach hinten, ihr langes, schwarzes Haar streifte die Bettpfosten. Oh nein, diese Nacht war noch lange nicht zu Ende …

In diesem Moment ging unten die Haustür.

Ich hatte kein Auto, keine Schritte gehört. Abgelenkt … Natürlich! Instinktiv fuhr ich hoch und drückte eine Hand über ihren Mund. Sie riss erschrocken die Augen auf. Ich legte den Finger der anderen Hand auf meine Lippen. Dann hörten wir die Stimmen.

»Niemand da. Ganz sicher«, erklärte jemand.

»Dann mach hin!«, forderte eine zweite männliche Person die erste auf.

Die Haustür fiel ins Schloss. Unten ging das Licht an. Die beiden Männer durchquerten den Flur und wechselten in ein anderes Zimmer. Ich nahm die Hand von ihren Lippen.

Sie nickte, und ihr Mund formte einen Namen: Jeff. Ich nahm an, es war auch Jeff, der jetzt in gereiztem Tonfall erklärte: »Ich weiß überhaupt nicht, was das Ganze soll. Wir waren uns doch einig!«

»Auch einen guten Plan kann man noch verbessern«, knurrte die zweite, tiefere Stimme.

Ich blickte Vicky fragend an. Sie schüttelte den Kopf, kannte die Stimme nicht. Hm. Ich runzelte die Stirn. Die zweite Stimme machte mir Sorgen. Irgendwie. Vielleicht lag ich falsch.

Leicht fiel es mir nicht. Alles andere als das! Ich küsste sie sanft auf die Wange, glitt ans metallene Bettgestell, löste schweren Herzens die beiden Seidenschals und zog Vicky leise vom Wasserbett hoch.

Ihre Lippen formten einen Schmollmund, ihre Augen funkelten.

Unten wurde ein Stuhl hin und her geschoben. Was gesprochen wurde, war nicht zu verstehen.

Ich bugsierte uns beide vorsichtig zur Tür, um vom Gespräch ein paar Wortfetzen auffangen zu können.

»Im Kühlschrank?«, fragte der unbekannte Typ etwas lauter.

Jeff lachte.

Dass die angespannte Stimmung in der Etage unter uns sich scheinbar mit einem Lachen entspannte, machte Vicky wieder mutig. Sie drückte sich an mich und legte eine Hand auf den Reißverschluss meiner Jeans. Sie sah mir direkt in die Augen und biss sich auf die Unterlippe.

Scharf.

Ich hielt es allerdings für verfrüht, gleich mitzuknabbern. Mein sechster Sinn war einfach nicht bei der Sache, ignorierte ihre flinken, geschickten Finger und versuchte hartnäckig, was von unten mitzubekommen. Also, von noch weiter unten.

Vickys Hand wechselte in meiner Jeans von vorne nach hinten. Ich fing an, Jeff und seinen Partner mit der tiefen Stimme ein wenig zu hassen. Dann ploppte es plötzlich in der unteren Etage. Irgendetwas fiel zu Boden.

»Sie machen eine Flasche Wein auf«, flüsterte Vicky mir lüstern ins Ohr.

Okay, ich bin kein Weinkenner.

Aber ich kenne mich mit Schusswaffen aus. Und mit Schalldämpfern. Da unten hatte niemand eine Flasche Wein entkorkt!

Es ploppte ein zweites Mal. Glas ging zu Bruch. Ich spannte mich an. Sie hielt inne.

»Keinen Laut«, zischte ich, ratschte den Reißverschluss meiner Jeans nach oben und kniff die Augen zusammen.

Sie sagte nichts, wich aber einen kleinen Schritt nach hinten. Gegen einen Bistrotisch, der zur Seite kippte. Eine Karaffe und ein aus Holz geschnitzter Kerl, der eine überdimensionale Zunge rausstreckte, schwankten. Ich sprang vor, packte den Holzmann, aber das Glasteil glitt vor meinen Fingern über den Tischrand und zersprang klirrend auf dem Boden.

Vicky schrie erschreckt auf. Nur kurz. Aber ich reagierte sofort. Der Typ dort unten würde in wenigen Sekunden samt Knarre und Schalldämpfer hier erscheinen!

Ich umfasste Vickys Oberarm und zog sie grob in den hinteren Teil des Raumes. Hier ging ein zweites Zimmer ab. Ich stieß die Tür auf – ein Badezimmer – und schob sie hinein.

»Zähle bis zehn, dann dreh die Dusche auf! Lass das Licht aus! Und bleib im Bad«, zischte ich.

»Wieso ...?«

»Tu es einfach, verdammt noch mal!«

167

Ich schubste sie in den dunklen Raum, schloss die Tür und glitt zurück. Im Vorbeigehen griff ich mir den Holzkerl vom Bistrotisch und drückte mich neben die Zimmertür hinter einen kleinen Weichholzschrank. Keine Sekunde zu früh.

Als Erstes lugte sein kleiner, schallgedämpfter Freund ins Zimmer. Dann ging im Bad die Dusche an. Der kleine Freund hielt inne. Sein Besitzer orientierte sich. Wahrscheinlich hatte er Vickys weiße Bluse entdeckt, die noch immer vor dem Wasserbett auf dem Boden lag.

Er entschied sich, das Licht auszulassen, und machte einen großen Schritt nach vorn, hinein in das Schlafzimmer.

Ich holte kurz aus und schlug mit aller Kraft zu. Das war ein Profi. Ich würde keine zweite Chance bekommen.

Der hölzerne Zungenmann krachte auf einen großen, kurz rasierten Schädel. Der Typ taumelte. Ich packte seinen rechten Arm und riss ihn runter auf meinen Oberschenkel. Der Unterarm brach mit einem hässlichen Krachen. Seine nicht minder hässliche Knarre rutschte über den Parkettboden.

Er heulte wie ein angeschossenes Tier.

Plötzlich ging das Licht an. Vicky war aus dem Badezimmer ins Zimmer gekommen. Frauen tun aber auch nie, was man ihnen sagt! Aber ich wollte nicht meckern: Das Licht gab mir Gelegenheit, einen finalen, rechten Haken gegen sein Kinn zu setzen. Sein Kopf schlug zur Seite, und der Kurzgeschorene sank lautlos ins Tal des großen Schlafes.

Vicky schrie.

»Alles klar, Baby!«

»Mein Gott, ist er tot?«

Ich schüttelte den Kopf. »Er träumt nur.«

Ich drehte die schlaffe Masse auf den Bauch. »Hast du im Bad einen Bademantel gesehen? Gut. Bring mir den Gürtel!«

Sie reichte mir das Frotteeteil.

Ich nickte rüber zum Wasserbett. »Einen langen Schal brauche ich noch.« Ich brachte seine Beine in Position, legte zwei sportstudiogestählte Arme auf seinem Rücken übereinander und machte drei gute, stabile Knoten.

Ich seufzte.

Und warf einen kurzen Seitenblick auf Vicky, die sich im Bad die beiden Schals von den Handgelenken gestreift hatte und sich nun in Jeansrock und mit rotem Spitzen-BH nach ihrer weißen Bluse bückte. *Ihr* die Schals um die deutlich zarteren Handgelenke zu legen, hatte wesentlich mehr Spaß gemacht!

Der Typ blutete stark aus seiner Kopfwunde.

»Sollten wir nicht besser einen Arzt holen?«, flüsterte Vicky.

»Der hier braucht keinen Arzt, aber wir sollten mal nach Jeff sehen.« Ich drehte den Kopf des Kerls vor mir auf die Seite, damit er nicht dummerweise doch noch irgendwie erstickte, schnappte mir die Holzstatue und zog Vicky hinter mir her nach unten.

Wir gingen durch den Flur in einen weiteren Raum. Es war die Küche. Das Licht brannte, aber Hunde ausführende Nachbarn waren jetzt mein kleinstes Problem.

Der Kühlschrank stand offen und summte vor sich hin. Auf einem Küchentisch in der Mitte des Raumes lag ein Autoschlüssel. Unter dem Tisch lag Jeff.

Ganz offensichtlich brauchte auch Jeff keinen Arzt.

Der Typ mit dem knappen Haarschnitt hatte ihm zwei Volltreffer in Kopf und Brust verpasst. Ein Profi eben.

Vicky schrie auf. »Jeff!«

Sie wollte sich auf ihn stürzen. Ich hielt sie zurück. »Du kannst nichts mehr für ihn tun.«

»Wir müssen die Polizei rufen.«

»Hm«, knurrte ich und lugte in den Kühlschrank.

Dort lag ein Päckchen mit weißem Pulver. Ein großes Päckchen. Anderthalb Kilo würde ich schätzen. Garniert war das Päckchen mit einer Neun-Millimeter Smith&Wesson.

Vickys Hand berührte meine Schulter.

»Jeff war ein Drogenkurier«, erklärte ich. »Das ist ein gefährlicher Job. Manchmal ist er tödlich.«

»Wir müssen die Polizei rufen«, wiederholte sie.

Ich überlegte. »Benrather Rheinufer ist das hier. Welche Hausnummer?«

»Siebzehn.«

Ich nickte und entdeckte das an der Wand befestigte Telefon. Ich friemelte ein Taschentuch aus meiner Jeans, hob ab und wählte 110.

»Polizei?«

»Benrather Rheinufer 17, bei Jeff. Hier liegt eine Leiche. Erschossen. Der Täter liegt in der ersten Etage, gefesselt und ohnmächtig. Im Kühlschrank liegt ein Päckchen mit Kokain. Die Haustür steht offen.«

»Was ...?«

Ich legte auf und packte Vicky am Handgelenk. »Und jetzt nichts wie weg.«

Sie sperrte sich. »Wir können nicht einfach so verschwinden. Jeff ... Die Polizei wird tausend Fragen haben.«

»Eben! Die kommen auch ohne uns klar. Möchtest du deinem Mann etwa erklären, was du in Jeffs Wohnung zu suchen hattest?«

Sie schüttelte den Kopf.

»Also komm!«

Sie sperrte sich noch einmal. »Und du? Warum kannst du nicht warten?«

Ich grinste sie an. »Ich sag mal so: Die Leiche, das Koks und ich – wir würden für die Polizei viel zu gut zusammenpassen. Komm jetzt!«

Ich pflückte Jeffs Autoschlüssel vom Küchentisch, klemmte die Holzstatue mit meinen Fingerabdrücken unter den Arm und zog Vicky nach draußen. Jeffs Sportkarre stand ein Stück weiter die Straße runter auf der anderen Fahrbahnseite.

»Versuch, keine Fingerabdrücke zu hinterlassen!«

Ich fuhr los. Sekunden später flogen uns erste Streifenwagen mit Blaulicht entgegen. Ich brachte zügig eine stattliche Zahl an Kilometern zwischen Hausnummer 17 und uns. Ich hielt mich in Rheinufernähe.

Der Fahrtwind tat uns gut. Langsam kam wieder Farbe in Vickys hübsches Gesicht.

Ich zwinkerte ihr zu. Sie lächelte zurück und schüttelte den Kopf.

Drei Minuten später waren wir weit genug weg. Ich bog in einen Hinterhof und versteckte den Sportwagen zwischen zwei LKW. Mit dem Taschentuch wischte ich die Fingerabdrücke vom Lenkrad.

Ich schnappte mir die Holzstatue vom Rücksitz. Wir stiegen aus.

»Und jetzt?«

»Bringen wir dem hässlichen Holzkerl hier das Schwimmen bei.«

Ich zog sie einen Häuserblock weiter die Böschung hoch, und da war er wieder, der Vater, und floss in einer Seelenruhe daher, als sei nichts geschehen. Ich verrate nichts, flüsterte er uns plätschernd zu. Ich bedankte mich mit einem Geschenk und schleuderte die Holzstatue im hohen Bogen in die grauen Fluten.

Sie schmiegte sich an mich. »Mir ist kalt.«

Ich grinste sie an und legte meinen Arm um ihre Schulter. »Das kann ich ändern.«

Sie grinste zurück. »Ach ja?«

»Aber sicher! Du hast doch ein erstklassiges, aufregendes Vorspiel gefordert, und ich hab dir versprochen, mir was Spannendes einfallen zu lassen. Also.«

Sie lachte. »Du spinnst!«

Meine rechte Hand glitt hinten in die Hosentasche. Mit einem Ruck zog ich einen erdfarbenen Seidenschal heraus, der sich verheißungsvoll zwischen uns zu Boden schlängelte. »Ja, manchmal schon«, lachte ich zurück.

Ein paar Meter weiter stolperten wir in eine grüne Mulde und ließen uns im sinnlichen Licht eines wohlwollenden Mondes ins feuchte Gras des Rheinufers fallen.

Dreckig

Sie werden versuchen, mich reinzulegen. Sie würden mir nur zu gerne an die Karre pissen. Die Bullen. Aber sie können mir nichts. Gar nichts. Mintrop-Manni wäre der Einzige, der ihnen wirklich hätte weiterhelfen können, aber … der war tot. Jemand hatte ihm aus nächster Nähe mit drei Kugeln das schwüle Rotlicht-Leben aus dem feisten Körper geballert. Zweimal in die üppig behaarte Brust und einmal mitten in die erstaunt gerunzelte Stirn.

Weshalb ich das so genau weiß? Ohne den Obduktionsbericht gelesen zu haben? Na, raten Sie mal!

»Wir kriegen dich«, knurrt der Bulle mir gegenüber, aus dem man ohne Probleme auch einen Kleiderschrank hätte machen können. Aufpassen! Der Cop ist alt genug, um es drauf zu haben und zu jung, um müde zu sein. Hellwacher Blick, scharfer Verstand, abgewichster Typ.

»Bin ich der einzige Verdächtige? Dann sehe ich schwarz für eure Aufklärungsquote.«

»Mach dir um unsere Quote keine Sorgen, Richie. Wir kommen schon klar.«

»Sicher. War es das dann?« Der Bulle fängt an, mir auf die Nerven zu gehen.

»Fürs Erste. Du kannst dich verpissen!«

»Aber, aber, Herr Kommissar. Wo bleibt die professionelle Distanz? Wo ist das freundliche Sie?«

»Einkaufen. Mord ist eine Nummer zu dick, Richie. Das solltest du den Profis überlassen. Wir kriegen dich«, grinst

175

der Bulle und reckt sich im Stuhl das breite Polizistenkreuz gerade.

Ich grinse zurück, schiebe mir zwei Minuten später eine Kippe zwischen die Lippen und lasse das rostbraune Düsseldorfer Polizeipräsidium hinter mir. Während ich Richtung Rhein schlendere, um mir an den Kasematten ein paar Grad Julisonne zu gönnen, gehe ich noch mal alles in Ruhe durch.

Der Anruf vor genau einer Woche. Anonym. Fünfzig Riesen für einen kalten Mintrop-Manni, die berühmt-berüchtigte Düsseldorfer Rotlicht-Größe. Das Ganze in kleinen, nicht nummerierten Scheinen, die Hälfte vorab.

Der Typ am Telefon hat sich nicht vorgestellt. Ich hatte allerdings eine vage Ahnung, war aber nicht lebensmüde genug, dieser Vermutung nachzugehen.

Karo-Charly besorgte mir die Knarre. Das war entgegen der landläufigen Meinung tatsächlich ein wenig komplizierter, als es sich der Normalbürger sonntagabends im Fernsehsessel vorstellt. Und teurer. Aber Charly war nicht nur teuer, sondern auf ihn war Verlass. Drei Tage später hielt ich eine frisch geölte und nicht registrierte Smith&Wesson in meinen Fingern.

Der Rest des Jobs bestand in der Hauptsache aus Geduld. Mintrop-Mannis Büro hatte ein Fenster nach hinten raus. Nach hinten raus gab es ein Flachdach. Flachdächer und Fenster kann ich gut.

Drei Stunden hockte ich in dem lauwarmen Büro, bedudelt von der schwachsinnigen Einheitsmucke aus dem Tabledance-Bums in der Etage unter mir. Dafür hätte ich einen Riesen extra raushandeln sollen …

Er war wirklich überrascht. »Richie? Was machst du denn hier?«

Ich erklärte es ihm. Indem ich drei Mal abdrückte.

176

Tschüss, Fenster, Flachdach und in einer der schmierigen Seitenstraßen entsorgte ich die Knarre in einer Restmülltonne. Ich bin ein sehr ordentlicher Mensch.

Zufrieden spucke ich die Kippe in den grünen Randstreifen. Die können mir nichts, die Bullen. Gar nichts.

Wenn ich nur wüsste, warum der Bulle so dämlich gegrinst hat.

Kaum in meinem Appartement zurück, klingelt das Telefon. Anonyme Xe im Display, eine unterdrückte Nummer. Ich habe eine Geheimnummer und werde nicht besonders häufig angerufen. Meistens beruflich. Deshalb heb ich ab.

»Ja?«

»Du hast Scheiße gebaut!« Gallige Stimme.

»Hä?«

»Pass auf! In der Altstadt, am Ende der Liefergasse, gibt es eine Kneipe. *Leierkasten.* Toilettenbereich, drei Scheißhäuser. Du nimmst das mittlere. Im Spülkasten liegen ein Reisepass, ein Flugticket und ein bisschen Klimpergeld. Du wirst klarkommen.«

»Moment, Moment! Was soll die Kacke?«

»Halt die Klappe, du Niete! Die Bullen wissen Bescheid. Irgendeine Staatsanwaltsschlampe unterschreibt gerade deinen Haftbefehl, du Armleuchter. Du hast die Knarre bei Karo-Charly gekauft, du Versager! Und rate mal, wer vor einer knappen halben Stunde den Bullen geflüstert hat, wem er neulich eine nagelneue Puste vertickt hat? Na? Kommst du drauf?«

Ich hol tief Luft.

»Mach hin! Das ist deine letzte Chance. Hast du wenigstens … das … verstanden?«

Er wartet keine Antwort ab, die Leitung ist tot. Ich kann auflegen. Tu ich auch.

Nachdenklich. Langsam.

Moment, Moment ... Das geht mir alles ein bisschen zu schnell. Karo-Charly und plaudern, das geht zusammen wie Arsch auf Eimer. Ich kratz mir den Schädel. Die Stimme. Das war definitiv nicht der gleiche Typ wie der, der mir den Job besorgt hatte. Langsam, langsam ... So schnell schießen die Preußen nicht!

Altstadt, Liefergasse, *Leierkasten* ...

Charlys Stammkneipe liegt praktisch auf der Strecke. Irgendwas sagt mir, dass Karo-Charly keineswegs bei den Bullen eine Arie gesungen hat, sondern stattdessen brav und bierselig, wie immer im schwarz-weiß karierten Jackett, dort in seiner Stammhucke bei einem dunkelbraunen Kaltgetränk am Tresen sitzt.

Grinsend klopf ich mir eine Kippe aus der Schachtel.

Harry steht hinterm Tresen und verteilt mit einem feucht-fleckigen Stofflappen tödliche Keime in einem Weizenbierglas. Modrig-fauler Gestank weht über die klebrige Theke zu mir rüber.

»Möchtest du was trinken, Richie?«

»Auf keinen Fall. Wo ist Karo-Charly?«

Er hält inne und beugt sich über die Theke. »Verdammt, Richie, den haben vor zwei Stunden die Bullen einkassiert. Ziviles Kommando, sah nicht gut aus.«

»Aha«, murmele ich nachdenklich.

»Alles klar, sonst?«, lauert Harry verschlagen.

»Klar, du Stricher!«

Ich flüchte nach draußen. Gelassenen Schrittes, natürlich. Aber die Kippe, die ich mir zwischen die Lippen schiebe, hört einfach nicht auf zu wippen.

178

»Scheiße!«

Leierkasten … Meine Güte. Ein Drecksladen. Hatten die vom Ordnungsamt die Kaschemme nicht schon vor Jahren dichtmachen wollen? Zum Durchqueren der stickigen Kneipenluft braucht man eine Machete. Verdammt. Jobs, die mich in solche asozialen Höhlen führen, hab ich eigentlich nicht mehr nötig. Heavy Metal brüllt mir in die Ohren und hat den ungepflegten Trottel hinterm Tresen derartig verblödet, dass es eine Pracht ist. Seine spärliche Intelligenz tropft in ein schmieriges Asterixheft, in das er seinen Kopf versenkt hat. Während sich um diese späte Nachmittagsstunde die benachbarten Kneipen schon gut füllen, hat sich hier hinein ins muffige Dunkle kein weiterer Gast verirrt.

Ich habe den Laden auch noch nie betreten. Und werde es freiwillig auch nie wieder tun.

»Scheiße!«

Der Trottel hebt seine Nase aus dem Comic und glubscht mich glasig an, was seine Art ist, die Frage nach einem Getränk zu stellen, die ich selbstverständlich ignoriere.

Toiletten: Pfeil nach links.

Nein! Diese nur von altem Syph und feuchter Fäulnis zusammengehaltene Spelunke hatte tatsächlich eine Toilettenfrau im hellblauen Kittel zu bieten. Mit Tischchen und Groschenteller. Um die Dreißig, herber Gesichtszug, vermutlich eine Studentin, die zum Kellnern zu doof ist. Gar nicht unhübsch. Sie erinnert mich an meine ehemalige Englischlehrerin.

Ich will mich grußlos an ihr vorbeidrücken.

»Männer is besetzt.«

»Ich muss aber …«

»Pissen?«

179

»Nee, Kontoauszüge ausdrucken lassen, du Birne! Natürlich!«

»Geh auf Weiber«, schlägt die Hygienefachkraft vor.

»Vergiss es!«

»Moment ...«, seufzt sie, drückt sich gelangweilt in die Senkrechte, öffnet die Tür zur Herrentoilette einen Spaltbreit und brüllt: »Wie weit seid ihr?«

Als Antwort torkelt ihr ein Pärchen entgegen. Sie richtet ihre blondierten Haare, er schließt seinen Hosenschlitz.

Na, klasse!

Ich schieb mich vorsichtig an ihnen vorbei in den abgeschlossenen Toilettenbereich für Männer. Hier werden meine hohen Erwartungen im vollsten Maße erfüllt. Es ist nicht die dreckigste Toilette, die ich je in meinem Leben gesehen habe, aber sie kommt in die Top Five.

»Weltklasse.«

Alle Sprayer dieser Stadt haben sich auf den Wänden krakelig verewigt. Die hat der Erbauer dieser repräsentativen Räumlichkeit bei der letzten Renovierung Ende der Sechzigerjahre weiß gestrichen, was mühelos an der Stelle zu erkennen war, die ein an der Ecke zerbrochener Spiegel mit klebrig-rotbraunen Anhaftungen gerade frisch freigelegt hatte. Kopfschüttelnd mach ich einen großen Schritt und zähl durch.

»Eins, zwei, drei.«

Mit spitzem Finger drück ich gegen die verkratzte Toilettentür Nummer Zwei. Sie klemmt. Natürlich. Ich drücke ein bisschen heftiger.

»Mann«, fluch ich genervt.

Irgendetwas ...

Die Tür gibt nach. Ich gucke nach oben. Tatsächlich. Ich stehe in der Toilettenbox, die als letzte Europas mit einem Spül-

kasten und einer verrosteten Eisenkordel an der Seite bau-
melnd ausgestattet ist. Unten dunkelweiße Keramik mit
schwarzer Kunststoffsitzfläche. Ohne Deckel, was an braun-
schwarzen Anhaftungen vorbei einen exklusiven, tiefen Ein-
blick in die Düsseldorfer Kanalisation ermöglicht.

Ich rümpf die Nase.

Schnell. Keine Sekunde länger bleiben als unbedingt nötig!
Bevor mutierte Bakterien sich auf mich stürzen und zu Boden
reißen können.

Ich setz einen Schuh auf die Schüssel und wuchte mich
hoch. Der Spülkasten hat oben drauf einen Deckel, der lose
aufliegt. Den hab ich schon in der Hand, als mein Blick von
oben in die Nachbarbox fällt.

Das karierte Sakko hätte ich unter Tausenden erkannt!
Selbst mit dem frischen, roten Blutfleck auf der Vorderseite.

»Verdammt!«

Im gleichen Moment fliegt die Tür der Box auf und zwei
Typen recken runde, schwarze Löcher auf mich.

»Polizei, keine Bewegung!«

Ich denke nicht mal dran, sondern lass mich widerstands-
los von der Keramik ziehen und die Hände auf den Rücken
drehen. Einer der Bullen legt mir Armschmuck an und
schiebt mich raus aus der Box.

Eine übel schmeckende Ahnung überkommt mich, als ich
erkenne, wer gerade zufrieden lächelnd und keineswegs
überrascht einen Blick in die Box Nr. drei mit Karo-Charly
geworfen hat.

»Tot. Erschossen. Wir brauchen die Tatwaffe. Wir sollten
uns mal den Spülkasten nebenan ansehen.« Er grient mich
direkt an.

Die Bullen zerren mich durch den engen, dunklen Gang in
die Gaststätte. Funkgeräte quaken. Merkwürdigerweise fällt

181

mir auf, dass die Klofrau verschwunden und der Blick des Typen hinter dem Tresen nicht mehr glasig ist. Er telefoniert und ordnet an, dass der Streifenwagen jetzt vorfahren soll.

Als die Bullen mich mit festem Griff auf den Rücksitz des Zivilwagens packen, hab ich es endgültig kapiert. Der Kleiderschrank-Cop aus der Vernehmung beugt sich massig in die halb geöffnete Fahrzeugtür.

»Richie, Richie. Ich hab dir doch gesagt, dass Mord eine Nummer zu dick ist. Überlass das den Profis!«

»Also euch«, knirsche ich.

Er grinst breit. »Mach dir um unsere Aufklärungsquote keine Sorgen!«

Verdammt! Die Bullen haben mich so richtig dreckig reingelegt.

Er wirft die Tür zu, mein Blick fällt nach vorne. Am Steuer sitzt eine Frau. Gar nicht unhübsch … Die Polizistin hat Ähnlichkeit mit meiner ehemaligen Englischlehrerin.

Muttertag ist nicht mein Ding

Muttertag ist nicht mein Ding«, seufzte Hans-Werner Drießen.

Der Mann im dunkelblauen Rollkragenpullover mit der schwarzen, breit gerahmten Brille zuckte – fast entschuldigend – mit den Schultern.

»Tja«, nickte Kriminalhauptkommissar Pit van Arcen und tippte kurz auf die Fotos zwischen ihnen beiden auf dem Vernehmungstischchen. »So sieht das auch aus.«

»Ich bin mehr so ein Buß- und Bettag-Typ. Oder Totensonntag. Totensonntag finde ich gut. Das hat was Ruhiges, Besinnliches. Da sind die, um die es geht …« Drießen suchte mit den Händen ringend nach dem richtigen Wort.

»Tot?«, schlug van Arcen vor.

»Genau.«

Pit van Arcen, der stellvertretende Leiter des Dezernats für Tötungsdelikte in Krefeld, nickte. »Tot. Okay. Dann erzählen Sie mal, fangen Sie am besten vorne an!«

Drießen holte tief Luft. »Mein Vater ist früh gestorben. Da war ich zwei.«

»So früh vielleicht doch nicht«, unterbrach ihn van Arcen.

»Ist aber wichtig.«

Der Kriminalhauptkommissar seufzte. »Ja, dann.«

»Als Vater starb, waren wir zu viert. Mein älterer Bruder Frank-Peter, meine Schwester Ursula und ich. Und natürlich Mutter. Ihr war der Muttertag sehr wichtig. Und ich meine: *sehr* wichtig. Ein Geschenk mussten wir haben. Immer. Und dieser eine Satz hatte zu fallen: Mutter, du bist die Beste von allen.«

185

Van Arcen hatte Block und Stift bereitgelegt und würde mitschreiben. So es denn was Interessantes zu notieren gab. Das sah im Moment noch nicht so ganz danach aus.

»Mit den Geschenken hatte ich es nicht so. Ich bin nämlich schlecht im Basteln. Wenn ich mit Klebstoff arbeite, dann … Au weia. Ich habe Mutter mal ein kleines Püppchen gebastelt, ein Engelchen. So richtig mit goldenen Flügeln und einem weißen Kleidchen. Als ich es ihr geben wollte, habe ich es nicht von den Fingern gekriegt. Es war festgeklebt.«

Pit van Arcen nickte, konzentrierte sich. Und versuchte, nicht zu lachen.

»Oder häkeln. Haben wir in der Schule gemacht. Auch wir Jungs. Ich kriegte es nicht hin. Meine Topflappen waren nicht richtig viereckig, sondern eher oval und an den Rändern wellig und nuschelig. Wie Spiegeleier. Und als ich fertig war, hingen auf einer Seite zwei Schlaufen lose. Also, die hingen über. Sagt man Luftmaschen? Eins, zwei im Sinn und drei fallen lassen oder so. Für die beste Mutter von allen. Aber die beste Mutter von allen hat gesagt, die Fetzen könne man nur zum Schuheputzen gebrauchen.«

Van Arcen zeigte sich schockiert. »Ach?«

»Frank-Peter und Ursula haben gelacht. Das haben sie immer getan, über mich gelacht. Ich bin kein Sportler. Frank-Peter hat drei Jahre hintereinander einen Handstand gemacht und dann ›Mutter, du bist die Beste von allen‹ gesagt. Mutter hat vor Spaß in die Hände geklatscht. So einfach war das! Im vierten Jahr habe ich es auch damit versucht, verlor aber das Gleichgewicht und krachte in den teuren Teewagen, auf dem alles zerscheppert ist, was an Glas und Porzellan so kaputt gehen kann.«

Van Arcen gluckste. »Entschuldigung«, murmelte er.

186

Hans-Werner Drießen nickte stumm. »Ja. So ging das jedes Jahr. Malen konnte ich auch nicht. Ich habe Mutter ein Bild gezeichnet, auf dem ich ihr ein vierblättriges Kleeblatt schenke. Ohren kann ich nicht. Die waren dann so spitz. Und ich gebe zu, dass die Nase ein wenig an eine Steckdose erinnerte. Sie hat mir eine Ohrfeige verpasst. Ursula hat gemeint, ich hätte Mutter mit einem Schweinekopf gezeichnet. Was aber wirklich nicht stimmt!«

»Zeichnen ist nicht jedermanns Sache«, musste Pit van Arcen einräumen und wischte sich ein vorwitziges Lachtränchen aus dem Augenwinkel.

Drießen nahm seine Brille vom Nasenrücken, hauchte gegen die Gläser und setzte sie wieder auf. »Manchmal glaube ich, dass Mutter auch heute noch diese Muttertagstreffen nur veranstaltet, um mich bloßzustellen oder um zu sehen, wie ich Jahr für Jahr mit meinem Geschenk aufs Neue kläglich versage.«

»Warum sind Sie denn zu diesen merkwürdigen Muttertagstreffen überhaupt noch hingegangen?«, fragte van Arcen, dem ein immerhin einunddreißig Jahre alter, erwachsener Mann gegenübersaß, der auf den ersten Blick sehr sympathisch und überhaupt nicht wie ein Trottel aussah.

Sein Gegenüber seufzte, sparte sich eine Antwort und fuhr stattdessen fort. »Einmal, einmal konnte ich ihr in den ganzen Jahren ein freches Schnippchen schlagen. Das war 2006. Da habe ich starke Unterleibsschmerzen vorgetäuscht und bin zum Notdienst ins Gelderner Krankenhaus gefahren. Clemenshospital. Nun ja, da haben sie mir dann vorsichtshalber den Blinddarm rausgenommen. Aber immerhin: keine Demütigungen, ich bin nicht ausgelacht worden und keine Ohrfeigen. Ich war selig. Auch ohne Blinddarm.« Ein Funkeln schlich kurz in Hans-Werners Augen, verschwand aber schnell wieder. »Dabei bin ich im eigentlichen Leben wirklich kein Versager. Ich schreibe Reiseberichte, fliege durch die ganze Welt, teste Hotels und Clubanlagen, komme in entlegene Länder. Herrlich. Ich kriege wirklich viel zu sehen. Nur zu Muttertag habe ich in Deutschland zu sein. Bei Mutter. Einmal brachte ich ihr ganz seltene Blumen aus Laos mit. Ich kann es ja ruhig sagen, die Orchideen waren geschmuggelt. Da habe ich gedacht, ja, das ist der Bringer! Ich konnte ja nicht ahnen, dass sie auf eine ganz seltene Pollenart derart allergisch reagiert. Sie ist dunkelblau angelaufen, fast hopsgegangen, konnte aber nach zwei Tagen wieder aus dem Krankenhaus entlassen werden. Auch Clemenshospital. Da, Herr Hauptkommissar, hatte ich auch zum ersten Mal die Idee.«

Van Arcen hob die Augenbrauen. »Welche Idee?«

»Gleich, Herr Kommissar, gleich. Wir feiern am Muttertag immer ohne Anhang. Ich hab ja keinen, aber auch Ursula und Frank-Peter kommen immer ohne ihre Partner. In diesem Jahr schenkte mein Bruder Mutter ein Jahresabonnement für die Oper in Düsseldorf. Da hätte ich auch drauf kommen können. Bin ich aber nicht. Und wie hat Mutter sich gefreut. Ursulas Kinder haben für Mutter ein buntes Fensterbild gemalt. Fische, Seesterne und Muscheln. Auf Glas. Für das große Badezimmerfenster. Unten links der Schriftzug. *Für die beste Mutter von allen.* Womit Ursulas Kinder ja eigentlich nicht Mutter, sondern meine Schwester gemeint haben. Sie hätten ja eigentlich Oma schreiben müssen. Haben sie jedoch nicht, aber Mutter ließ das gelten.«

Van Arcen brauchte einige Sekunden, um diesen verwandtschaftlichen Gedankensalto nachzuvollziehen.

»Während sie alle zusammen das Fensterbild ins Licht gehalten und Oh und Ah gejubelt haben, habe ich den Tisch gedeckt, den Kaffee angesetzt und eingeschenkt. Und, Hans-

Werner, fragte Mutter dann, nachdem wir uns alle hingesetzt und das erste Tässchen getrunken hatten, womit wirst du mich in diesem Jahr erfreuen? Und dabei grinste sie schon so tückisch. Richtig verschlagen. Dabei konnte sie ja noch gar nicht wissen, was sie erwartete. Ich räusperte mich und sagte. Mit einem Gedicht, Mutter.«

»Ein Gedicht?«, fragte van Arcen.

»Ja. Selbst verfasst.«

Hans-Werner Drießen griff in seine Jackentasche, zog einen Zettel hervor und glättete ihn auf dem Vernehmungstischchen. »Am besten trage ich es mal ganz schnell vor.«

»Das muss nicht unbedingt sein.«

»Ist aber wichtig. Und erklärt alles«, behauptete Drießen.

Pit van Arcen erkannte auf dem Papier sieben klein geschriebene Vierzeiler. Okay, so schlimm würde es nicht werden. Und wenn es der Wahrheitsfindung diente. »Da bin ich dann mal gespannt.«

Drießen ruckelte sich im Stuhl gerade, hob den Kopf und räusperte sich:

»Mutter, du bist die Beste von allen.
Dies kleine Gedicht soll dir gefallen.
Es ist mein Geschenk für dich, auch für Ursula und Frank-Peter.
Hört gut zu. Bedankt euch später!

Mutter, du hast mich an dreißig Muttertagen
Gequält, gedemütigt, ausgelacht und ins Gesicht geschlagen.
Ursula und Frank-Peter, ihr habt nie was gesagt
Und kräftig mit ihr zusammen mich ausgelacht.

Es musste so kommen, ihr seht es sicher ein.
Heute wird der Tag meiner Rache sein.

Oh, wie ihr guckt, ganz besorgt, ganz verschreckt.
Hat euch eigentlich der Kaffee geschmeckt?

Ach, ihr könnt eure Arme nicht mehr bewegen?
Bleischwer tut sich was auf euren Brustkorb legen?
Ihr fühlt euch im Kopf plötzlich leicht benommen?
Der Blick wird glasig und an den Rändern verschwommen?

Ich war auf Borneo, am anderen Ende der Welt.
Da bekommt man in einem Laden für wenig Geld.
Ein Gift, das heißt Lagunta Pa Gagen.
Davon hört irgendwann das Herz auf zu schlagen.

Ein paar Tropfen in den Kaffee haben dann gereicht,
damit ihr – wie jetzt – die Segel streicht.
Ungläubig, wie ihr jetzt schaut,
habt ihr das dem kleinen Hans-Werner wohl nicht zugetraut.

Nun denn, damit ist jetzt eines gewiss:
Dass dieses Muttertagstreffen unser letztes is.
Zum Abschied soll es über die Kaffeetafel schallen:
Mutter, du bist die Beste von allen!«

Hans-Werner Drießen blickte auf, deutete mit dem Kopf kurz nickend eine Verbeugung an und hauchte: »Fertig.«

»Ganz nett«, lobte der Kriminalbeamte und verglich den gereimten Inhalt des Gedichts mit den leblos an der Kaffeetafel in ihren Stühlen sitzenden Opfern, die mit gesenkten Häuptern auf den Fotos zu erkennen waren, die zwischen Drießen und ihm auf dem Vernehmungstisch lagen. »Passt«, stellte van Arcen fest.

»Ich hätte es Mutter nie recht machen können«, kicherte

sein Gegenüber wirr und faltete den Zettel mit entrücktem Blick zurück in seine Jackentasche.

Die Tür zum Vernehmungszimmer öffnete sich. Van Arcens Kollege beugte sich über dessen Schulter und flüsterte ihm ins Ohr. Van Arcen nickte und der Polizist ließ die beiden Männer wieder alleine.

»Lagunta Pa Gagen?«, fragte van Arcen. »Mein Kollege hat gerade mit dem Polizeiarzt gesprochen. Den dreien geht es tatsächlich wieder gut.«

Jetzt war es Drießen, der auf die Fotos tippte. »Endlich, nach all den Jahren. Ein bisschen Rache. Wie sie stumm und starr da am Tisch saßen, das musste ich fotografieren. Natürlich geht es den dreien wieder gut. Töten tut das Gift nicht, aber es lähmt. Die Zunge wird schwer und man kann sich Sekunden später bei vollem Bewusstsein ein paar Minuten lang nicht bewegen. Mysteriöses Borneo!«

Drießen lachte und auch Pit van Arcen konnte sich ein Schmunzeln nicht verkneifen.

»Ein paar Minuten lang haben die drei geglaubt, der kleine, tollpatschige Hans-Werner hätte sie umgebracht. Muttertag ist nicht mein Ding, Herr Hauptkommissar. Aber dieses Jahr hat es richtig Spaß gemacht.«

Auch ein Schatten hat nur zwei Hände

Wissenschaften hat nur zwei Hände

Hartmann runzelte die Stirn. »Ich soll Autogramme schreiben?«

Der Mann mit dem intellektuellen Kinnbart saß auf der gegenüberliegenden Seite des aufgeräumten Schreibtisches und nickte heftig. »Ja. Später auf dem Schulhof einige Ballkunststückchen, Torwandschießen und vielleicht ein paar lustige Schnappschüsse mit den Schülern der unteren Jahrgänge.«

Hartmann überdachte kurz seine finanzielle Situation. Womit er schnell fertig war, denn die war momentan recht übersichtlich. »Und wann ist dieses Schulfest?«

»Kommenden Sonntag, also, äh, schon übermorgen.«

»Hoppla. Das ist aber kurzfristig.«

Friedhelm Körner, der Direktor des Friedrich-Schiller-Gymnasiums, räusperte sich verlegen. »Eigentlich sollte Andreas Lambertz kommen, aber der hat kurzfristig abgesagt. Ich hoffe, das macht Ihnen nichts aus, äh, quasi jetzt als Ersatzmann einzuspringen.«

Hartmann schüttelte den Kopf. Zweite Wahl zu sein, direkt hinter Lumpi Lambertz, dem Kapitän seiner Düsseldorfer Fortuna, war völlig in Ordnung. Außerdem war es inzwischen fünf Jahre her, dass er selbst für Mönchengladbach in der Fußballbundesliga gespielt und ein rechter Verteidiger ihm das linke Knie kaputt getreten hatte. Erstaunlich, dass sich überhaupt jemand an ihn erinnerte, wenn es um eine Autogrammstunde ging. »Sie wissen aber schon, dass ich inzwischen als Privatdetektiv arbeite?«

»Christian Hartmann – Ermittlungen aller Art, sicher. Über die Gelben Seiten bin ich schließlich an Ihre Telefonnummer gekommen. Sie genießen aber hier in Düsseldorf immer noch einen sehr guten Ruf als sympathischer, beliebter Sportsmann, und deshalb wären Sie genau der Richtige für unser kleines Schulfest.«

Hartmann gab sich einen Ruck. Autogramme schreiben war zwar nicht so ganz sein Ding und würde seinen Ruf in der Branche nicht unbedingt verbessern, aber der Kühlschrank war leer und die Miete wollte gezahlt sein. »Okay, ich stelle meinen üblichen Stundensatz in Rechnung und die Sache ist geritzt.«

Der Direktor sprang auf. »Na wunderbar!«

Hartmann strich sich verlegen durchs lange, blonde Haar. Mit »wunderbar« hatte noch nie ein Lehrer irgendetwas kommentiert, das Hartmann im Zusammenhang mit Schule, Gymnasium oder Ähnlichem zu Stande gebracht hatte. Vielleicht hätte ihn dieses »wunderbar« stutzig machen sollen …

»Das haben Sie ganz toll gemacht.«

Hartmann zuckte zusammen. Er hatte gar nicht bemerkt, dass die blonde Sportlehrerin sich neben ihn gestellt hatte.

»Beeindruckend, wie Sie die fußfaulen Jungs ans Rennen bekommen haben! Den Shorty da vorne habe ich zum Beispiel noch nie schwitzen sehen.« Die athletische Frau, die Hartmann spontan an Cameron Diaz erinnerte, nickte rüber auf die andere Seite des betonierten Sportplatzes, wo ein etwas dicklich Geratener aus der siebten Klasse mit hochrotem Kopf nach Luft japste. Und dabei zufrieden lächelte.

Hartmann grinste. »Aus Shorty kann noch mal ein ganz Großer werden.«

»Ich fürchte, das wird eher ein ganz Dicker … Ich heiße Andrea.«

»Christian Hartmann.«

»Der Ex-Fußballer und Privatdetektiv. Direktor Körner hat dich als Highlight des Schulfests angekündigt. Autogramme, Torwandschießen und ein paar Kunststückchen. Ich hatte ein Poster von dir überm Bett. Du mit Ball vor blauem Himmel und gelbem Rapsfeld.«

Hartmann lachte. »Puh, das Bild kenne ich. Furchtbar!«

»Och, du bist recht nett von der Seite fotografiert. Knackiger Hintern!«

»Den hab ich immer noch.«

»Ich weiß. Hab ich schon gesehen«, grinste sie.

Hartmann strich sich durchs lange Haar. Das schien ja ein ganz interessantes Schulfest zu werden.

»Warst du ein guter Schüler?«, fragte die Sportlehrerin.

»Sport fand ich klasse. Die Experimente in Physik und Biologie waren immer spannend. Unser Physiklehrer hat seinen drei Meter breiten Tisch immer mit Geräten zugebaut. Dann hat er links außen was erhitzt, woraufhin ganz rechts was zu Boden fiel. Oder auch nicht. Das war schon aufregend. Tja, und wo ich mit *meinen* Kunststückchen durch bin: Was kommt jetzt?«

Andrea grinste ihn an: »Ich kann ja auch mal ein paar Kunststückchen versuchen.«

Im U-förmigen Innenhof der Schule, der durch einen zwei Meter hohen, schmiedeeisernen Zaun mit eingelassenem Tor vom Straßenbereich abgetrennt war, spielte auf einer kleinen Bühne eine Schülerband, schmachtend angehimmelt vom weiblichen Teil der Schule. Viele Eltern waren erschienen, der Schulhof war voll. Die Stände mit Selbstgetöpfertem, Gemaltem und auch der Sektstand waren gut besucht. Letzterer schon zum wiederholten Mal durch die junge, blonde Sportlehrerin. Ein Schulorchester hatte die Rockband abgelöst und setzte zum dritten Marsch in Folge an.

»Stehst du auf Marschmusik?«, flüsterte Andrea.

»Überhaupt nicht.« Hartmann nippte am Sektglas. »Um noch mal auf meinen Hintern zurückzukommen ...«

Sie drückte ihm einen Zeigefinger auf die Lippen. »Na endlich!«

Die Sportlehrerin schnappte sich fix Hartmanns Hand, führte ihn Richtung Schulgebäude, blickte sich vorsichtig um und zog ihn unauffällig hinter sich ins Gebäude hinein. Sie passierten die geschlossenen Türen mehrerer Klassenräume und bogen rechts um eine Ecke in einen weiteren, kurzen Flur. Schnell trippelten sie fünf, sechs Stufen in das Souterrain hinunter. An der ersten Tür stoppte Andrea, öffnete sie und schob Hartmann in einen großen, mit hellgrauen Sportmatten ausgelegten Raum.

Hartmanns etwas zu groß geratene Nase erschnüffelte eine fein beißende Fußschweißnuance. Er war sich aber sicher, dass die nicht weiter stören würde.

Durch eine Fensterreihe unter der Decke hauchten Sonnenstrahlen einen weichen, randlosen Schatten über einen hohen, roten, asiatischen Schriftzug an der weiß gekalkten Wand. Auf einem Poster erkannte Hartmann den legendären Bruce Lee.

Andrea schloss hinter ihnen leise die Tür. »Unser Judoraum. Nahkampf!« Sie ließ sich mit dem Rücken gegen die Wand fallen und zog ihren Trainingspartner an sich.

»Hier ist es auf jeden Fall angenehm kühl«, stellte Hartmann fest.

»Oh, das wird sich gleich ändern.«

Kräftige Fingerspitzen krallten sich in Hartmanns Hintern. Puh, Sportlehrerin. In Sachen *Beschleunigte Pulsfrequenz* war ja eigentlich Hartmann der Profi, aber, Mann, legte die ein Tempo vor. Andreas grellgelbe Sommerbluse hatte sich wie von ganz alleine auseinandergefaltet. In Hartmanns Kopf schepperte es. Den schmalen, gestickten, ebenfalls gelben Stoffstreifen konnte man nun wirklich nicht als BH bezeichnen. Und er war seiner unterstützenden Aufgabe überhaupt nicht gewachsen.

Die Andrea hatte aber auch einen Griff!

Und wieder schepperte es. Oder klirrte es?

Und diesmal war Hartmann sicher, dass es nicht in seinem Kopf gescheppert hatte, sondern im Raum neben ihnen.

»Äh, Andrea, was ist das für ein Raum nebenan?«

»Die Küche. Möchtest du lieber ...?«

Jetzt klirrte es fürchterlich, nebenan ging was Größeres zu Bruch. Jemand schrie.

Hartmann löste sich energisch. »Äh, geh nicht weg! Ich bin gleich wieder da.«

»Quatsch, ich geh mit. Ich hab das auch gehört!«

Hartmann riss die Tür auf, ging ein paar Schritte und trat an die Tür zur Küche. Jetzt war nichts mehr zu hören. Er drückte die Klinke. Abgeschlossen! Auf der anderen Seite war es still geworden. Hartmann ging in die Hocke und erkannte einen hellen Lichtschimmer zwischen den Flurkacheln und der Tür. In dem Raum brannte Licht.

»Komisch«, flüsterte Andrea. »Die Köche haben doch schon vor über einer Stunde Feierabend gemacht.«

»Vorsicht«, zischte Hartmann, trat einen Schritt zurück, winkelte das Knie an und trat mit Schmackes gegen das Schloss. Der Türrahmen splitterte. Ein zweiter, kräftiger Tritt, die Tür krachte nach innen auf.

Im brummenden Licht mehrerer Neonröhren erkannte Hartmann eine lang gezogene Küchenzeile mit mehreren Kochfeldern und Dunstabzugshauben darüber. Kellen, Kübel, einen Wasserbottich mit Kartoffeln, Salat und an

Küchengeräten alles, was sich die interessierte Hausfrau für ihre heimische Kochwerkstatt erträumt.

In der Mitte des Raums wand sich auf den Fliesen liegend ein Mann. Er lag auf dem Rücken, zuckte krampfhaft und war mit Splittern und Glas übersät. Aus seinem Hals sprudelte Blut.

Am anderen Ende des Raums schwang ein Schatten durchs geöffnete Fenster nach draußen.

Hartmann beugte sich über den Blut gurgelnden Mann. Eine zerschlagene, dunkelbraune Glasflasche mit gelb-rotem Etikett steckte vorne in seinem Hals.

Andrea trat neben ihn und drückte ihn zur Seite. »Mein Gott! Der Lützenrath! Der war hier mal Hausmeister. Lass mich machen, ich kenn mich aus. Kümmre du dich um den anderen, und ruf einen Notarzt!«

Hartmann spurtete los und sprang ebenfalls durchs Fenster nach draußen. Ein kleiner, viereckiger Hinterhof. Links. Rechts. Leer.

»Mist!«

Der Typ war wie vom Erdboden verschluckt. Ein dunkelgrün gestrichenes Tor. Hartmann drückte die Klinke. Verschlossen! Aber links neben dem Tor befand sich in Bodenhöhe ein kleiner, runder Schacht, der waagerecht auf die andere Seite der breiten, alten Mauer führte. Der Boden davor war frisch aufgewühlt.

Hartmann ging auf die Knie und presste sich durch das Loch in einen weiteren kleinen, länglichen Lichthof. Eine Parkbank, ein Tisch, zwei Gartenstühle. Und eine Tür. Hartmann riss sie schwungvoll auf. Und stand auf dem Schulhof. Lehrer, Eltern, Schüler. Das Schulorchester beendete gerade mit dröhnendem Schlussakkord den Bayrischen Defiliermarsch.

Hartmann friemelte sein Handy aus der Innentasche seines Hemdes und checkte dabei das schmiedeeiserne Tor zur Straße hin. Niemand war dabei, den Hof zu verlassen. Sein rechter Zeigefinger tippte 112. Schnell schritt er zur Bühne und sprang die drei Holzstufen hoch. Der Dirigent des Orchesters warf ihm einen entrüsteten Blick zu.

Hartmann schnappte sich ein Mikro: »Meine sehr verehrten Damen und Herren! Kein Grund zur Unruhe, aber ich darf Sie bitten, den Schulhof nicht zu verlassen. Achten Sie bitte auch selbst darauf, dass niemand sonst den Schulhof verlässt!«

Ein Mann mit Kinnbart und hochrotem Kopf zupfte heftig an Hartmanns Hose. Direktor Körner. »Hartmann, was soll das Theater?«

Endlich fragte im Handy jemand, wie er helfen könne.

»Ich brauche einen Notarztwagen zum Friedrich-Schiller-Gymnasium. Dringend! Eine lebensgefährliche, stark blutende Stichwunde im Hals!«

Hartmann beugte sich runter zum Direx, ließ die murmelnde Masse vor sich und insbesondere das immer noch geschlossene Schulhoftor nicht aus den Augen und erklärte dem schnell blass werdenden Körner die Lage.

Hartmann war gerade fertig, als sich eine ältere Dame schreiend und mit rudernden Armen näherte: »Polizei! Polizei! Die Geldkassette mit den ganzen Einnahmen ist weg!«

Eine gute Stunde später klappte Kriminalhauptkommissar Korte energisch schnaufend sein Notizbuch zu und zog die Nase hoch. »Sie müssen sich geirrt haben, Hartmann. Auf dem Schulhof waren ausnahmslos Lehrer, Schüler und deren Eltern.«

»Aha. Und wieso bedeutet das, dass ich mich geirrt habe?«

»Ich bitte Sie! Der Verletzte heißt Markus Lützenrath, war bis vor einem Jahr hier an der Schule der Hausmeister und ist einschlägig vorbestraft wegen gemeinschaftlichen Diebstahls. Heute war hier an der Schule dicke Beute zu machen.« Er entnahm seinem karierten Jackett einen Schlüssel und ließ ihn vor Hartmanns großer Nase baumeln. »Mit diesem Nachschlüssel, den Lützenrath sich seinerzeit vorsorglich hat anfertigen lassen und den wir jetzt beim Verletzten gefunden haben, gelang es ihm, sich durch eine Seitentür Zugang zum Sekretariat zu verschaffen. Dort stemmte er den veralteten Tresor aus der Wand, brach ihn mit einem Stemmeisen auf und entwendete die Geldkassette mit den Einnahmen des heutigen Tages.«

»Und dann?«

»Bekamen die beiden Täter noch auf der Flucht Streit.«

»Welche *beiden* Täter?«, hakte Hartmann nach.

Korte verdrehte die Augen: »Der Tresor wurde aus der Wand gehebelt, auf einen Schreibtisch gewuchtet und dort aufgebrochen. Das Teil ist schwer. Einer alleine schafft das nicht. In dieser Großraumküche kommt es zu einem Handgemenge. Ein Holzschrank mit Glasscheibe geht zu Bruch. In den Scherben findet der Täter eine zersplitterte Gewürzflasche, die er Lützenrath in den Hals rammt. Zufällig befinden Sie sich, äh, mit einer Sportlehrerin – warum auch immer – im Nebenraum, hören den Kampf, rennen rüber und zwingen den zweiten Täter zur überhasteten Flucht. Frau ...«

»Desselmann«, half die Sportlehrerin leise.

»Frau Desselmann rettet Lützenrath das Leben. Zumindest vorerst, denn sein Zustand ist weiter äußerst kritisch.«

Der ebenfalls anwesende Direktor Körner räusperte sich: »Um das noch mal ganz deutlich zu, äh, sagen, Frau Desselmann, das haben Sie ausgezeichnet gemacht!«

Andrea nickte geistesabwesend und nestelte am Reißverschluss der blauen Trainingsjacke, die sie gegen ihre blutverschmierte, gelbe Sommerbluse getauscht hatte.

»Lützenrath«, schloss Korte. »Lützenrath hatte einen Mittäter, den wir in seinem persönlichen Umfeld finden werden, mit dem er sicher schon häufiger Dinger gedreht hat. Das sind Profis.«

Die Tür ging auf, ein uniformierter Polizist lugte herein. »Wir beenden die Suche. Das Stemmeisen haben wir in der Küche gefunden, aber die Geldkassette mit den Einnahmen ist weg.« Der Uniformierte tippte sich an die Schläfe und verschwand wieder.

Korte schob sein Notizbuch endgültig ins Jackett. »Alles klar!«

Hartmann fand, dass gar nicht alles klar war: »Wo ist denn die Beute?«

Korte schniefte genervt durch die Nase. »Beim flüchtigen Täter natürlich.«

»Der Typ, der weggerannt ist, hatte keine Geldkassette dabei. Ich habe beide Hände gesehen, als er sich durchs Fenster nach draußen in den Lichthof geschwungen hat.«

»Sie haben einen Schatten gesehen«, verbesserte ihn Korte.

»Auch ein Schatten hat nur zwei Hände. Und die waren leer. Keine Geldkassette.«

»Wir haben die Schule abgesucht und alle Personen durchsucht, die im Schulhof standen und die Sie als Mittäter verdächtigen. Von denen hatte keiner eine Geldkassette bei sich. Der zweite Mann ist mit der Schatulle vom Gelände runter und verschwunden.«

»Ich war fast direkt hinter ihm!«

»Das war ein Profi. Und Sie waren eben doch einen Tick zu langsam. Er ist entwischt.«

Körner nickte heftig. Entwischt. Genau! Überhaupt, wie kam dieser Privatdetektiv dazu, seine Kollegen, die Eltern, ja, im Grunde genommen sogar ihn höchstpersönlich zu verdächtigen? Was für ein peinlicher Auftritt! Autogramme sollte der Kerl schreiben und sich nicht an die arme Frau Desselmann ranmachen.

Kriminalhauptkommissar Korte zog ein letztes Mal geräuschvoll die Nase hoch und verließ mit entschlossenem Schritt den Raum. Direktor Körner warf einen kurzen, nachdenklichen Blick auf seine sportliche Kollegin, strich sich durch den Kinnbart und folgte dem Polizisten durch die Tür nach draußen.

Hartmann legte vorsichtig einen Arm um Andrea, die sich an ihn drückte. »Bist du okay?«

»Geht schon.« Andrea nickte.

»Sag mal, der Lützenrath, der war hier Hausmeister und ist vor einem Jahr geflogen?«

»Ja. Mehrmals ist hier Geld weggekommen. Immer, wenn es was zu holen gab. Zuerst haben sie deshalb den Täter unter uns Lehrern vermutet, aber dann wurde Lützenrath erwischt. Er hat alles zugegeben und wurde entlassen.«

Hartmann nickte nachdenklich. »Sag mal, hast du heute Abend noch Lust auf was Spannendes?«

Andrea schmollte. »›Was Spannendes‹ hatte ich mir eigentlich ganz anders vorgestellt. Stattdessen hocken wir hier seit fast zwei Stunden schweigend im gekachelten Halbdunkel. Ich hatte da eher an ...«

Hartmann presste ihr hastig eine Hand über den Mund. Sie nickte, denn sie hatte das Klacken auch gehört. Draußen wurde die Brandschutztür ihres Flures aufgeschlossen. Schritte näherten sich und endeten genau draußen vor der Tür.

204

Hartmann spannte seinen Körper an.

Die Tür wurde aufgedrückt. Kein Licht. Zügige Schritte durchquerten zielstrebig den Raum. Der Mann wusste, wo er was zu finden hatte.

Mit einem Ruck sprang Hartmann aus ihrem Versteck hervor und rammte den Mann zu Boden. Andrea schnellte zum Schalter und machte Licht. Hartmann boxte sicherheitshalber eine Faust Richtung Kinn und wirbelte seinen Gegner auf den Bauch. Eine dunkelblaue Geldkassette glitschte über die Fliesen. Hartmann bekam einen Arm zu fassen und drehte ihn klassisch nach hinten.

Der Typ unter ihm schrie auf.

Andrea schrie ebenfalls. »Bernd Schöpp! Das ist unser Geschichtslehrer!«

Hartmann ruckelte Geschichtslehrer Schöpp richtig schön unter Kontrolle und knurrte zufrieden. »Ich wette, die Diebstähle bis vor einem Jahr gehen auch schon auf das gemeinsame Konto von Lützenrath und unserem Freund hier. Lützenrath nahm die ganze Schuld auf sich. Beim jetzigen Schulfest wolltet ihr beide noch mal dicke Kasse machen, aber es gab Streit.« Hartmann packte noch ein bisschen fester zu. »Wahrscheinlich wollte Lützenrath die ganze Kohle für sich. Schließlich hatte er seinerzeit seinen Job verloren. Es kommt zu einem Handgemenge, der feine Herr Geschichtslehrer rammt dem Lützenrath eine zerbrochene Gewürzflasche in den Hals. Dann bemerkst du uns, versteckst hastig die Beute, fliehst durchs Fenster und mischst dich unschuldig wieder unters Volk.«

»Drecksack«, zischte Schöpp.

Hartmann ruckte kurz am Arm. Der Lehrer stöhnte.

»Aber du musstest die Kassette holen. Noch heute Nacht, nicht wahr?«

Andrea musterte die nasse Geldkassette. Hartmann nickte zum riesigen Kochbottich auf der Anrichte.

»Bei den Kartoffeln?«, fragte Andrea und hatte ihre Frage damit schon richtig beantwortet.

»Schöpp brauchte ein schnelles Versteck, entdeckte den Kartoffelbottich und versenkte die Beute im Kartoffelwasser, unter den Kartoffeln. Ein gutes Versteck, die Cops haben die Kassette dort auch nicht gefunden. Aber er hatte ein Problem. Er musste das Kästchen heute Nacht noch bergen, denn morgen, am Montag, würden die Köche es im Kartoffelwasser finden. Deshalb, mein Lieber, haben wir hier schön auf dich gewartet.«

»Schnüffler«, knurrte Schöpp.

Hartmann ließ das mal so zufrieden grinsend im Raum stehen. Da gab es schlimmere Bezeichnungen.

»Andrea, ruf bitte die 110 an, die sollen den Korte schicken, dessen blödes Gesicht möchte ich sehen. Und dann machen wir beide heute Abend noch was richtig Spannendes ...«

Grüner Tod

Jetzt halte ich diese Karte in meinen Fingern. Schwarze Schrift auf weißem Grund. Mit einem entsprechenden Symbol, das den Inhalt andeutet. Edles Papier, geschnörkelte Schrift.

Das macht es nicht besser.

Es gibt diese wundervollen, bis ins Kleinste durchdachten Pläne, die sich so richtig gut anlassen. Und dann kommt es am Ende immer doch ganz anders!

Roosen knallte den Hörer auf den Apparat. »Bingo! Ich habe einen Tipp bekommen. Der Tscheche ist da. Ohne seine Gorillas. Nur er alleine, mit einer Blonden, die nicht besonders viel an hat.«

Rocks faltete, ohne eine Miene zu verziehen, die Zeitung zusammen. Geräuschlos.

Becker, der Leiter unserer Ermittlungskommission, zerquetschte eine halb aufgerauchte Kippe im Ascher. »Wo?«, knurrte er.

»In einem Hochhaus. Weseler Straße. Marxloh.«

»Wie sicher ist dein Informant?«

»Neunzig Prozent.«

Das war mehr als genug.

»Na gut!« Becker stand auf. Action!

Es war Charly, ein blasser, hagerer Kollege, uns vom Landeskriminalamt Düsseldorf zugeteilt, der als Einziger Bedenken äußerte. »Was ist mit einem Spezialeinsatzkommando? Der Kerl könnte bewaffnet sein.«

»Könnte …«, schnaufte Becker. »Natürlich ist der Typ bewaffnet! Das Schwein hat an der Grenze zwei holländische Kollegen umgenietet. Das ist eine abgezockte Sau, hundert Pro, dass der was zum Schießen dabeihat. Der riecht das SEK zehn Kilometer gegen den Smog. Wenn wir nicht hinmachen, ist der schneller weg, als wir gucken können. Wir bilden zwei Teams. Roosen, Rocks und ich machen den Zugriff, Charly und Chris sichern. Auf geht's!«

Chris, das bin übrigens ich. Der Jüngste in der Truppe. Deswegen hielt ich mich mit Vorschlägen zurück.

Obwohl ich da schon einige gehabt hätte.

Zehn Minuten später schoben wir vom Objekt weit genug abgesetzt unsere Fahrzeuge an den Fahrbahnrand. Das Hochhaus an der Weseler Straße war ein schäbiges, zerbröckelndes, sechs Etagen hohes Relikt aus den Siebzigerjahren. Ein Abrissbagger hatte die linke Seite des Gebäudes gefressen. Der Tscheche sollte sich in der vornehmen rechten Hälfte des Blocks befinden.

»Fünfte Etage, Treppe rechts. Die Eckwohnung links am Kopfende des Gangs.« Charly stieß die schmierige Verbundglastür zum Flur auf.

Muffige, abgestandene Luft schlug mir entgegen, diese Mischung aus abgelatschten Schuhen, verschüttetem Bier, billigem Haarspray und feuchten Träumen, wie nur Marxloh sie an besonders guten Tagen ausatmen konnte.

Ich zog meine P99 aus dem Holster.

Auf jeder Seite des dunklen Korridors befanden sich vier Wohnungstüren, dazu die beiden am Kopfende. Alle Türen waren ohne Nummern. Keine Namensschilder.

Ich gab den anderen ein Zeichen und drückte mich an der Wand entlang zügig nach vorne. Der gefährlichste Teil der

Aktion. Was, wenn der Tscheche gewarnt war? Oder wenn er zufällig aus seiner Luxussuite kam und uns im Flur antraf? Mit einer geladenen Knarre in der Hand? Was, wenn der Informant links und rechts nicht auseinanderhalten konnte?

Ich konzentrierte mich.

Wir erreichten die Tür ohne Probleme. Rocks, der im Team fürs Grobe zuständig war, schob sich an mir vorbei und nahm Anlauf. Mit einem lauten Krachen flog die Tür nach innen. Ich sprang durch den zersplitterten Rahmen, checkte die Szene mit der Knarre.

Der Tscheche war allein. Er hockte im weißen Unterhemd auf der klapprigen Couch und mampfte eine Fertigpizza. In Griffweite lag allerdings eine hässliche, schwarze MP von der Sorte, mit der man holländische Polizisten töten konnte. Er war jedoch schlau genug, die fünf auf ihn gerichteten Mündungen ernst zu nehmen, und ließ ganz langsam die Hand mit dem Pizzastück sinken, das er sich gerade in den Mund schieben wollte. Vielleicht war er müde, vielleicht hatte er genug getötet. Definitiv hatte er keine Chance.

Was fehlte, war die Blonde.

Hastig lief ich rüber zur Tür am anderen Ende des Raums, öffnete sie vorsichtig und verschaffte mir und meinem kleinen, stählernen Freund einen schnellen Überblick. Das Einzige, was der Raum zu bieten hatte, war eine offene Balkontür, durch die eine Blondine gerade nach draußen huschte. Sie trug einen blauen Jeansrock, ein gelbes Top und zerrte eine schwere, rote Handtasche hinter sich her. So ein großes Teil, wie nur Frauen sie mitschleppten.

Ich sprang hinterher.

Im Zimmer hinter mir wurde es plötzlich laut. Ein Stuhl polterte zu Boden. Wieso wurde es laut? Die Burschen drinnen waren zu viert und sollten die Lage doch wohl im Griff haben.

211

Egal, denn meine Blonde war schnell und schon dabei, über eine schmierig-durchsichtige, wackelige Plastiksichtblende zu steigen, die den Balkon von dem der Nachbarwohnung trennte. Sie trug hochhackige Schuhe. Das machte zwar optisch was her, erschwerte aber das Klettern. Ein spitzer, gelber Absatz verhedderte sich in einer hellbraunen, toten Rankpflanze, das ganze Plastikteil schaukelte bedenklich. Ich pflückte sie von der Scheibe, bevor sie vollends das Gleichgewicht verlor und die zwölf Meter über das Balkongeländer in die Tiefe rauschte.

»Moment, Mädchen! Polizei!«

»Ich bin kein Mädchen!«

»Aber ich bin die Polizei.«

»Ach ja?«, funkelte sie mich an, und verdammt, ich blickte in die grünsten Augen, die ich jemals gesehen hatte. Sie waren von der Farbe, an die Gott gedacht hatte, als er Irland erschuf.

Natürlich kein Grund, sie nicht hart anzufassen, aber ich vergaß fast, ihr meinen Dienstausweis unter die Nase zu halten. Außerdem schnappte ich mir ihre Handtasche.

»Das sind ja tolle Manieren!«

Ich zupfte ein Paar Handschellen heraus und ließ sie baumeln. »Schickes Spielzeug.«

»Du hast doch sicher auch welche dabei…«, lächelte sie und klimperte mit den Wimpern als wäre sie das nächste Bond-Girl.

Aber es war natürlich reine Schau, um mich abzulenken. Vom nicht ganz kleinen Päckchen mit weißem Pulver, das unter den Handschellen in der Tasche lag.

»Die falsche Jahreszeit für Schnee.«

»Ich brauch schon mal was zum Abkühlen.«

»Okay. Mitkommen!«

Von irgendwoher näherte sich unten ein Martinshorn. Sollte Becker für Trajanows Abtransport die Jungs in Grün ange-

212

fordert haben? Merkwürdig. Ich drückte die Blonde durch die Balkontür zurück ins Appartement.

»Nicht anfassen!«

»Schade«, sagte ich, um ein bisschen gute Stimmung zu machen.

Nebenan war es still. Zu ruhig. Irgendetwas stimmte nicht.

»Moment!« Ich drückte sie neben der Tür an die Wand und lugte erst mal vorsichtig in den Raum.

Rocks und Roosen standen blass und schweigend vor der zertretenen Appartementtür. Becker hatte sich über Charly gebeugt, der sich ein Blutfädchen aus dem Mundwinkel wischte. Außerdem sah ich das offene Fenster. Und keine Spur von Trajanow.

»Der Tscheche ist beim Zugriff aus dem Fenster gesprungen«, knurrte Becker und blickte mir fest in die Augen.

Ich nickte.

»Was …?«, meldete sich Blondie neben mir, die sich in den Raum gedrängelt hatte.

Ich zischte ihr zu, dass sie die Klappe halten sollte. Sie schwieg. Was sollten wir mit ihr machen? Wenn wir sie mitnahmen, würde man ihr eine Menge schlauer Fragen stellen und sie würde dumme Antworten geben, die eigentlich keiner hören wollte. Ich zumindest nicht.

Ich packte sie am Arm und zog sie an Rocks und Roosen vorbei raus in den Flur.

»Was ist mit Nikolai?«, flüsterte sie.

»Er macht eine längere Pause. Würde ich dir auch empfehlen. Ich denke, du hast da deine Ideen. Oder soll ich was vorschlagen?«

»Schon verstanden.«

»Du warst nicht hier!«

»Was hätte ich denn hier schon gewollt haben können?«

213

»Na siehst du!«

»Krieg ich meine Tasche zurück?«

Ich reichte sie ihr, nachdem ich das Päckchen Koks herausgenommen und in meiner Jacke versenkt hatte.

»Viel Spaß damit«, fauchte sie.

»Du hast einen vollkommen falschen Eindruck von mir, Schatz.«

Sie blickte mir in die Augen. Grün. »Ich glaube nicht. Danke.« Sie drehte sich um und klackerte über das fleckige Linoleum zur Treppe.

Ich wusste nicht mal ihren Namen. Ich wusste nur, dass im Zimmer nebenan eine Menge Arbeit auf mich wartete.

Der Tscheche war tot. Natürlich. Zwölf Meter, nichts zu machen. Das kam vor. Nicht oft, aber es kam vor. Dass Straftäter versuchten, sich dem Gang ins Gefängnis durch einen Sprung aus dem Fenster zu entziehen.

Trajanow hatte immerhin zwei Polizisten erschossen und damit rechnen müssen, dass ihn deren Kollegen nicht mit Samthandschuhen anfassen würden. Hatten sie nun ja auch nicht. Becker konnte auf eine Fakten schaffende Art schwer nachtragend sein.

Keiner weinte dem Tschechen eine Träne nach. In Holland waren wir Helden.

Ich hatte den Eindruck, dass unser Polizeipräsident das punktuell nicht ganz so sah, aber es gab nur vier Augenzeugen, die alle den gleichen Hergang schilderten. Da der Mörder, nun ja, gefasst war, wurde die Ermittlungskommission aufgelöst und Becker einen Monat später auf eigenen Wunsch irgendwohin an den nördlichen Niederrhein versetzt. Charly ging zurück in die Landeshauptstadt.

Und ich? Ich blieb.

Drei Tage später erschnupperte der Jack Russel einer älteren Spaziergängerin am Rheinufer bei Baerl eine weibliche Leiche, und ich hatte die nächste Kommission an der Backe, die ich diesmal selbst leiten durfte.

Ich nahm mir vor, niemanden aus dem Fenster zu stoßen, und stürzte mich in die Arbeit. Es gab viel zu tun, denn ganz offensichtlich gehörte die unbekleidete Tote aus Baerl in eine Serie von Tötungsdelikten.

Entsprechend abgebrasselt warf ich abends nach Feierabend meine Jacke über den einzig freien Stuhl in meinem Appartement. Auf den anderen türmten sich ungewaschene Wäsche, ungelesene Zeitungen und ungeöffneter Werbescheiß. Selten hatte ich eine ausgiebige Dusche nötiger. Und nichts würde mich danach aus meinen vier Wänden locken können. Das Telefon klingelte. Ich hob ab.

»Hast du mich vergessen?«

»Wie könnte ich dich vergessen?«

»Du weißt genau, was ich meine.«

Wusste ich nicht, aber mein Blick zuckte hektisch über den Kalender neben dem Telefon. Ah, da. Donnerstag. Shit. Ich schuldete meiner Ex-Frau ein paar Gefallen. Carmen arbeitete in der Kulturredaktion einer hiesigen Tageszeitung, und ich hatte mich breitschlagen lassen, mit ihr ins Theater zu gehen.

»Du hast es vergessen, gib es zu!«

»Ich habe die Autoschlüssel fast schon in der Hand, Schatz.«

»Sicher. Spring kurz unter die Dusche, ich hasse es, wenn du stinkst! Zieh was Vernünftiges an! Ich hol dich in zehn Minuten ab. Und nenn mich nicht Schatz.«

»Alles klar … Mäuschen!«

Sie holte mich ab, und eine halbe Stunde später liefen wir als die Letzten im Theater am König-Heinrich-Platz ein. Die erste Hälfte des Stücks überstand ich nur, weil ich wusste, dass man in der Pause im Foyer etwas zu trinken bekam. Kaffee zum Beispiel, am besten einen doppelten Espresso. *Brennende Jungfrauen* ... Ich hatte mir unter dem »packenden Portraitreigen von mitreißender Eindringlichkeit«, von dem im Programm die Rede war, etwas ganz anderes vorgestellt. Ich hätte es wissen müssen.

Mit dem dampfenden Espresso in der Hand lauschte ich unbeeindruckt den Fachsimpeleien einer Gruppe langhaariger Theaterkenner mit Seidenschal, die von der unglaublichen Authentizität dessen, was ich grade nicht so richtig verstanden hatte, tief beeindruckt waren.

Sie rempelte mich in der Raucherecke an, mit einem Sektglas in der einen Hand und einer ganz undamenhaften, filterlosen Kippe in der anderen. Sie trug ein rotes Kostüm und hatte die langen, blonden Haare hochgesteckt. Ich erkannte sie sofort. Die Augen. Grün.

Ich rechnete allerdings nicht damit, dass auch sie sich sofort an mich erinnern würde.

»Oh, der freundliche Polizist!« Sie grinste mich an. »Der Spezialist für alle Jahreszeiten.«

Ich grinste zurück. »Sonne im Sommer, Schnee im Winter.«

»War er gut?«, fragte sie.

»Der Sommer?«

»Der Schnee.«

»Die Fische unter der Friedrich-Ebert-Brücke schwärmen heute noch davon.«

»Du hast den Stoff ins Wasser gekippt? Du bist ein Idiot!« Sie war ehrlich entsetzt und schüttelte den Kopf.

»Illegale Abfallentsorgung, klar. Aber herrlich unbürokratisch«, erklärte ich lachend.

»Was für eine Verschwendung! Du interessierst dich fürs Theater?«, wechselte sie das Thema. »Wie findest du das Stück?«

»*Brennende Jungfrauen* ... Bisher fehlt mir da irgendwie der Zugang.«

»Wie gefallen dir denn die Kostüme? Sie legte eine warme Hand auf meinen Arm. »Ich verstehe das Stück auch nicht, aber ich bin mit der Ausstatterin befreundet und habe die Kostüme genäht.«

»Kostüme ...« Ich räusperte mich. »Äh, die Bühne ist ein bisschen dürftig ausgeleuchtet. Ich achte im zweiten Teil auf die Klamotten.«

Sie lachte. »Tu das!«

»Hast du Lust, nachher mit mir was zu trinken?«, ging ich einfach mal aufs Ganze.

Sie legte den Kopf mit der hochgesteckten Frisur schräg und zauberte ein hellwaches Flimmern in ihre tiefgrünen Augen.

»Einer der großzügigen Sponsoren des Theaters hat sich in mich verliebt und mich heute Abend eingeladen. Er ist furchtbar anstrengend, aber ich stehe nun mal auf Millionäre. Und du ...«, sie nickte über meine Schulter, »bist auch gar nicht alleine hier, schon vergessen?«

Ich drehte mich um und entdeckte hinter mir Carmen, mit diesem Blick, wie nur Frauen ihn hinbekamen. »Meine Ex-Frau. Ich schulde ihr noch einen Gefallen.«

»Und mir schuldest du keine Erklärung.«

Sie zwinkerte mir aus ihren grünen Augen zu, drehte sich um und war weg. Carmen schob sich neben mich. »Gift«, erklärte sie.

217

»Richtig«, räumte ich ein. »Ganz offensichtlich. Super!«
»Du wirst wieder auf die Nase fallen!«

Ich klaute kommentarlos das Programmheft, das unter ihrem Arm klemmte. Hinter *Kostüme* standen zwei Namen. Erik und Dana. Erik schloss ich aus. Also: Dana Vagato.

Während der zweiten Hälfte der *Brennenden Jungfrauen* grübelte ich ein bisschen herum. Gift … Hm. Beim Schlussapplaus hatte ich schließlich so etwas wie den Hauch eines Plans.

Uwe Kowalski war mein Partner in der Mordsache in Baerl, bei der wir inzwischen sicher waren, dass sie zu einer Serie gehörte. Er tippte der Reihe nach auf die Fotos an unserer Pinnwand.

»Tot, tot, tot. Und was noch schlimmer ist: Bernd Schlösser hat ein Alibi. Er war am Donnerstag in Shanghai. Ich hab das gecheckt. Er scheidet definitiv aus.«

Ausgeschieden war Schlösser bei mir schon lange. Ich hatte ihn von vorne bis hinten durchgecheckt, ihn sogar durch einen der Psychos von der operativen Fallanalyse gründlich unter die Lupe nehmen lassen. Bernd Schlösser war ein gut aussehender Mann, 40 Jahre alt, schwer reich, Manager in einem der letzten bei uns noch ansässigen Stahlunternehmen. Sympathisch, sportlich, dezent. Ich hatte ihn mehrmals persönlich vernommen. Er hing bei den Mordsachen irgendwie mit drin, aber er war nicht der Mörder! Das sagte mir mein Bauch. Der Profiler formulierte es professioneller in einem Bericht, der vor mir auf dem Bürotisch lag.

Kowalski fing wieder an zu tippen. Er tippte sehr gerne. Er ging mir damit tierisch auf die Eier.

»Carla Scheufele – tot: 25.03.2007, in Marxloh. Marianne Kruse – tot: 17.11.2008, gefunden in Moers-Kapellen. Vor genau vier Tagen: Eva Koch. Tot am Rheinufer in Baerl. Die für jeden offensichtliche Gemeinsamkeit: Alle waren Schlössers Freundin. Und alle wurden vergiftet.«

Ich nickte. Nur um was zu sagen.

Die chemische Zusammensetzung des Giftes hatte einen Namen, der im Bericht des Rechtsmediziners über fast zwei Zeilen ging, deshalb hatten es seine Erfinder auch griffig »Topalarin« genannt. Eingesetzt wurde es hauptsächlich bei der industriellen Herstellung von Farben, Imprägnierstoffen und Klebemitteln – und entsprechend schwer war es zu beschaffen.

»Ich dreh noch durch«, ereiferte sich Kowalski. »Kann es sein, dass der Typ einen Killer angeheuert hat? Geld genug hat er. Auch Verbindungen in die ganze Welt. Der lässt seine Vögelchen einfach killen.«

»Ein Killer?« Ich runzelte die Stirn. Gift war Frauensache und in Killerkreisen nicht gerade üblich. Nein, ich hatte mir eine ganz andere Frage gestellt: Wenn Bernd Schlösser mit einem wasserdichten Shanghai-Alibi als Täter ausfiel, wer hatte dann ein Interesse, dessen Freundinnen zu meucheln? Gift war Frauensache … Deshalb landete ich mit meinen Überlegungen bei Ruth Schlösser, seiner Ehefrau.

Dana Vagato schob sich zwischen mich und die beeindruckende Aussicht auf die historische Speicherzeile des Duisburger Innenhafens.

»Woher hattest du meine Telefonnummer?«

»Telefonbuch.«

»Und woher wusstest du meinen Namen?«

»Polizist«, erklärte ich. »Was möchtest du trinken?«

»Egal, Hauptsache, es ist bunt.«

Ich winkte dem Kellner und bestellte ihr einen Caipirinha. Und mir noch ein *Diebels*. Der Rhein schaukelte sanft das Holzfloß mit der Außenterrasse des Lokals.

Mein Blick glitt neben uns über die feinen, glitzernden Wellen, in denen die heiße Julisonne in allen Farbtönen schillerte, die ihr der Schöpfer mitgegeben hatte. Dann schaute ich in die Gläser der dunklen Sonnenbrille mir gegenüber, in denen die gleiche Sonne funkelnd blitzte. Keine Ahnung, was mir das Wasser im alten Holzhafen unschuldig vor sich hinplätschernd verheimlichte, aber ich wusste ganz genau, was hinter den Gläsern vor mir lauerte.

»Was macht dein anstrengender Millionär?«

»Er war dann doch *zu* anstrengend. Wie geht es deiner, wie soll ich sie nennen, Ex-Frau?«

»Gut. Wir sind immer noch getrennt. Stehst du immer noch auf Millionäre?«

»Kennst du welche?« Sie pflückte die Brille von der Nase. Sagenhaft! »Wie komme ich überhaupt zu der Ehre, von dir auf ein kaltes Getränk eingeladen zu werden?«

Ich beugte mich über den Holztisch, gönnte mir einen tiefen, grünen Blick und erklärte es ihr.

Ich hatte Ruth Schlösser ins Polizeipräsidium vorgeladen. Sie war eine mürrische, schlecht gelaunte Frau von Mitte 40, deren offen zur Schau getragene Lustlosigkeit depressiv machte. Nach ihrer Vernehmung musste ich mir in der Kantine einen Schnaps bestellen.

Gift. Andere Argumente hatte sie nicht mehr zu bieten. Ich war mir sicher, Ruth Schlösser hatte die Gespielinnen ihres Mannes aus dem Leben gegiftet. Aber ihr ließ sich nichts nachweisen. Mir fehlte jedoch der entscheidende Hinweis, ich brauchte einen Plan.

Während Kowalski grübelnd die drei Fotos von Bernd Schlössers ermordeten Freundinnen an der Pinnwand anstarrte, kämpfte ich mich nachdenklich ein weiteres Mal durch die Ermittlungsakte. Eine kühne Idee nahm grob umrissen und dunkel verwegen Gestalt an.

Fast spruchreif, hatte auch Kowalski einen lichten Moment. »Mensch, Chris, alle seine Freundinnen hatten grüne Augen! Wir sollten eine Kollegin als Köder auf ihn ansetzen«, grinste er und runzelte gleich darauf die Stirn. »Aber find mal eine Frau mit grünen Augen, die sich auf so eine Nummer einlässt?«

Ich brauchte diese Frau nicht zu suchen. Ich hatte sie schon gefunden.

»Ich soll den Lockvogel machen?« Begeisterung sah wirklich anders aus. »Da lädt mich ein gut aussehender Polizist auf einen Drink ein, und dann will er mich verkuppeln. Habt ihr keine hübschen Polizistinnen?«

Ich nippte am *Diebels*. »Oh, doch. Du würdest dich wundern. Einige von ihnen sind nie bereute Gründe, warum ich jetzt eine Ex-Frau habe. Aber es gibt da ein ganz besonderes, entscheidendes Kriterium, das viele durchs Raster fallen lässt.«

Ich erklärte ihr die Sache mit den grünen Augen. »Er wird auf dich abfahren, keine Frage.«

»Aber der Ehefrau gehe ich wohl besser aus dem Weg.«

»Sie wird den Kontakt mit dir suchen. Das ist sie.« Ich schob ein Foto unter ihre hübschen Finger.

Sie verzog das Gesicht. »Puh. Guckt sie immer so?«

»Immer. Deine Vorgängerinnen wurden mit einem langsam wirkenden Gift getötet. Es kann getrunken oder gegessen werden. Nimm also nichts zu dir! Geht das?«

»Ich denke, ich soll seine Freundin sein …«, grinste sie.

»Dana! Das ist kein Spiel!«

Sie schob die Sonnenbrille wieder auf die Nase. »Ich bin immer noch ein bisschen enttäuscht.«

»Enttäuschung ist das Ergebnis zu großer Erwartungen.«

»Aha. Und was springt für mich dabei heraus?«

»Ein Millionär?«, schlug ich vor.

Sie lächelte und nippte an ihrem Caipirinha.

Sicher, ich konnte Bernd Schlösser nicht an die Wühltische von Karstadt in die Königstraße locken, wo Dana von neun bis fünf an der Kasse stand, aber ich wusste, dass Schlösser als eingefleischter Rotarier kein Clubtreffen im *Duisburger Hof* versäumte. Ich kannte den Wirt und konnte ihn von der Notwendigkeit überzeugen, eine »alte Bekannte« von mir einzustellen.

Der Rest würde sich ganz von selbst ergeben. Ich war sicher, mich voll und ganz auf Danas optische Qualitäten und vor allem den Blick ihrer grünen Augen verlassen zu können.

Bis etwas passierte, gingen Kowalski und ich Routinespuren nach und brachten die Ermittlungsakte auf den aktuellen Stand. Genau das Richtige, um locker diesseits der Aufgeregtheitsschwelle zu bleiben. Ich fühlte mich gut.

Kowalski riss die Tür auf. »Am Rahmer Bach 157.«

Die Adresse war mir ein Begriff. Natürlich. Schlösser! Mir stockte der Atem.

Kowalski nickte zur Pinnwand, senkte den Blick und sagte sein Lieblingswort: »Tot.«

Drei Monate sind seitdem vergangen. Das frische Blatt der Yucca auf meiner Fensterbank leuchtet in einem wunderbaren Grün.

»Verdammt!«

In meinen Fingern: die Karte, die heute im Briefkasten lag. Seufzend streiche ich mir durchs Haar.

Mein Plan war gut. *Ihr* Plan war *perfekt*!

Ruth Schlösser wird nie wieder jemandem Gift in den Cocktail kippen. Ich hätte wissen müssen, dass eine Frau, die Kokain und Handschellen in ihrer Handtasche herumträgt, die auf welche Art auch immer mit Nikolai Trajanow zu tun hatte, dass so eine Frau weiß, wie man an eine nicht registrierte Knarre herankommt. Und wie man damit umgeht.

Tot.

Die weiße Karte mit schlichter, schwarzer Schrift und den ineinander verhakten Ringen:

Bernd Schlösser und Dana Vagato geben ihre Trauung bekannt.

Ich kann nichts machen, denn ich war es, der diesen … Mord eingefädelt hat. Und ich kann kein Interesse daran haben, dass jemand über eine Aussage Danas die Trajanow-Geschichte noch mal hochkocht.

Das wird sicher eine tolle, schicke, teure Hochzeit!

Die Karte, die Einladung. Ich schnippe sie in den Papierkorb. Ich werde nicht hingehen.

Kaninchenkacke

Weg. Einfach weg. Verschwunden! Herr Kommissar, ich dreh durch!«

Der Mann war vollkommen fertig. Und, wie Kriminalhauptkommissar Schröder entsetzt feststellte, den Tränen nahe. Er warf seinem Partner, Pit van Arcen, einen fragenden Blick zu, aber der zuckte mit den Schultern.

Schröder räusperte sich. »Herr ... äh ...«

»Kronenberg, Günther Kronenberg.«

»Herr Kronenberg ...« Schröder deutete auf den leeren Käfig vor sich. »Das war aber doch nur ein Kaninchen, oder?«

Günther Kronenberg wankte bedenklich, und Schröder bekam Angst, dass ihm sein Gegenüber ohnmächtig vor die Füße stürzte.

Aber der einsachtzig große Tierfreund fasste sich. »Nur ein Kaninchen? Wir reden über Rudolf von der roten Hainbuche! Ein Weißer Wiener. Ein preisgekröntes Prachtexemplar! Dreifacher Landesmeister, Zweiter bei den letzten Deutschen Meisterschaften. Ein ewig potenter Deckrammler!« Kronenberg schwankte wieder.

Schröders Weltbild ebenfalls. Auch nach mehr als dreißig Dienstjahren gab es für den stämmigen Polizisten der Krefelder Kriminalwache scheinbar immer noch mal was Neues.

Kronenberg stöhnte. »Der Rudolf hätte noch hundert Jungrammler zeugen können!«

Pit van Arcen drehte ihnen den Rücken zu. An den zuckenden Schulten erkannte Schröder, dass sein junger Kollege sich heimlich eins in den teuren, schwarzen Rollkragenpulli kicherte.

Kriminalhauptkommissar Schröder seufzte. Offensichtlich hatte er den Sachverhalt in seiner abscheulichen Tragweite vollkommen falsch eingeschätzt. Es ging bei diesem Fall von Schwerstkriminalität also nicht um einen saftigen Kaninchenbraten in spe, der hier abhanden gekommen war, sondern um einen omnipotenten Dauerrammler, der hier auf der Karnickelshow im Nieukerker Adlersaal aus dem Stall entführt worden war.

Van Arcen drehte sich ihnen wieder zu, versteckte seine zuckenden Mundwinkel dezent hinter einem schwarzen Notizbuch, das er gezückt hatte, und fragte mit gespitzten Lippen und konzentrierter Stimme: »Wann haben Sie den Ra… das Tier zuletzt gesehen?«

Kronenberg warf einen Blick auf seine Armbanduhr.

»Vor exakt einer Stunde. 15.45 Uhr. Da war ich hier beim Stall, und Rudolf lag unter der wärmenden Elektrosonne.«

»Aha.« Van Arcen notierte. 15.45 Uhr: *Rudi unter der Höhensonne.* »Wann haben Sie das Verschwinden des Tieres bemerkt?«

»16.10 Uhr. Ich bin kurz bei den Preisrichtern gewesen und habe mich nach der Konkurrenz und ersten Eindrücken erkundigt. Ein bisschen Small Talk unter Fachleuten. Als ich an meine Käfige zurückkehrte, war der Rudolf nicht mehr da. Es ist furchtbar!« Seine Stimme zitterte.

Na ja, dachte Schröder mitfühlend. Er hatte selbst mal ein Meerschweinchen besessen. Früher, als er klein war. Brutus hatte der kleine, wilde Racker geheißen. Schwarz-braunweiß, ein braves Tier. Aufrechter Charakter. Hat immer alles mitgemacht, ein treuer Gefährte. Dann dieser heiße Rekordsommer in den Siebzigern, als er den lieben Burschen mit in den aufblasbaren Swimmingpool genommen hatte. Trotz eines Meers im Namen, konnte Brutus gar nicht schwimmen … Armer Brutus!

Das hatte ihn ganz schön lange beschäftigt. Daher glaubte er jetzt, Kronenbergs trüben Gemütszustand zumindest im Ansatz nachvollziehen zu können. Er versuchte vorsichtig, ihn zu trösten: »Ich kann Sie verstehen. Sie hängen sehr an dem Tier.«

Kronenberg blinzelte. »An dem Tier hängen? Na ja, das Tier ist mindestens 3000 Euro wert. Ansonsten ist Rudolf eher träge und ziemlich dumm.«

»Ach so.«

Okay. Schröder musterte nun einen zweiten Käfig, in dem sich noch drei Tiere, zwei dunkelgraue und ein weiß-schwarz gescheckten, in voller Länge ausgestreckt unter einem Heiz-strahler räkelten.

»Wie sieht Rudolf denn aus?«

»Fan-tas-tisch!«

»Geht das etwas genauer?«

»Er steht super im Fell!«

»Welche Farbe hat denn zum Beispiel das Fell?«, hakte Schröder nach und mahnte sich zur Geduld.

»Rudolf ist ein Weißer Wiener. Er ist natürlich weiß. Schneeweiß! Vorbildliche Stellung, extrem elegante Hinter-partie. Er hat was Norwegisches. Blaue Augen, prächtige fünf Kilo.«

»Und Ohren? Ich meine, zwei, is klar, aber so lange oder so normale, wie bei dem geschecketen Freund da?«

»Kurze Ohren, Rudolf ist ein Kaninchen und kein Hase! Obwohl er über ausgesprochen kräftige Hinterbeine verfügt. In der Figur einem nordirischen Berghoppler dort, dem linken der beiden grauen, oder einem gemeinen, neuseeländischen

Hochlandläufer nicht unähnlich. Natürlich ganz anders, aber für den Laien ... Ich habe zufällig ein Foto dabei.« Kronenberg nestelte umständlich ein Portemonnaie aus seiner Hosentasche und klappte es auf. Dort, wo bei Schröder ein Schnappschuss seiner Familie steckte, mümmelte ihm ein weißer Kaninchenkopf entgegen. Schon merkwürdig ...

Pit van Arcen warf einen schnellen Blick auf das Bild und notierte: *ganz normaler Hase, Farbe weiß.*

»Hat das Tier ein Brandzeichen?«

»Brandzeichen? Rudolf hat eine Tätowierung im linken Ohr.«

Günther Kronenberg diktierte van Arcen eine vierstellige Nummer ins Notizbuch.

Schröder konzentrierte sich auf die alles entscheidende Frage: »Haben Sie einen Verdacht, wer Ihren Hasen ...«

»Kaninchen!«

»Von mir aus! Wer das Tier entwendet hat?«

Kronenberg nickte heftig. »Es ist doch völlig klar, worum es hier geht.«

Das sah Schröder zwar noch nicht so ganz, sicherheitshalber schwieg er aber.

»Ein Konkurrent hat Rudolf entwendet, um selbst den Preis ›Rammler 2010‹ einheimsen zu können. Darum geht es! Mein Rudolf war der klare Favorit, und jetzt ist der Weg frei für drittklassiges Tiermaterial!« Die letzten Worte hatte Kronenberg herausgeschleudert. Jetzt wischte er sich ein Speichelbläschen aus dem Mundwinkel.

Van Arcen räusperte sich: »Ich lasse dann mal eine Phantomzeichnung machen ...«

»Nix da, Pit! Du gehst zum Eingang. Die haben da eine Kasse mit Einlasskontrolle. Frag nach, ob irgendjemand mit irgendeinem Vieh die Ausstellung verlassen hat. Dürfte eigentlich nicht sein, denn die Veranstaltung dauert noch bis 19.00 Uhr, die Preisverleihungen sind ab 18.00 Uhr.« Er beugte sich rüber zum Kollegen und flüsterte: »Dann müsste der schneeweiße Superrammler ja noch hier im Gebäude sein.«

Pit grinste und verschwand. Vermisstensachen nahm sein Chef immer sehr ernst …

Schröder wendete sich noch einmal Rudolfs leerer Box zu und beugte sich dann über den angrenzenden, mit Maschendraht umspannten Auslauf. Er deutete fragend auf ein hölzernes Geräteteil in der Mitte darin. »Was ist das denn?«

»Ein Piratenschiff für Nager aus bolivianischem Naturholz. Rudolf hat seine Spielsachen geliebt«, flüsterte Kronenberg.

»Aha. Mist!« Schröders Pullover hatte sich in einem Stück abstehenden Drahts verheddert. Eine Stoffschlaufe hing fest. Vorsichtig pulte Schröder den Faden vom Draht. Das fehlte noch, dass ihm bei diesem dusseligen Einsatz auch noch die Klamotten kaputtgingen!

Moment …

Er kniff die Augen zusammen. An der abschließenden Drahtleiste des Auslaufs hing ein Faden. Ein Stofffaden? Wolle! Oha. Wie kam der Faden dorthin?

Schröder musterte Kronenberg, der ein grünes Hemd, eine blaue Krawatte und eine gelbe Stoffjacke trug. Das war modisch betrachtet schlimm, sehr schlimm – aber nicht schwarz. Und schwarz war der Faden, der am Draht hing und den Kronenberg jetzt auch entdeckte.

»Ha! Der gehört dem Täter!«, rief er und erschreckte die lustigen Kaninchen mit kugeligen Bommelohren im Käfig seines Nachbarn, die sofort wild durcheinanderhoppelten.

Der Besitzer warf ihm einen erbosten Blick zu.

Schröder friemelte ein blau-weiß kariertes Stofftaschentuch aus seiner Hose. Dann pulte er den schwarzen Wollfaden vom Draht, versenkte ihn im Taschentuch und stopfte es wieder zurück in die Hose. »Wer hatte noch Zugang zu den Tieren?«

»Keiner. Da darf nur ich dran.«

Schröder strich sich übers Kinn. Jemand hatte in den Auslauf hineingegriffen. Dieser Jemand trug einen schwarzen Pullover, hatte sich im lose sitzenden Drahtende verheddert und einen schwarzen Faden zurückgelassen. Eine Spur!

»Haben Sie einen konkreten Verdacht? Einen Namen meine ich jetzt?«

Kronenberg flüsterte: »Rudolf hatte eigentlich – also, wenn überhaupt – nur einen ernsthaften Konkurrenten. Das haben die Preisrichter mir gegenüber eben durchblicken lassen. Im Vertrauen, Sie verstehen? Rudolfs einziger, wirklicher Konkurrent war Pfote, der schwarze österreichische Alpenrammler von Karl-Heinz Kuschinski.«

»Aha«, sagte Schröder.

Pit van Arcen kam zurück. »Kein Kaninchen hat den Tatort verlassen, Chef.«

»Okay, Pit! Mach, dass das so bleibt! Rudolf is noch im Haus. Wir haben eine erste Spur und einen Hinweis. Schwarzer Wollfaden und Karl-Heinz Kuschinski.« Er tippte Kronenberg auf die Brust. »Zeigen Sie mir diesen Kuschinski!«

Schröder und Kronenberg kämpften sich durch die Käfigreihen. Überall wurden Möhren genagt, wurde an Trinkflaschen genuckelt. Und es wurde gerammelt, ha, Rudolf hätte seine Freude gehabt! Schröder entdeckte im Vorbeigehen einen Hasen, dessen Ohren doppelt so groß waren wie der Rest des Tieres. Das sah zwar komisch aus, mochte aber durchaus seine Richtigkeit haben und von der Natur so vorgesehen sein. Er war da Laie. Überall wurde gefachsimpelt, und Schröder fand, dass es ein bisschen streng nach Pipi stank.

Kuschinskis Stand befand sich am anderen Ende des großen Ausstellungsraumes. Bestimmt hatte ein Blick in den
Spiegel Karl-Heinz Kuschinski zum Hasensammeln als Hobby inspiriert. Er nannte zwei prächtige Vorderzähnchen sein
Eigen, auf die Bugs Bunny eifersüchtig gewesen wäre. Er lis-
pelte beim Sprechen, was Schröder nicht weiter verwunder-
te.

»Und was hab ich damit zu tun, wenn der Rudolf weg ist?«
Kuschinski war empört, seine Stimme zitterte. Oder er lispel-
te. Das war schwer auszumachen, Schröder war sich da nicht
so sicher. Sicher war er sich aber in einem: Kuschinski trug
einen schwarzen, an den Ellbogen abgewetzten Wollpullo-
ver.

»Einen schicken Pullover haben Sie da an«, stellte Schröder
fest.

Kuschinski kniff die Augen zusammen. »Ja. Das ist hier
eine Ausstellung des Kaninchenzuchtvereins und keine
Modenschau!«

»Is klar.« Schröder mochte ein wenig träge wirken, aber
das täuschte. Seine Hand zischte blitzschnell nach vorne. Er
packte Kuschinskis rechten Unterarm, drehte ihn nach links
und musterte eine ausgefranste Stelle am Ärmel.

»He!«, schrie Kuschinski.

Die Kaninchen in seinen Ställen erschreckten sich und hop-
pelten wild durch- und übereinander. Einer der schwarzen
Burschen nutzte die Gelegenheit und bestieg ein Weibchen.

»Sind Sie bekloppt?«

»Nee, aber Ihr Pullover hat ein Loch. Erklären Sie das!«
Schröder ließ den Ärmel los.

»Was soll ich da erklären? Ich bin irgendwo hängen geblieben.«

»An Rudolfs Stall?«

»Da bin ich überhaupt nicht gewesen«, protestierte Kuschinski aufgebracht.

Schröder zog das Taschentuch aus der Hose, faltete es auseinander und präsentierte den schwarzen Wollfaden. »Ich bin mir sicher, das ist Ihrer?«

Kuschinskis dunkle Augen funkelten. »Beweisen Sie das! Und beweisen Sie, dass ich das dämliche Kaninchen habe! Ansonsten: Verpissen Sie sich und lassen Sie mich in Ruhe. Ich denke, ich habe heute noch was zu feiern.«

»Den ›Rammler 2010‹?«, fragte Pit van Arcen bissig, der hinzugetreten war.

Schröder schob Kuschinski wortlos beiseite und begutachtete die Tiere in dessen Stall. Hm, kein schneeweißes Tier dabei. Ein paar schwarze Viecher, etwas Puscheliges in Grau. Er stützte sich ab, um auch hinten in einer Art Einliegerwohnung nachsehen zu können. Bis auf zwei vor sich hindösende schwarz-weiß gescheckte Tiere war die Wohnung leer.

»Na, sauber«, knurrte Schröder. Hoppla. Sauber war das Holz nicht gewesen, auf das er sich gerade abgestützt hatte. »Scheiße.«

»Genau, Chef«, griente van Arcen. »Kaninchenkacke!«

Kuschinski feixte fies. Und sogar Günther Kronenberg fand in seiner Trauer Zeit zu grinsen. Man sah ja so selten, dass Beamte sich die Finger dreckig machten.

Schröder war endgültig bedient. »Pit?«

»Ja, Chef?«

»Du klemmst dir Kronenberg unter den Arm und checkst alle weißen Viecher. Irisch, österreichisch oder aus Neuseeland. Alle! Die haben ja die Nummer im Ohr, gleich sie ab! Verstanden?«

»Jawohl, Chef.«

»Und wo ist hier die Toilette?«

Pit zeigte es ihm.

Grummelnd stiefelte Schröder los. Kaninchenkacke … Ein Scheißfall!

Er passierte einen Ausstellungsstand mit Kaninchenzubehör. Außer Tränken und Näpfen in allen Formen und Farben, einem schwarzen Möhrchenhalter aus Metall und einer lustigen Heuraufe gab es sogar Leinen- und Geschirrsets für die kurzfristigen und unvorhergesehenen Kontrollsituationen … Natürlich ebenfalls in verschiedenen Farben.

Dann erschnupperte er … einen neuen Geruch. »Oha.« In einem zweiten Raum neben der Ausstellungshalle befand sich ein kleiner Imbiss. Es wurde gegrillt. »Hasenbraten?«, murmelte Schröder und grinste böse.

Vielleicht würden sie ja dort den Rudi von der roten Hainbuche finden. Gegrillt, mit Pommes und Majo …

Er ging weiter, fand auf der Toilette das Waschbecken, säuberte die Finger und trocknete sie ab. So. Sauber. Und ab das Papier in den Abfalleimer. Er stutzte. Da lag eine Spraydose. Karnevalsbedarf? Mit schwarzem Schraubverschluss. Das war doch … Er griff in den Behälter und versenkte die Dose mit spitzen Fingern vorsichtig in seiner Jackentasche. Hastig ging er zurück in den Ausstellungsraum und krachte mit einem genervt dreinblickenden van Arcen zusammen.

»Von wegen, süße Kaninchen. Die fauchen, treten und kratzen, die dämlichen Viecher!« Er präsentierte seinem Chef ein paar mächtige Ratscher an seinen Handgelenken. »Außerdem: Alle weißen Kaninchen sind negativ. Auch die schneeweißen! Ist kein blauäugiger Österreicher dabei. Und schon gar keiner von der roten Hainbuche.«

Schröder grinste: »Dann kontrollieren wir eben die schwarzen und die schwarz-weiß gescheckten!«

Sein Kollege stutzte.

235

»Mach es einfach! Und zwar gründlich! Ist alles im Gehalt mit drin. Ich fang mit den Tieren von Kuschinski an.« Schröder passierte den lustigen Trödelstand. Trinknapf mit Goldrand. Süß. »He, Kuschinski, Lust auf eine kleine Wette?«

»Was für eine Wette?«

Schröder zog behutsam die Dose mit schwarzem Haarfärbespray aus seiner Jacke. »Ich wette, da sind deine Fingerabdrücke drauf. Zeig mir mal deine beiden schwarz-weiß gescheckten Freunde. Ich mache einen Rubbeltest.«

Kuschinski senkte geschlagen den Kopf. »Ich wollte den nicht behalten. Nach der Preisverleihung hätte ich Rudolf sofort wieder laufen gelassen.«

»Dann hätte der falsche Hase den Preis gewonnen«, stellte Schröder fest.

Kuschinski blickte auf. Vorwurfsvoll. »Kaninchen. Rudolf ist ein Kaninchen!«

Französische Versuchung

Er hob das Glas behutsam gegen das fahle Licht der Glühbirne, ließ die klare Flüssigkeit kreisen. Aufmerksam beobachtete er die goldgelben Schlieren am Glasrand. Nur ein paar Straßenzüge entfernt wurde der Mirabellenschnaps gebrannt und abgefüllt. Er kniff die Augen zusammen, aber so sehr er im Schnaps auch suchte, eine Lösung bot ihm der Hochprozentige nicht. »Wir haben ein Problem.«

»Frankie könnte es lösen«, sagte die Frau ihm gegenüber mit leiser Stimme.

Er hielt kurz inne, der Mirabellenschnaps schwappte bis an den dünnen Rand. »Das wird nicht einfach.«

»Lass *das* meine Sorge sein«, sagte sie.

Er fragte sich, wie das kaum wahrzunehmende Lächeln in ihrem Gesicht gemeint war.

Die Telefonnummer im Display war ihm vollkommen unbekannt. Festnetz. Eigenartige Vorwahl. Frankie seufzte. Nur wenige kannten seine Geheimnummer, deshalb ging er ran. »Hallo?«

»Hallo. Ich bin es.«

Er richtete sich im Stuhl auf. Die Stimme ... Das konnte nicht sein. Nur wenige Meter vor seinem Fenster rauschte eine S-Bahn Richtung Hauptbahnhof vorbei, der Boden in seinem billigen Appartement zitterte.

»Pierre«, fügte der Anrufer nach einer kurzen Pause hinzu.

Er war es tatsächlich. Verdammt, wie lange war das her? »Hallo Pierre!«

»Ich habe ein Problem. Du musst mir helfen!«

»Ich überfalle keine Tankstellen mehr.«

»Ich weiß. Ich plane keinen Raubüberfall.«

Frankie schniefte. Die flinken Finger seiner linken Hand friemelten eine Zigarette aus der Schachtel. »Wann?«

»Am besten sofort.«

»Frühestens morgen. Soll ich … was mitbringen?«

Der Mann am anderen Ende lachte ratternd und nannte ihm eine Adresse, die zur eigenartigen Vorwahl passte, eine Adresse in Frankreich. »Links neben dem Haus ist ein Parkplatz, Schotter. Fahr bis zum Ende durch! Einundzwanzig Uhr.«

»Gut«, sagte Frankie, aber da hatte der Mann, mit dem er vor unendlich vielen Jahren eine kleine, muffige Gefängniszelle geteilt hatte, bereits aufgelegt.

Nachdenklich schob er die Kippe zwischen seine Lippen, steckte sie an und nahm einen tiefen Zug. Den ersten, grauen Rauchkringel jagte er mit Karacho unter die Decke seines kleinen Zimmers.

Pierre. Pierre Fibarot.

Er rechnete kurz nach. Drei Jahre waren es her, fast auf den Tag genau. Hamburg-Fuhlsbüttel, Santa Fu.

Seitdem hatte sich viel getan.

Er sah auf die Uhr. Halb neun. Pierre war nicht der Typ, der seine Abende in trauter Zweisamkeit zu Hause auf der Couch bei seiner Frau oder seiner Freundin verbrachte. Frankie nahm einen weiteren Zug und gab seinem alten Knastkumpel eine halbe Stunde. Dann wählte er die Nummer, die sein Telefon vorhin automatisch abgespeichert hatte.

»Hallo?«

»Hallo Anne-Yvette.«

»Hallo Frankie!«

240

»Bist du allein?«

»Natürlich.«

»Dein Mann hat mich angerufen.«

»Ich weiß.«

»Er hat ein Problem und braucht meine Hilfe. Wir treffen uns morgen Abend. Neun Uhr.«

»Ich hab das Telefongespräch mitgehört. *Ich* habe ihm vorgeschlagen, dich anzurufen und zu fragen, ob du helfen kannst.«

»Kann ich das?«

»Sicher.«

Er nahm einen tiefen Zug auf Lunge. »Ich werde zu dir kommen.«

»Das habe ich gehofft.«

»Ich brauche deine Adresse.«

Sie diktierte ihm eine Anschrift in den Hörer. »Wenn ihr euch getroffen habt, wird er bis zum frühen Morgen wegbleiben und nicht nach Hause kommen. Komm nach eurem Treffen hier vorbei, damit ich dir Glück wünschen kann. Ich mach uns eine Kleinigkeit zu essen.«

»Gut«, sagte Frankie, zerquetschte die Kippe im Ascher und diesmal war er es, der auflegte.

Anne-Yvette …

Im verfluchten Knast hatte Pierre sehr oft von seiner süßen, französischen Freundin mit den dunklen Haaren und dem Engelsgesicht erzählt, mit der er nach Hamburg gekommen war, um das große Geld zu machen. Was ja nicht geklappt hatte. Diese Anne-Yvette hatte er sich ansehen *müssen*, als er – vier Monate vor seinem Zellenkumpel – endlich aus dem Knast entlassen wurde. Pierre hatte mit Adjektiven nicht gegeizt. Und nicht übertrieben.

Frankie grinste. Sie hatten sich nicht nur die Zelle geteilt …

Am Abend bevor Pierre entlassen wurde, haute er ab, zurück nach Düsseldorf. Die Affäre war heiß, aber ihm nie wirklich geheuer gewesen. Mit seinem … Eigentum war Pierre pingelig. Deshalb hatte er sich in den vergangenen Jahren und Monaten nicht mehr bei Pierre oder Anne-Yvette gemeldet.

Er klopfte eine neue Zigarette aus der Packung. Pierre hatte am Telefon gelacht. Frankie wertete das als ein gutes Zeichen.

Wambrechies hieß die Stadt in der Nähe von Lille, und Frankie hatte im Internet erfahren, dass der für seine historische Schnapsbrennerei berühmte Ort im Norden Frankreichs die Partnerstadt von Kempen war, einer kleinen Gemeinde am Niederrhein. Grinsend passierte er bei Neuville-en-Ferrain die belgisch-französische Grenze. Das war sein erster Einsatz in Frankreich. Seine Mundwinkel senkten sich. Okay, er war nicht hier, um die French Open zu gewinnen …

Wenige Kilometer später überquerte er einen Fluss, erreichte die alte, historische Innenstadt des Örtchens, entdeckte auf der linken Seite das beeindruckende Château de Robersart und kam nach gut dreihundert Kilometern in der Rue Ambroise an.

»Hausnummer 20.«

Eine Gaststätte. Links der unbefestigte Parkplatz, den mehrere grüne Hecken als Sicht- und Windschutz in der Fläche teilten. Pierre stand am Ende des Platzes neben einem verbeulten, dunkelgrünen Renault und winkte ihm, neben seinem Wagen zu parken und auszusteigen.

»Hallo.«

»Hallo, Pierre.«

Pierres große, behaarte Hand verschlang Frankies kleinere und drückte sie mit starkem, festem Griff. Frankies Knast-

kumpan hatte seine dunklen, an den Schläfen und den Kote-
letten grau melierten Haare lang nach hinten gekämmt. Zur
Jeans trug er eine speckige, hellbraune Lederweste und Cow-
boystiefel im gleichen Farbton mit eisenbeschlagenen Spitzen. Seine dunkelbraunen Augen funkelten. Offen.

Frankie entspannte sich. Er spürte keine Feindseligkeit.
Was seine Empfindungen anging, war Frankie sehr sensibel.
Eine Gabe, die ihm schon mehrmals den Hals gerettet hatte.

Pierre winkte ihn auf die Beifahrerseite seines Renault.
»Steig ein!«

Frankie ließ sich in den beigefarbenen Sitz des Wagens fallen.

Pierre lenkte den Renault vom Parkplatz. »Ich habe
Schwierigkeiten. Im Grunde finanzieller Art. Aber die Sache
artet aus. Mein Geschäftspartner nimmt die Sache persönlich
und hat gewisse Vorbereitungen getroffen. Ich muss reagie-
ren. Ich muss schneller sein als er. Ich habe mich erkundigt.
Du hast einen guten Ruf.«

Frankie schniefte. Einen Ruf? In seiner Branche war ein Ruf
immer schlecht. Egal, ob gut oder mies.

»Ich werde unsere Zusammenarbeit nicht an die große Glo-
cke hängen, das kann ich dir versprechen, mein Freund«,
schien Pierre seine Gedanken zu erraten und bog nach links
in einen schmalen Waldweg ab, dessen Betonpflaster sich
nach wenigen Metern im Gras verlor.

»Was muss ich wissen?«, fragte Frankie.

»Der Typ ist gefährlich. Er wird bewaffnet sein. Normalerweise umkreisen ihn zwei hässliche Schmeißfliegen, aber
mittwochs abends ist er alleine unterwegs und trifft sich
heimlich mit einer Freundin in einem Hotel bei Bondues.«

Frankie pulte eine Kippe ans Tageslicht und öffnete das
Seitenfenster. Okay. Eine Person, männlich, bewaffnet.

Pierre rupfte den mehrfach gefalteten, abgegriffenen Teil einer Tageszeitung hinter der fleckigen Sonnenblende hervor und reichte ihn rüber. Der sichtbare Teil zeigte einen Mann von ungefähr fünfzig Jahren in einem dunklen Anzug.

»Gaston Batteux wird das Hotel gegen ein Uhr durch einen Nebenausgang verlassen. Den werde ich dir gleich zeigen. Du wartest auf ihn, legst ihn um und fährst zurück nach Deutschland. Wenn die Luft rein ist, bringe ich dir die Kohle. Persönlich. Bar.«

»Bar ist gut. Auf wie viel Kohle darf ich mich freuen?«

»Du wirst aus dem Lachen nicht rauskommen!«

Frankie nahm einen tiefen Zug und jagte den Qualm durch den Fensterspalt nach draußen. »Umlegen. Womit?«

Pierre stoppte den Wagen und würgte den Motor ab. Sie stiegen aus. Pierre führte ihn an den Kofferraum, öffnete ihn und den silberfarbenen Koffer, der sich unter einem Haufen schmutziger Sportwäsche versteckte. Dem Alukasten entnahm er einen Revolver. »Eine 29er Smith&Wesson. Kurzer Lauf, 44er Magnum.«

Er reichte sie Frankie, der sie in seiner Hand drehte, musterte, über Kimme und Korn zielte, die Waffe öffnete und in die Trommel linste.

»Sechs Schuss«, erläuterte Pierre unnötigerweise.

Frankie schnackte den Revolver zusammen. Einsatzklar. »Liegt gut in der Hand.« Der Zeigefinger seiner linken Hand glitt vorsichtig über die vierstellige Nummer am Knauf des Schießeisens. »Die Waffe ist neuwertig?«

»Ich habe eine gute Quelle.«

Frankie nickte und verzog keine Miene. Innerlich schmunzelte er. Anne-Yvette ... Der Bruder des dunkelhaarigen Engelchens galt in gewissen Kreisen als ein Mann mit erstklassigen Geschäftsbeziehungen. Sicher hatte der seinem

Schwesterchen die Knarre aus sicherster Quelle besorgt. »Seriennummer 6500. Registriert?«

Pierre verdrehte die Augen, entnahm dem Alukoffer einen Schalldämpfer, reichte ihn Frankie und deutete stattdessen auf ein Verkehrszeichen etwa fünfzig Meter vor ihnen. Frankie schraubte das Teil an den Lauf, legte an und drückte ab. Plopp. Und ein Klack, als die Kugel das Schild mit einem metallenen Hieb durchschlug.

»Das Teil ist okay. Du bist immer noch mit Anne-Yvette zusammen?«

»Natürlich. Wir sind füreinander bestimmt. Wie Bonnie und Clyde. Fast wie ein Ehepaar«, grinste Pierre. »Ich liebe sie. Und ihren Bruder. Der kann solche kleinen Freunde relativ problemlos besorgen.«

Frankie nickte, hob die Waffe, schwenkte sie und zielte zwischen Pierres dunkelbraune Augen. Der Schalldämpfer würde den Knall schlucken. Frankie kniff ein Auge zu.

Pierre verzog sein Gesicht. »Lass das! Das kann ich nicht leiden!«

Frankie ließ die Knarre sinken und schraubte den Schalldämpfer vom Lauf.

»Nach dem Job wirfst du den Revolver in die *Deule,* das ist der Fluss, über den du gekommen bist. Da haben die Fische was zu gucken, und die Bullen finden ihn nicht. Ich zeig dir jetzt das Hotel und lass dich allein. Ich verschaff mir in meiner Stammkneipe ein wasserdichtes Alibi.«

Frankie schob die Waffe samt Schalldämpfer in die linke Innentasche seines schwarzen Lederblousons.

Sie stand am Fenster, hinter der Gardine und erwartete ihn. Sah, wie er sein Fahrzeug verließ, sich durchs Haar strich, seine Lederjacke zurecht ruckelte, das eiserne Gartentürchen

245

schwungvoll öffnete und den mit weißem Kies ausgelegten Weg zur Haustür schritt.

Frankie sah gut aus. Noch besser als damals, vor drei Jahren. Oh, wie hatte sie ihn genossen. Mitte dreißig musste er jetzt sein. Er wirkte noch sportlicher. Reifer, härter. Auf eine raue Art anziehend.

Es klingelte.

Bevor sie die Haustür öffnete, kontrollierte sie im Spiegel ihr Gesicht, strich eine lange, dunkle Strähne hinters Ohr und den schwarzen Rock über ihren Hüften gerade. Sie lächelte. Oh ja, auch er würde zufrieden sein. Sie öffnete die Tür.

»Hallo Frankie!«

»Anne-Yvette.«

»Komm rein«, nickte sie ihn in den Flur und schloss die Tür.

»Über drei Jahre. Du siehst gut aus!«

Sie lachte und umarmte ihn. Er erwiderte ihre Geste mit hartem, festem Griff, den sie seufzend genoss. Sie war so froh, dass er hier war. Ihre Hände glitten zärtlich über seine breite Brust, seinen Rücken hinunter bis in den Bund seiner Jeanshose. Ihre Fingerspitzen glitten hinein und strichen von einer Seite zur anderen über seine warme, glatte Haut.

Sie löste sich. »Komm mit!«

Anne-Yvette führte Frankie in die Küche. Es duftete verführerisch, und sie stellte zufrieden fest, dass ihr … Gast Appetit hatte. Wenn sie die Gänsehaut eben auf Frankies Rücken richtig gedeutet hatte, dann beschränkte sich sein Appetit nicht nur auf die raffinierte, französische Köstlichkeit, die sie vorbereitet hatte.

Frankie hängte die Lederjacke über seine Stuhllehne, setzte sich und grinste. »Zuerst wird gegessen?«

»Wie damals in Hamburg«, lachte seine Gastgeberin frech.

»Und danach?«

»Wie damals in Hamburg.«

Frankie grinste und deutete auf die Jacke. »Vorher habe ich noch eine Kleinigkeit zu erledigen.«

Sie nickte. »Gesalzene Hähnchenschenkel, von beiden Seiten in Öl angebraten, mit einer selbst gemachten, sündigsüßen Mirabellenkonfitüre bestrichen.«

Frankie hatte die erste Keule bereits ergriffen und herzhaft ins klebrige Fleisch gebissen. »Ich hätte nicht gedacht, dass ihr zusammenbleibt.«

»Wir sind zusammen aufgewachsen.«

»Ich bin auch mit meiner Mutter aufgewachsen und irgendwann ausgezogen.«

Anne-Yvette lachte. »Pierre ist nicht meine Mutter.«

Frankie nickte. Er hatte das verräterische Flackern in ihrem Blick genau gesehen. Wie gesagt, er konnte sehr sensibel sein. Es gab definitiv einen anderen Mann in ihrem Leben. Kein Wunder! Sie sah toll aus. Scharf, heiß, die pure Versuchung. Er biss ins Fleisch.

Und dachte an Pierre. Das musste ein mutiger Mann sein …

Aber für Anne-Yvette konnte man schon mal was riskieren. Nicht nur wegen ihrer Kochkünste. Verdammt, Anne-Yvette hatte sich prima gemacht, sah klasse aus. Für einen Moment stellte er sich vor, wie es wäre, wenn *er* der neue Mann an ihrer Seite wäre.

Vor drei Jahren, in Hamburg … Das war ein anderer Frankie. Das war ein Frankie, der sich ängstlich aus dem Staub gemacht hatte, als Pierres Zeit im Knast um war. Zu gefährlich. Diesen Frankie hätte Pierre mit seiner großen, linken Hand problemlos aus dem Leben gewürgt. Aber heute, heute hätte Pierre es mit einem anderen Kaliber zu tun, heute saß Anne-Yvette ein anderer Mann am Tisch gegenüber. Vielleicht einer, der nach seinem Job wiederkommt und nicht wieder geht ...

Sie musterte ihn. Dachte sie dasselbe?

Er leckte sich die Finger. »Das war großartig.«

Sie trug eine weiße Bluse, unter der sich ein dunkelblauer BH im gleichen, dunklen Blau ihrer Augen weich und spitz abzeichnete. Frech. Dreist! Dieses scharfe Accessoire hatte Anne-Yvette nur für ihn angelegt, da war sich Frankie sicher.

»Hat es dir geschmeckt?«

»Großartig. Dein Bruder hat die Waffe besorgt?«

»Hat Pierre das erzählt?«, verfinsterte sich ihr Blick. »Er erzählt zu viel.«

Keine Servietten. Frankie spreizte seine klebrig-triefigen Finger.

»Du möchtest deine Hände waschen? Das Bad ist am Ende des Flurs.«

Frankie stand auf, wusch sich die Finger. Er sah sich um und grinste. Hatte Anne-Yvette ihn ins Bad geschickt, damit er sich zur geräumigen Dusche im Bad für später ein paar unzüchtige Gedanken machen konnte? Als sinnlichen Teil eines fantastischen, erotischen Nachtischs. Er schüttelte lachend den Kopf.

Als er in die Küche zurückkehrte, hatte Anne-Yvette den Tisch bereits abgeräumt und lehnte mit dem Rücken lasziv an der Anrichte. Er schob ein Knie zwischen ihre Beine und stützte sich mit beiden Handflächen an den Hängeschränken ab. Unter dem Stoff des Hemdes spannten sich seine Muskeln. Ihre Nasenspitzen berührten sich. Er spürte ihren Atem.

»Ich bin ein anderer. Als damals.«

»Ich weiß. Pierre wird vor fünf Uhr nicht nach Hause kommen.«

»Ich erledige den Job und komme wieder.«

Ihre Brust berührte seinen Oberkörper. »Wenn du wüsstest, wie sehr ich mich auf den Nachtisch freue.«

»Ich beeile mich.«

»Gut. Aber sei vorsichtig!«

Frankie pflückte die Lederjacke vom Stuhl und nickte. »Auf jeden Fall.«

Zum Hintereingang, durch den Gaston Batteux jeden Moment das Hotel verlassen würde, führte ein mit grauen Gehwegplatten gepflasterter Weg, der durch eine einzelne Bogenlampe nur spärlich ausgeleuchtet wurde. Das trübe Licht würde ihn ein Stück des Weges begleiten, um sich dann auf einem unbefestigten Parkplatz zu verlieren, auf dem nur ein einziges Fahrzeug stand. Vermutlich Gastons teurer Citroën.

Optimale Bedingungen, hatte Frankie zufrieden festgestellt, sich hinter einen Mauervorsprung gedrückt und gewartet.

Er zupfte sich an der Nase. Verdammt, das war alles andere als professionell, aber immer wieder zerrten ihn seine Gedanken drei Jahre zurück nach Hamburg, zu Anne-Yvette. Dann wieder in ein kleines Häuschen in der Rue d'Ypres, nur ein paar Kilometer entfernt. So nah! Verdammt, der Engel mit den dunklen Haaren hatte ihn voll erwischt. Er schniefte. Sein nächstes Problem hatte einen Namen.

»Pierre Fibarot.«

So wie er seinen ehemaligen Zimmergenossen einschätzte, würde dieser Anne-Yvette niemals freiwillig aufgeben. Er würde um sie kämpfen. Mit aller Macht, mit allen Mitteln. Klare Sache!

»Eins nach dem anderen«, murmelte Frankie.

In diesem Moment öffnete sich die weiß gerahmte Tür mit dem eisengemaserten Verbundglaseinsatz. Frankie spannte

249

sich an. Mist, der Mann, der nun als Schatten im Hintereingang sichtbar wurde, hatte im Flur kein Licht gemacht und sich im sündigen Dunkel leise nach draußen geschlichen.

Frankie zog den Revolver aus der Innentasche seines Lederblousons und kniff die Augen zusammen. Im matten Lichtschein der Funzel über ihnen erkannte er den Mann im schwarzen Leinenjackett. Frankie hielt die Luft an. Kein Zweifel! Die schwarzen Locken, der Oberlippenbart: Gaston Batteux.

Relaxed, entspannt und ... so gut wie tot!

Frankie warf einen letzten, prüfenden Blick nach links und rechts. Keine Menschenseele zu sehen, sie waren alleine. Jetzt nichts unnötig in die Länge ziehen! Frankie richtete sich auf. Mit einem großen Schritt betrat er das Pflaster und stellte sich seinem Opfer in den Weg. Die Revolvermündung samt Schalldämpfer richtete er auf dessen Stirn.

Der Franzose hielt erschreckt inne. »Quoi?«

Frankie sah keine Veranlassung, auf ein *Quoi* in irgendeiner Form einzugehen. Sein Zeigefinger krümmte sich, der Schlagbolzen seiner Waffe schnellte nach vorn und hämmerte auf die Patrone in der runden Trommel. Der Schalldämpfer verschluckte das metallene Klicken.

Klicken?

Frankie stutzte. Klicken? Wieso klickte dieses verfluchte Teil?

Fieberhaft ließ er den Schlagbolzen zwei, drei weitere Male nach vorne schnellen. Die Trommel drehte sich, aber kein Schuss löste sich, kein Knall, verdammt, nichts. Nichts verließ den kurzen, silberfarbenen Lauf, um in der Stirn gegenüber ein rundes, tödliches Loch zu machen.

Stattdessen erkannte Frankie entsetzt, wie sein Gegenüber in den schwarzen Sakko griff und blitzschnell eine Waffe ins schale Licht der Bogenlampe zerrte.

Sein Blick fiel ein letztes Mal fassungslos auf die Waffe in seiner rechten Hand. Und auf die eingestanzte Seriennummer im Eisen. 6501. Und in diesem, seinem allerletzten Moment, begriff Frankie. Die öligen Hähnchenschenkel, der blaue BH, keine Serviette, das Bad ...

Dann war es *seine* Stirn, in die sich eine Kugel mit lautem Scheppern den Weg in seinen Kopf bahnte, um dort alles kaputtzumachen, was man zum Leben braucht.

Michel Jacques, Kommissar des Morddezernats in Lille und zuständig für Kapitaldelikte in Wambrechies, legte zögernd eine Hand auf den Griff der Haustür. Noch einmal drehte er sich um und blickte der hübschen Frau mit den dunklen Haaren in die blauen Augen.

»Es tut mir leid«, fügte er mit tiefer Stimme ein wenig ungelenk seiner Verabschiedung hinzu.

Sie nickte und hielt seinem Blick stand. Was immer er in ihren Augen suchte, er fand es nicht. Sie drehte sich langsam weg. Jacques hob kaum merklich seine Augenbrauen. Was ...? Was hatte er erwartet? Was hatte er nicht gefunden? Was, verflucht noch mal, was stimmte hier nicht?

Behutsam drückte er die Klinke, öffnete er die Tür. Der uniformierte Kollege des hiesigen Departements, der Jacques begleitet hatte, schlüpfte erleichtert und schnell nach draußen. Michel Jacques folgte ihm, langsam, nur zögerlich. Er war ein erfahrener Ermittler, erfolgreich, mit viel Gespür für ...

Er schüttelte den Kopf, zog mit einem entschlossenen Ruck die Tür hinter sich zu und ließ die junge Frau in ihrem Haus alleine zurück. Nachdenklich vergrub er eine Hand im eleganten Trenchcoat, strich mit der anderen über seine sportlich-kurzen Haare und versuchte seinem Kollegen, der unsicher vor ihm hertrippelte, nicht in die ausgelatschten Hacken seiner Uniformschuhe zu treten.

Über seine Schulter warf er einen Blick zurück. Stand sie am Fenster? Hinter den Gardinen? Blickte sie ihnen hinterher?

Der Gendarm öffnete das eiserne Gartentor, hielt es dem Kommissar auf und seufzte. »Ich verstehe dich nicht, Kollege. Warum hast du die arme Frau so unter Druck gesetzt?«

»Unter Druck gesetzt? Ich habe ihr Fragen gestellt.«

»Nun ja. Sie hat ein Alibi. Sie hat von halb zwölf bis halb drei mit einem Freund telefoniert. Dem Freund ging es schlecht, seine Frau ist vor zwei Monaten nach langer Krankheit gestorben. Er rief sie an, sie stand ihm bei. Wir haben das überprüft. Bei dem Freund und bei der Telefongesellschaft. Das ist doch in Ordnung von ihr.«

»Das ist ein Alibi«, bewertete Jacques genau dieses Telefonat anders.

»Wieso sollte sie ein Alibi brauchen?«, fragte der Kollege verwirrt.

Jacques öffnete die Tür seines Dienstwagens. »Genau. Wieso braucht sie ein Alibi? Und wieso *hat* sie eines?«

Der uniformierte Kollege blickte ihn übers Wagendach fragend an. »Wir haben über zwanzig Zeugen, die gesehen haben, wie Gaston Batteux mit seinen beiden Spießgesellen in Fibarots Stammkneipe gestürmt ist und ihm persönlich ein ganzes Dutzend Kugeln in den Körper gejagt hat. Wütend und mit Schaum vor dem Mund. Ich mache mir vielmehr Sorgen, ob es richtig war, die Frau ohne psychologische Betreuung in ihrer Wohnung alleine zurückzulassen.«

Jacques schnaufte höhnisch und ließ sich ins Auto fallen. »Du weißt, wer ihr Bruder ist? Der größte Halunke im ganzen Departement Nord! Die Kleine ist süß, hat es aber mit

Sicherheit faustdick hinter den hübschen Ohren. Ich habe eher den Eindruck, dass Pierre Fibarot, der kleine, glitschige Vorstadtgauner, nicht so ganz ihre Kragenweite gewesen ist. Wahrscheinlich hat sie längst ein heißeres Eisen im Feuer und ist froh, dass ihr jemand den schmierigen Sandkastenfreund von der Seite gepustet hat.«

Der Gendarm an seiner Seite runzelte verärgert die Stirn und startete fuchsig den Wagen. Unangemessen! Ein Streifenwagen rauschte heran und bremste mit quietschenden Reifen neben ihrem Fahrzeug. Jacques fuhr die Seitenscheibe herunter.

Ein uniformierter Kollege rief ihm zu: »Kommissar, es gibt einen zweiten Toten in Bondues. Ein Deutscher, auf einem Parkplatz. Man hat ihm direkt in die Stirn geschossen.«

Michel Jacques runzelte die Stirn. »Zwei Erschossene? In einer Nacht?«

Ganz vorsichtig schob sie die Gardine einen kleinen Spalt weit zur Seite. Der uniformierte Polizist hatte den beiden Beamten aus seinem Wagen irgendetwas zugerufen. Hastig trat sie zurück, als der Kommissar beim Losfahren noch einmal einen misstrauischen Blick in ihre Richtung warf. Der Kommissar … Sie fischte seine Visitenkarte vom Wohnzimmertisch.

»Michel Jacques«

Die Art, wie er sie gemustert hatte. Die Art und Weise, wie er seine Fragen stellte. Sein Blick. Zur Not würde sie jemanden finden müssen, der sich um ihn kümmerte.

Das Handy summte. Sie ging ran. »Hallo?«

»Ich bin es.«

»Du schon wieder«, lächelte sie leise und strich ihre Haare nach hinten.

»Wie ist es gelaufen?«, fragte der Mann am anderen Ende der Leitung.

Sie liebte seine tiefe, ruhige Stimme. Oh ja, ihr hatte auch Frankies muskulöser Körper gefallen. Sehr angenehm hatte er sich angefühlt, als sie ihn am Abend nach einer zweiten Waffe abgetastet, ihm unter die Schultern und hinten in den Hosenbund gefasst hatte. Diesen Körper hätte sie sich gerne noch einmal gegönnt, aber der Mann, Frankie, hatte sie damals in Hamburg einfach sitzen lassen. Ohne ein Wort des Abschieds. Abgelegt wie ein billiges Kleidungsstück. Jetzt würde man ihn ähnlich tot finden wie Pierre. Oder schon gefunden haben. Noch besser.

»Armer Frankie!«

»Tot?«

»Er legt auf Gaston Batteux an, die Waffe versagt. Batteux erschießt ihn auf der Stelle und glaubt sofort zu wissen, wer hinter dem Attentat steckt und wo er Pierre finden kann. In seiner Rage fährt er dorthin und erschießt ihn. Die Polizei ist schon hinter ihm her.«

»Genau, wie du es geplant hast. Fantastisch«, lobte er.

Sie lächelte. »Ein gutes Menü will perfekt geplant sein. Wenn du wüsstest, wie sehr ich mich auf den Nachtisch freue. Kommst du?«

Rabauken, Räuber, Raue Fasern

Lothar Kasubbke stand mir gegenüber und senkte den Blick. »Das ist nicht dein Ernst?«, musste ich nachfragen.

Lothar seufzte und knetete hilflos seine neun Finger.

Den kleinen Finger der linken Hand hatte er gar nicht weit von hier unter einer Papierrolle in der berühmten Tapetenfabrik liegen gelassen. Überstreichbare Wandbeläge, kennen Sie bestimmt! Vor gut fünf Jahren war das gewesen, damals, als wir beide noch dort gearbeitet hatten, bevor wir mit knapp über sechzig in die Rente gegangen sind.

»Der Arzt sagt, meine Lunge ist hin. Die wird auch nicht mehr. Ich brauch dringend bessere Luft. Mit weniger Staub drin. Nordsee wäre gut. Waltrud und ich haben auf Norderney eine urige Fischerkate entdeckt. Nicht zu groß, nicht zu klein, genau das Richtige. Nicht billig, das Ganze. Deshalb müssen wir hier alles verkaufen.«

»Alles«, wiederholte ich mit trockener Stimme.

Das war richtig übel. *Alles* schloss Kasubbkes alte Anglerhütte mit ein, in der ich schon seit über zehn Jahren wohnte. Das Häuschen war nichts Dolles, die Schwelme, die unserer Stadt im 10. Jahrhundert mal den Namen gegeben hat, gluckert nur einen Steinwurf weit durchs Grüne, und ich hatte hier mit dem schmucken Gärtchen und dem Goldfischteich meine Ruhe. Gerade jetzt, mitten im Frühling, war das einfach herrlich. Außerdem …

Ich strich mir durchs schüttere Haar. »Lothar, ich kann hier doch nicht weg. Die Gerda …«

Lothar Kasubbke schnaubte. »Erich, das ist jetzt drei Jahre her, dass dir die Gerda abgehauen ist.«

Ich schüttelte ärgerlich den Kopf. Abgehauen … Drei Jahre. Aber ich konnte es ihm nicht erklären.

»Wir haben einen Käufer gefunden«, fuhr er fort. »Der will nächste Woche zum Notartermin kommen und das Geld mitbringen. Aber du hast natürlich Vorkaufsrecht, is ja klar.«

»Wie viel?«, fragte ich, einfach nur, um es zu wissen.

»45.000 Euro kriegen wir für die Hütte samt Garten.«

Ich lachte bitter. »Oh Mann – 45.000! Du weißt, was ich an Rente kriege?! Wo soll das Geld denn herkommen? Vom Himmel wird es nicht fallen, Lothar.«

»Wohl kaum«, räumte er ein. »Aber der neue Eigentümer wird dich ja sicher nicht sofort auf die Straße setzen. Du kannst dir bestimmt in Ruhe was Neues suchen. In der Stadt, in Sprockhövel, in Gevelsberg. Oder in Wuppertal.«

Aber damit konnte er mich nicht beruhigen.

Nebeneinander im blühenden Garten stehend schwiegen wir eine Weile, bis er schließlich die Hand zum Gruß hob. Ich nickte und blickte ihm hinterher, wie er mit gesenktem Haupt über den schmalen, gepflasterten Weg durchs Gartentor davonschlich.

Das war meinem alten Freund sicher nicht leicht gefallen. Was es für mich aber nicht besser machte. Das war eine Katastrophe. Ich ging ins Haus und ließ mich drinnen in der Küche auf die Eckbank fallen.

45.000 Euro.

Ich hob den Kopf, und mein Blick fiel auf das Schwarz-Weiß-Foto, das gerahmt neben der altmodischen Küchenuhr hing. Gerda lächelte mich an.

Ich zuckte mit den Achseln. »Ich kann hier doch nicht weg.«

Ich weiß nicht, was Sie machen, wenn Sie nicht mehr weiterwissen und Ihnen vor lauter *weder ein noch aus* der Kopf dröhnt. Ich packe dann meine Sachen und gehe angeln.

Draußen dämmerte es schon. Straßenlaternen gab es hier keine, deshalb nahm ich für den Rückweg meine Taschenlampe mit und marschierte los. Ich stapfte durch eine bunt blühende Wildwiese mit tanzenden Schmetterlingen, überquerte die nur wenig befahrene Landstraße und den mit groben Kopfsteinen ausgelegten Parkplatz auf der anderen Seite.

Bis zum Bau der Umgehungsstraße hatten den die LKW-Fahrer genutzt. Jetzt war er meistens leer.

Am anderen Ende des Platzes führte eine schmale Steintreppe mit eisernem Handlauf an der Ufermauer zwei Meter steil runter an den Fluss. Die Schwelme führte nur wenig Wasser und hatte an dieser Stelle einen breiten Sandstreifen freigelegt. Ich steckte meine Angel in eine Halterung, die ich früher mal in den Ufersand gerammt hatte, und wartete, dass die Aale kamen. Ich versuchte, an nichts zu denken, fing vier doofe Rotzbarsche, die sich auf jeden Köder schmissen, und bekam die Zeit rum, ohne mich mit meinem neuen Problem zu beschäftigen.

Plötzlich kreischte oben ein Auto heran. Grell wie eine Straßenkatze, die man durch eine Kreissäge zieht. Ratternd kachelte das Fahrzeug schräg über mir auf den Parkplatz.

»Verdammte Rabauken«, knurrte ich.

Und wurde sofort ein bisschen nervös, als das Fahrzeug knirschend und quietschend zum Stehen kam. Das war nicht gut. Wenn da welche im Auto saßen, die sich vor der Fahrt mit bunten Tabletten das Hirn weggeknallt hatten, konnte das für mich mehr als ungemütlich werden. Die könnten glatt auf die Idee kommen, zur Abwechslung mal einen rüstigen Rentner ins Wasser zu schubsen.

Ich ließ die Angel in der Halterung stecken und verdrückte mich zur Seite hinter ein paar Büsche. Keine Sekunde zu früh, denn schon segelte ein schwarzer Gegenstand von oben herunter und klatschte nur wenige Zentimeter neben mir in den Ufersand.

»Mist«, knurrte ich und machte mich klein.

Aber nichts passierte da über mir, keiner stolperte die Stufen herab. Stattdessen heulte oben der Motor und mit Vollgas und durchdrehenden Reifen entfernte sich der Wagen. Dafür hörte ich plötzlich in der Ferne ein Martinshorn. Schnell verließ ich meine Deckung und kletterte die ausgetretenen Steinstufen hoch.

Ich sah gerade noch, wie ein weißer Kastenwagen ohne Licht vom Parkplatz auf die Straße schoss.

»Drecksbande!«

Ärgerlich kehrte ich zu meiner Angel zurück. Und wäre fast über das schwarze Ding gestolpert.

»Hoppla.«

Ein Koffer. Ich hob das Teil auf. Groß, stabiles Modell, schwer. Ein Ding, wie man es für Werttransporte benutzte. Außenrum Leder. Unversehrt. Der Koffer hatte ein Zahlenschloss. Ich betrachtete es im Lichtkegel meiner Taschenlampe, fummelte neugierig dran rum, aber auf die Schnelle ließen sich die Schlösser nicht öffnen.

»Merkwürdig, das Ganze.«

Oben auf der Schnellstraße hörte ich das Martinshorn vorbeijagen. Blaues Licht flackerte in den Abendhimmel hinauf. Die Lust aufs gemütliche Angeln war mir jedenfalls vergangen. Ich packte fix meinen Kram zusammen, entließ die dämlichen Barsche wieder ins Nasse, klemmte mir den Koffer unter den Arm und ging zügig heim.

Als ich das verfluchte Ding in meiner Bude auch mit dem

260

Tranchiermesser aus Solingen nicht aufhebeln ließ, knallte ich das Teil in die Holzablage meiner Eckbank und legte mich hin zum Pennen.

Noch schlaftrunken fischte ich am nächsten Morgen die Zeitung aus dem Briefkasten und faltete sie auf dem Küchentisch auseinander. Die Schlagzeile im Lokalteil sprang mich sofort an:

Bewaffneter Raubüberfall auf die Filiale eines großen Discounters. Vier maskierte Täter ... bei der Abholung der Tageseinnahme durch einen Sicherheitsdienst ... Die Beute ...

»60.000 Euro!« Ich pfiff anerkennend. Das hatte sich wenigstens gelohnt.

Schlagartig wurde mir heiß. Mit spitzen Fingern öffnete ich die Klappe der Eckbank. Da lag er, der schwarze Koffer. Und plötzlich ergab alles einen Sinn. Der Wagen, der ohne Licht über den Parkplatz gebrettert war, der Koffer, die Bullen mit Martinshorn und Blaulicht.

Ich strich mir übers stoppelige Kinn. »Mit einer Flex krieg ich das Ding auf.« Aber ich besaß keine.

Okay. Ich zog mir schnell was an, ging ums Haus in den Schuppen, zuppelte meinen Drahtesel heraus und trat kräftig in die Pedale. Wenig später lehnte ich meinen Gaul an die Wand von Hannos Trinkhalle. *Zur Rauen Faser* stand in großen, schwarzen Lettern über dem Eingang. Ich schob mich durch einen bunten Fliegenvorhang in die verrauchte Stehbude.

In Hannos Büdchen trafen wir alten, ehemaligen Tapetenfalter uns zum rustikalen Frühstück, zum fröhlichen Nachmittagsschoppen und auf ein Einschlafbierchen. Ich war sicher, dass mir einer der Kollegen mit ein bisschen Werkzeug aushelfen konnte.

»Morgen, Jungs«, grüßte ich die übliche Runde, bekam aber nur vereinzeltes Kopfnicken als Antwort.

Hier drehten alle hoch. Toni hatte rote Ohren, ein Zeichen höchster Erregung. Bodo Lewandowski wedelte mit den Händen wild durch die Luft und redete ununterbrochen. Hacke Hackstein blinzelte stumm und hektisch. Willi Vermeulen hatte die zweite Flasche Bier schon aus. Ich konnte mir denken, worum es ging.

»Hallo? Ein bewaffneter Raubüberfall«, versuchte ich ein bisschen Sachlichkeit in die verqualmte Runde zu bringen. »Musste ja irgendwann auch bei uns in Schwelm passieren.«

Tatsächlich verstummten die fünf kurz.

Allerdings verdrehte Hanno hinterm Tresen die Augen. »Der Erich … Wie immer von nix einen Schimmer. Raubüberfall war gestern.«

»Und was ist heute?«, fragte ich, weil mir nichts Besseres einfiel.

Bodo Lewandowski strich sich über die Glatze. »Heute Morgen ham sie den Eisen-Karl sein Sohn tot auf'm Parkplatz anne Schule gefunden.«

»Totgeschlagen haben die den!«, wusste Toni zu ergänzen.

»Totgeschlagen?«, fragte ich und verstand nur Bahnhof.

Okay, dem Eisen-Karl sein Sohn war ein richtig schräger Vogel. Hieß der Kevin? Oder Ronny? Soweit ich wusste, hatte der schon ein paar Mal gesessen. Aber in Schwelm wurde viel erzählt …

»Der war ja auch schon mal im K… Knast«, stotterte Hacke.

Siehste, dachte ich. »Und wer hat den totgeschlagen?«

»Das ist noch nicht raus. Aber eins liegt auf der Hand: Das hängt bestimmt mit dem Überfall zusammen«, mutmaßte

262

Bodo. »Die waren zu viert. Drei schlagen einen tot und schon kriegt jeder einen größeren Anteil.«

»Das sind 20.000 Mücken für jeden«, ergänzte Toni. »Lohnt sich!«

Bodo Lewandowski ruderte mit den Armen. »Nich teilen ist besser als wie teilen!«

Das hatte ich auch schon mal anders gehört, aber ich nickte vorsichtshalber.

»Was willst du eigentlich?«, fragte Hanno.

Eine Flex leihen, hätte ich fast gesagt, konnte mich aber gerade noch bremsen. Ich hatte mich kurzfristig entschieden, den Plan zu ändern. Raub, ein Toter und eine Flex? Die neugierigen Galgenvögel würden nicht eher Ruhe geben, bis sie wussten, wozu ich die Flex brauchte. Und das wollte ich ihnen nicht unter die Nase reiben.

»Tu mal zwei Flaschen Cola und 'ne Tüte Chips, Hanno, ich mach mir einen schönen Mittag im Garten.«

Willi Vermeulen räusperte sich. »Der Rest der Bagage ist bestimmt schon in Luxemburg. Oder in Argentinien.«

»Wieso denn Argentinien?«, fragte Bodo.

»Da sind die doch alle hin«, wusste Willi und nippte am Flaschenhals.

Willi brachte manchmal was durcheinander.

Ich zwang mich, den Kerlen noch zwei Schnäpse lang zuzuhören. Verwegene Theorien wurden durchgekaut, die Üblichen verdächtigt. Willi genehmigte sich ein drittes Kännchen, und Bodo war sich sicher, dass irgendjemand aus der Filiale oder vom Sicherheitsdienst mit denen – wo immer sie jetzt auch waren – unter der Decke gesteckt hatte. Er hatte da nämlich neulich einen Krimi im Ersten gesehen, wo das genau so war.

Irgendwann erlaubte ich mir, den Rückzug anzutreten. »Tschüss, Jungs. Wir sehen uns!«

»Klar!«

»Aber immer!«

»Tschüss!«

»Und pass auf!«

Ich radelte so schnell ich konnte heim, knallte das Fahrrad in den Schuppen und hastete an die Eckbank. Schloss hin, Schloss her, ich musste den Koffer auch ohne Flex irgendwie aufkriegen. Zur Not mit Gewalt. Zur Not mit einer Axt.

»Gute Idee.«

Ein scharfes Beil steckte hinterm Schuppen im Holzklotz. Sekunden später hämmerte ich auf den Koffer ein. Das Stück wehrte sich, war innen aus Metall. Aber ich hatte einen guten Schlag und immer noch was in den Armen. Ich hatte nicht umsonst Jahrzehnte lang dicke Papierrollen durch die Lagerhallen der Fabrik gekarrt und schwere Raufaser gestapelt.

Die Axt erhämmerte sich eine Lücke und mit einem erlösenden Plopp sprang das Teil endlich auf.

»Gewonnen«, rief ich und schluckte.

60.000 muntere Freunde lächelten mich eng aneinandergedrückt freundlich an. Kleingeld war auch da, in einem schwarzen Plastiksäckchen.

Aber … Was? Ich spürte es. Plötzlich. Und wirbelte herum.

Er stand in der Tür, mit einem breiten Grinsen. »Na, Erich, warst du wieder angeln?«

Marschallek. Verdammt. Mit dem hätte ich rechnen müssen. Marschallek und der Kevin oder Ronny vom Eisen-Karl hingen immer zusammen. Scheiße. Und Marschallek fuhr einen weißen Transporter. Kacke.

»Wie bist du hier reingekommen?«

»Als du die Axt geholt hast.«

Ich blickte mich um, suchte die anderen beiden Gauner, die mit ihm die Filiale gemacht hatten, aber Marschallek war alleine.

»Koffer zu!«, bellte er.

»Klar!« Aber der Koffer ließ sich nicht mehr richtig schließen. Also schob ich ihn halb geöffnet über den Tisch.

»Warum habt ihr den Sohn vom Eisen-Karl erschlagen?«

»Was geht das dich an?«

Meine Scheiß-Neugier! »Er wollte euch abziehen, oder? Ein ganz schlechter Charakter.«

Marschallek versuchte den Koffer zu schließen, aber die zerfetzten Klappen ließen sich nicht zusammendrücken.

Durch die Zähne quetschte er: »Der Alarm heult los. Hektik, wir also los, wie abgesprochen zu Fuß, ganz ruhig und langsam in verschiedene Richtungen. Er sollte mit dem Koffer im Fluchtwagen weg. Aber dann will er uns später verklickern, dass er das Scheißding auf dem Weg vom Laden zum Auto verloren hat. Wie dämlich ist das denn?«

»Ziemlich dämlich«, bestätigte ich.

»Genau. Wir haben ihn dann ein bisschen in die Mangel genommen und er beichtet, dass er den Koffer angeblich aus dem Auto geworfen hat, weil da plötzlich eine Bullenschüssel hinter ihm war. Allerdings haben wir ihn wohl ein bisschen zu sehr bearbeitet. Nun, denn ...« Der Marschallek hatte was im Blick, was mich nicht gerade beruhigte. Er zog die Nase hoch. »Ich bin jetzt hin zu dem Parkplatz und runter zum Fluss, aber da war kein verfickter Koffer.« Wieder die Nase. »Aber eine verschissene Angelhalterung. Und weißt du, wer dort fast jeden Abend seinen Haken im Wasser baumeln lässt?«

»Ich.«

Er gönnte sich eine kurze Lächelpause. »Richtig. Und deshalb hatte ich so eine Ahnung, wo ich den Koffer finden würde.«

Marschallek zog noch mal die Nase hoch, dann griff er langsam hinten in seinen Hosenbund. »Du fragst dich, warum ich dir das alles erzähle? Warum sollte ich es nicht tun? Du wirst keine Gelegenheit bekommen, es weitertratschen zu können. Nicht den Bullen, nicht deinen versoffenen Freunden von der Trinkhalle.«

Das klang so, als hätte er den gleichen Krimi gesehen wie Bodo aus dem Büdchen.

In seiner Hand funkelte plötzlich ein scharfes Fahrtenmesser. »Du bist ein Zeuge. Du musst sterben, so leid es mir tut.«

Vielleicht, wenn er sein Messer ohne viel Gequatsche gleich in mich reingerammt hätte. Aber wir Alten wurden immer unterschätzt. Ich war nämlich noch ganz schön schnell. Und gut vorbereitet. Ich griff blitzschnell in die Eckbank. Dort hatte nämlich nicht nur der Koffer drin gelegen. Fix riss ich die Flinte hoch.

»Stehen bleiben!«, fauchte ich, wie weiland John Wayne.

Er grinste irritiert. »Was ist *das* denn?«

»Eine Flinte.«

»So was darfst du gar nich haben!«

Hatte ich aber. Vor ein paar Jahren mal aus Belgien mitgebracht. Da durfte man so was haben.

Marschallek zog die Nase hoch. »Ich bitte dich. Willst du mich umlegen?

»Keine Bewegung, Marschallek! Wenn es sein muss, mach ich ein fieses Loch in dich rein!«

»Haste da überhaupt eine Kugel drin?«

Ehrlich gesagt, wusste ich tatsächlich nicht, ob ich die Doppelläufige nach dem letzten Einsatz wieder geladen hatte.

Marschallek ruckte das Messer nach vorne und machte einen großen Schritt auf mich zu.

Ich zog den Abzug.

Ich *hatte* geladen.

Mit einem lauten Krachen jagte es ihm die Kugel in den Bauch. Er zog ein letztes Mal verblüfft die Nase hoch, schnappte nach Luft, das Messer fiel ihm aus den Fingern. Wenn er doch einfach nur den Koffer genommen hätte! Ich wollte für 60.000 Eier doch niemanden umlegen. Aber wenn es mir an den Kragen ging …

Er verdrehte die Augen, kippte mit einem roten Loch im Hemd vornüber auf den guten Teppich und war tot.

Ich ließ mich auf die Eckbank sinken. Der Knall war laut. Aber hier lebte niemand, der den Schuss hätte hören können. Ich war mir sicher, dass Marschalleks Gaunerkumpel nicht in der Nähe waren. Der Blödmann war keinen Deut besser als Kevin oder Ronny und hatte bestimmt versucht, alleine Kasse zu machen.

Ich seufzte.

Wenn er allerdings gequatscht hatte, war es nur eine Frage der Zeit, wann die beiden anderen hier auftauchen würden, um den Koffer zu holen. Und die würden vielleicht nicht so lange mit mir plaudern, bis ich die Flinte klar hatte. Auf jeden Fall musste ich brav die Bullen informieren. Ich stand auf. Und hielt inne.

Und überlegte.

»Das sind 60.000 Kappen, Erich!«

Ich hatte eine Idee. Eine … riskante Idee. Aber was war im Leben schon ohne Risiko? Schnell legte ich die Flinte auf den Küchentisch und ergriff einen Teppichzipfel.

»Super, Erich, super!« Lothar Kasubbke schob die abgezählten Scheine in seine Aktentasche. »Verdammt, da konntest du die Kohle doch auftreiben. Wo haste die Scheine her?«

»Die sind vom Himmel gefallen«, antwortete ich. Irgendwie wahrheitsgemäß.

Kasubbke grinste. »Du warst schon immer ein cleverer Fuchs. Immer ein Ass im Ärmel.«

»Oder eine Flinte in der Eckbank.«

Lothar lachte und wechselte das Thema. »Kerl, und dann das mit dem Marschallek. Nicht zu fassen.«

Ich nickte. »Ich hatte mich schon gefragt, was will der da auf dem Parkplatz? Was klettert der da die Böschung runter? Und als er dann mit einem Aktenkoffer wieder auftaucht, sich umguckt und weggeht, habe ich mir gleich gedacht, dass da was faul ist und dass ich das besser mal der Polizei melde.«

Kasubbke leckte sich die Lippen. »Jetzt glaubt die Polizei, dass in dem Koffer die Beute aus dem Überfall war und der Marschallek mit dem Geld über alle Berge ist.«

Ich nickte. Und hoffte natürlich, dass die beiden anderen Gauner genau das auch glauben würden und Marschallek samt Kohle suchten – in Luxemburg. Oder Argentinien. Aber nur nicht in Schwelm.

Lothar warf einen wohlwollenden Blick über meinen Garten, hinten die Schwelme, das Grün im Vordergrund, keine Wolke am blauen Maihimmel. »Ich kann dich verstehen, Erich. Schwelm: Ruhrgebiet und Pforte Westfalens. Hier würde man mich auch nicht freiwillig wegbekommen. Ist wirklich eine schöne Ecke!« Er seufzte und klopfte auf die Tasche. »Ich muss. Waltraud wartet. Die hat noch nie so viel Geld auf einem Haufen gesehen.« Er kniff mir verwegen ein Auge. »Vielleicht geht heute ja noch was.«

Ich lachte. »Man darf uns Alte nie unterschätzen.«

Lothar schlenderte davon. Ich winkte ihm hinterher und blieb am Gartenteich stehen. Von hier oben sah man nichts. Nur die Goldfische. Da müsste man schon das Wasser ablassen. Das hätte ein neuer Mieter vielleicht gemacht, aber ich hatte das bestimmt nicht vor.

»Schön«, seufzte ich.

Ich war froh, dass ich Marschallek ganz am hinteren Ende des Teichs versenkt hatte. Da ruhte er gut, da würde ihn keiner finden.

Vorne lag meine Gerda, die mich vor drei Jahren plötzlich verlassen wollte. Das hatte ich wirklich nicht zulassen können. Ein Leben ohne sie in meiner Nähe, das hätte ich mir nicht vorstellen können.

Tja. Die gute, alte Flinte.

Ich musste unbedingt dran denken, sie wieder nachzuladen.

Brasilianischer Tod

Ein kurzer Schrei. Hoch. Und schrill. Eine Frau …
Dann die Stimmen. Laut. Sie sind immer laut. Schließlich dauert es Ewigkeiten, bis die hölzerne Kellertür einen Spaltbreit geöffnet wird, der grelle Lichtstrahl in die Dunkelheit sticht. Zitternde Körper, die sich in Todesangst gegen die weiß gekalkte Wand pressen.

Draußen das grobe Trampeln der Soldaten, das Schnarren der Maschinenpistolen, gebellte Befehle.

Und schließlich das helle, harte Klackern der Stiefel des Mannes mit der schwarzen Uniform, der langsam die ausgetretenen Treppenstufen herunterkommt.

* * *

David Neumann saß mir in der schmalen, vom englischen Bombenhagel verschonten Toreinfahrt am Kirchplatz gegenüber, in die hinein sein Besitzer eine kleine, provisorische Kaffeestube gezimmert hatte.

Ich war schier sprachlos. »Das ist nicht dein Ernst!«

»Natürlich ist das mein Ernst.«

»Nach Brasilien?«

»Brasilien.« Er nippte am Kaffee und blickte mir über den Becherrand hinweg fest in die Augen.

Ich wich seinem Blick aus und ließ meinen über die verstaubte Ruine der alten St.-Peter-Kirche streichen. Brasilien? Inmitten der schmutzigen Schotterberge war Brasilien wahnsinnig weit weg.

Vorsichtig setzte David den Becher ab. »Ich habe es gestern erfahren.«

»Von wem?«, fragte ich.

Er schlug eine billige, filterlose Zigarette aus der zerknautschten Packung. »Eine ganz sichere Quelle. Das Schwein ist in Brasilien.«

Ich nickte nachdenklich. Es war mehr als ein Gerücht, dass viele von ihnen in den letzten Tagen des Krieges nach Südamerika abgehauen waren. Argentinien, Chile, Brasilien. Ich blieb skeptisch, sah noch nicht den Punkt. »Nehmen wir mal an, er ist irgendwo in Brasilien. Wie willst du ihn dort finden? Brasilien ist riesig.«

Tatsächlich legte sich so was wie ein Grinsen in seine Mundwinkel. Ein seltener Anblick. Und auch kein wirklich schöner. Dieses Grinsen hatte etwas Diabolisches, etwas Hartes, etwas Gemeines. Es trieb mir einen Schauder den Rücken hinunter. »Das weißt du so gut wie ich: Fußball. Fußball war sein Leben. Mein Leben, dein Leben. Das war unser Leben. Dann kam der Krieg. Jetzt ist der Krieg vorbei. Und es wird wieder Fußball gespielt.«

Schwer und asthmatisch hustend schleppte sich draußen ein alter Mann vorbei, der eine quietschende Karre zog, auf der er Holz und anderes brennbares Zeug sammelte.

Ich schüttelte den Kopf. »Er ist doch viel zu alt.« Ich rechnete schnell nach. »Einundvierzig. Er wird einundvierzig Jahre alt sein. Er kann nicht mehr spielen. Ich verstehe dich nicht.«

David lachte. »Er wird nicht spielen. Aber er hält sich in dem Land auf, in dem die Fußballweltmeisterschaft ausgetragen wird, in Brasilien. Ich bin mir sicher, er wird sich folgendes Spiel ansehen ...« Er legte die gerade angesteckte Kippe vorsichtig in den Ascher, zog das zusammengelegte Blatt

274

einer Tageszeitung aus der Innentasche seines abgewetzten, dunklen Anzugs und entfaltete es glättend zwischen uns auf dem Tisch. Er tippte auf die großen, fetten Buchstaben der Überschrift ganz oben auf der Seite des Sportteils.

»Brasilien. Wer sonst?«, las ich und langsam dämmerte mir seine Idee.

»Am 16.07.1950 um 15.00 Uhr beginnt das Finalspiel der Fußballweltmeisterschaft«, erklärte er mit ruhiger Stimme. »In diesem Spiel wird Gastgeber Brasilien dabei sein und aller Wahrscheinlichkeit nach neuer Fußballweltmeister. Das Spiel findet im neuen Maracana-Stadion in Rio de Janeiro statt. Und er wird sich dieses Spiel nicht entgehen lassen.« David zog die Kippe aus dem Ascher und nahm einen tiefen Zug. »Ich werde auch da sein, ihn finden. Und ihn töten.«

* * *

Abends lag ich im Bett. Sarah, meine Frau, lag neben mir und schlief mit gleichmäßigen, tiefen Atemzügen. Ich konnte nicht einschlafen. Immer wieder sah ich ihn und David und mich. Wir trugen die rot-weißen Trikots der Fortuna aus Düsseldorf.

David war der schnelle Läufer auf der linken Seite, ich sein Pendant auf der rechten. Hinten organisierte Rudolf Reitmeier unser Spiel, wie immer die Mannschaft mit lauter Stimme nach vorne peitschend.

Er war fußballverrückt. Fanatisch. Leider beschränkte sich sein Fanatismus nicht nur auf das Fußballspiel.

Schon damals hatte ich seine zackige, harte Stimme gehasst und mich vor seinen stahlblauen Augen gefürchtet. Aus gutem Grund, wie ich mich wenige Jahre später bitter bestätigt fand. Er hatte mich, Aaron Busch, und meinen Partner

275

auf der linken Seite des Mittelfelds nie leiden können. Und er hatte es uns spüren lassen. Bitter spüren lassen. Beim Training. Auf dem Platz. Und später, als wir schon lange nicht mehr zusammen Fußball spielten und er die schwarze Uniform mit dem Totenkopf am Kragen trug.

Ich wälzte mich auf den Rücken, starrte hellwach die Decke an. Ich hatte gehofft, er wäre tot.

Brasilien?

Ich drehte meinen Kopf nach links, musterte das zarte Gesicht meiner Frau und musste an unsere beiden Kinder denken, die neben uns im Zimmer ahnungslos und unschuldig schliefen.

Ich musste etwas tun.

* * *

In der gleichen, zugigen Kaffeestube legte ich am nächsten Tag eine Hand auf Davids Arm. »Wahrscheinlich ist er tot.«

»Sie sagen, er lebt. Sie wollen ihn töten. Natürlich. Aber zunächst wollen sie ihn foltern. Sie wollen wissen, wer uns damals verraten hat. Wahrscheinlich wird er die Folter nicht überleben. Aber das ist meine Aufgabe, das Töten. Ganz allein meine Aufgabe. *Ich* werde ihn töten.« Sein Blick war kalt.

Kurz vor Ende des Krieges hatten die Nazis ihn und seine Familie in den Kellergewölben eines alten, abgelegenen Bauernhofes in Urdenbach aufgespürt. Jemand hatte das Versteck verraten, und die Nazis hatten kurzen Prozess gemacht. Kurzerhand hatten sie die ganze Familie in die nahe gelegenen Urdenbacher Sümpfe gejagt und sie dort erschossen. Seine Frau, Kinder, Eltern, alle. Ihn selbst schleppten sie in einen Zug, der ihn in ein Arbeitslager bringen sollte. Auf dem Weg dorthin war

276

ihm die Flucht geglückt. Dem Anführer dieser schäbigen Mörderbande hatte er den Tod geschworen: Rudolf Reitmeier, der Mann, den er jetzt im fernen Brasilien vermutete.

Mich fröstelte.

»Die Schiffe gehen von Hamburg«, fuhr er mit ruhiger Stimme fort. »Fünfzehn Tage dauert die Überfahrt. Karten sind kein Problem. Es wird knapp, aber wenn nichts dazwischenkommt, legt das Schiff zeitig in Rio an.«

Ich hatte mich noch in der Nacht entschieden. »Ich werde dich begleiten.«

Er blickte mir in die Augen. Keine Miene verzog sich in seinem harten, kantigen Gesicht.

»Das habe ich gehofft, mein Freund. Du bist der Einzige, der mir geblieben ist.«

* * *

Brasilien …

Rio de Janeiro. Die Stadt: beeindruckend. Ich war nie aus Düsseldorf herausgekommen. Zwei Jahre Schweiz, aber das zählte nicht.

Brasilien …

Ich winkte der dunkelhäutigen Kellnerin und bestellte wortlos einen weiteren Kaffee, indem ich unbeholfen auf die leere Tasse vor mir tippte. Sie nickte lächelnd.

Hier war alles anders. Exotisch. Die schlanken Kellnerinnen mit ihren feinen, rhythmischen Bewegungen. Die Musik. Der Kaffee schmeckte hier in der schwülwarmen Sommerhitze besser. Dazu diese ausgelassene Stimmung in den Straßen, diese fröhliche, kindliche Euphorie.

Ganz anders als in Deutschland und dem Rest Europas war der große Krieg hier an den Menschen scheinbar spurlos und ohne bleibenden Eindruck vorbeigegangen. Dabei hatten die Brasilianer auch gegen uns gekämpft, als Teil der amerikanischen Truppen. Aber hier und heute zählte nur der Fußball, der in den Straßen und in den Plätzen der Stadt allgegenwärtig war. Riesige Plakate schmückten die Häuser. Die mit begeisterten Schlachtenbummlern überfüllte Stadt kochte, es roch geradezu nach Fußball.

Für einen Moment ließ ich mich von der Stimmung packen und vergaß, warum *wir* hier in Rio waren. Warum *wir* uns aufmachen wollten, dem Spiel des Jahrhunderts im größten Fußballstadion der Welt beizuwohnen.

Aber noch hatten wir keine Tickets. Und ohne Tickets ... David war aufgebrochen, welche zu besorgen. Er hatte einen Tipp bekommen. Er und seine verfluchten Tipps! Ich blickte auf die Uhr. Er war spät dran. Wahrscheinlich hatte er ...

»Zwei Tickets!«

Ich zuckte zusammen.

Von hinten war er an den Tisch herangetreten. Er grinste wieder sein diabolisches Lächeln und hielt triumphierend zwei fleckige Papierlappen in seinen Fingern. »Ich wusste, dass es klappt. Es gibt immer eine Gerechtigkeit.«

»Vermutlich hast du recht.«

»Komm! Wir müssen los. Es ist spät. Die Straßen sind voll, die Schlangen am Stadion kilometerlang.«

Ich leerte den Kaffeebecher, legte der Kellnerin die abgezählten Cruzeiros auf den Tisch und ein paar Centavos Trinkgeld dazu.

»Hast du erledigt, was du erledigen wolltest?«, fragte mich David.

»Ja. Und du?«

Er nickte Richtung Hosenbein.

»Im rechten Strumpf. Ein schönes, scharfes Messer, beidseitig geschliffene Klinge. Waffen sind hier an jeder Straßenecke zu bekommen.«

* * *

Hunderttausende wälzten sich schon seit den frühen Morgenstunden in unvorstellbar dichten Menschenschlangen singend und klatschend Richtung Stadion. Das waren die ausgelassenen Brasilianer. Außerdem erkannte ich fachsimpelnde Italiener, enttäuschte Engländer, blonde Schweden und ein paar skeptische Südamerikaner in den Trikots aus Uruguay.

Brasilien gegen Uruguay hieß das Spiel, das die launenhaften Fußballgötter als letzte Begegnung der Finalrunde zu einem Endspiel um die Fußballweltmeisterschaft gemacht hatten.

Verschwitzte Polizisten lenkten uns durch die Stadiontore, hastig einen Blick auf die Eintrittskarten werfend und nicht im Traum daran denkend, uns zu durchsuchen.

Es war Viertel vor drei, und in fünfzehn Minuten sollte das Spiel angepfiffen werden.

Mich hatte hier in dieser gigantischen Sportarena plötzlich das Endspielfieber gepackt. Diese Stimmung, diese greifbare Erwartung, die Vorfreude. Fast war es wie früher. David und ich bei einem Fußballspiel. Ich warf einen wehmütigen Blick auf meinen alten Freund. Nein, es würde nie mehr so sein wie damals.

Er fand meinen Blick: »Ich habe ihn noch nicht gesehen, aber ich bin sicher, dass er hier ist. Ich spüre es!« Hastig, aber sorgfältig strichen seine suchenden Blicke über die Menschen um uns herum. Ab und an verharrte er, spannte seinen Körper, atmete aus und bewegte dann wieder seinen Kopf, von links nach rechts, von rechts nach links.

Ich tat es ihm gleich, nicht wirklich damit rechnend, dass wir unter den vielen Menschen hier ausgerechnet Rudolf Reitmeier entdecken würden. Im großen Rund der weiten Arena waren die meisten Köpfe nichts mehr als gesichtslose Punkte.

David aber blieb hartnäckig. »Er ist hier. Ich bin mir sicher.« Er legte mit seltsam entrücktem Blick den Kopf schräg und schien für einen Moment einem unhörbaren Flüstern zu lauschen. »Ich spüre es.«

Das Stadion war hoffnungslos überfüllt. Es gab kein Durchkommen mehr. Schließlich pressten wir uns mit dem Rücken gegen einen Betonpfeiler. Wir hatten einen freien Blick auf das Spielfeld und konnten gleichzeitig von hier aus den ganzen Block überblicken.

»Das sind über zweihunderttausend«, erklärte ich.

Er nickte. »Mich interessiert nur einer.«

Unten auf dem Rasen empfing ohrenbetäubender Lärm die Spieler. Für die Mannschaft aus Uruguay mussten die lautstarken Gesänge in Trommelfell zerfetzender Lautstärke Angst einflößend sein.

Brasilien spielte, zauberte und verbuchte in der Anfangsphase des Spiels gleich mehrere gefährliche Schüsse aufs Tor.

Zur Halbzeit stand es 0:0. War ich der einzige im Stadion, durch die eigene Situation sensibilisiert, der das Drama auf dem Rasen kommen sah, der bemerkte, dass sich dieser Tag ganz anders entwickeln würde, als sie alle ihn geplant hatten?

Zwei Minuten nach der für die fanatischen Zuschauer nicht auszuhaltenden Pause schien die Welt in Ordnung zu kommen. Ein trockener Schuss landete im Netz der Männer aus

280

Uruguay. Raketen und Böller rasten rot lodernd und Funken sprühend über die Zuschauer.

In der 66. Minute erzielte Uruguay den Ausgleich, elf Minuten später folgte das Unvorstellbare. Ein Spieler Uruguays zwirbelte den Ball am brasilianischen Torwart vorbei gegen den Pfosten, von wo aus die Kugel wie von Geisterhand geführt über die weiße Torlinie rutschte.

Hunderttausendfaches Schweigen. Die Zuschauer standen unter Schock. Ohnmächtig starrten sie auf den grünen Rasen, hilflos dem grausamen Schauspiel ausgeliefert. Die brasilianischen Spieler waren wie gelähmt, schienen alle Fußballkünste verlernt zu haben, fügten sich kraftlos vor den entsetzt schweigenden Rängen in ihr nie für möglich gehaltenes Schicksal. Ich spürte eine Gänsehaut auf meinen Armen. Niemals zuvor hatte ich bei einem Fußballspiel etwas derart Unheimliches erlebt. Dieses unglaubliche, furchtbare, anhaltende Schweigen. In die grausame Stille hinein: der Schlusspfiff. Brasiliens Fußballwelt brach tödlich getroffen zusammen.

Eine Tragödie. Eine Beerdigung.

»Ich spüre es«, murmelte David und ich fand, dass es eine Spur weniger zuversichtlich klang.

Sollte doch noch alles gut werden? Konnten wir wieder abreisen? Nach Deutschland? Ohne, dass er … ?

Ohne, dass ich …?

Wir sahen ihn gleichzeitig. Beim Verlassen des Stadions. Wirklich, das konnte doch nicht wahr sein! Es waren so viele Menschen im Stadion. Und nur wenige Meter vor uns lief … Rudolf Reitmeier.

Ich hätte ihn unter Millionen erkannt. Der Gang, die Haltung. Vielleicht ein wenig gebückter als früher, das Haar schütter. Er war älter geworden, natürlich. Der Krieg war auch an ihm nicht spurlos vorübergegangen. Er hatte verloren.

David blinzelte.

»Und was jetzt?«, zischte ich, nachdem ich mich wieder gefasst hatte. Es galt, einen klaren Kopf zu bewahren.

»Wir folgen ihm. Der richtige Moment wird kommen. Jetzt haben wir Zeit, viel Zeit. Aber er darf uns nicht sehen.«

»Und dann?«

»Was dann? Ich werde ihm das Messer in die Brust rammen und ihm dabei in die Augen sehen. Niemanden wird es kümmern, wenn ein deutscher Nazi in einer menschenleeren Gasse abgestochen wird. Wenn sie ihn verscharren, sind wir schon wieder in Deutschland, mein Freund.«

Ich schluckte. Inmitten enttäuschter, stummer, teilweise leise oder laut vor sich hin weinender Schlachtenbummler ließen wir uns zum Ausgang treiben, immer darauf achtend, Reitmeier nicht aus den Augen zu verlieren und ihm andererseits auch nicht zu nahe zu kommen. Es war schwierig, zwischen den taumelnden und schwankenden Brasilianern die einmal eingeschlagene Richtung zu halten.

Wohin würde er uns führen?

Wie lange mussten wir ihm folgen?

Dann ging alles ganz schnell. Reitmeier löste sich plötzlich aus der Menge. Verdammt! Hatte er uns gesehen? Vor einigen Minuten hatte er sich ruckartig umgedreht. Hatte er uns entdeckt? Konnte er mit uns rechnen? War er einfach auf der Hut, weil er immer befürchten musste, dass sie ihn fanden? Fanden und folterten?

Foltern … Nein, keine Folter. Es sollte viel schneller gehen, als er es sich wahrscheinlich in seinen ängstlichen Träumen ausgemalt hatte. Es sollte ein schnelles, in die Brust gerammtes Messer werden.

Wir pressten uns hastig zwischen stummen, kraftlosen Körpern hindurch ihm hinterher. Er schlenderte, seine Mörderhände in den Taschen seiner Hose versenkt, in eine kleine Gasse. Nein, er drehte sich nicht um. Der Lehmboden schluckte unsere Schritte. Dann … war er wieder weg.

»Verdammt!«

David rannte los, glitt um eine Häuserecke und prallte mit ihm zusammen.

»He!«, protestierte Reitmeier und drehte sich um.

Diese kalten, stahlblauen Augen. Ungläubiges Erstaunen. Ich warf einen Blick nach vorne, nach hinten. Wir waren alleine. Knapp dreißig Meter neben uns schoben sich Tausende durch die verstopften Hauptstraßen, aber hier, hier war niemand. Kein Mensch, keine Tür, keine Fenster … kein Zeuge.

Wenn, dann hier! Das war uns allen klar. Allen dreien.

»Was …?«

Er erfasste die Situation und riss die Arme hoch.

»David Neumann! Was um Himmels willen …?«

»Was denkst du denn, du Schwein?«, knurrte David und hatte das lange, geschliffene Messer schon in seiner Hand. Mit kaltem, entschlossenem Blick fixierte er sein Opfer. Niemand würde ihn stoppen können. Jetzt, wo er den Mann vor der Klinge hatte, der damals in gelackten, schwarzen Stiefeln die ausgetretene, steinerne Kellertreppe herabgestiegen war. Der seine unschuldige Familie nach draußen schaffen und kaltblütig erschießen ließ.

»Ich kann das erklären!«

»Vielleicht. Aber nicht mir. Du kannst sterben, das ist alles!«

Reitmeier nickte und ließ die Hände fallen.

Sag nichts, flehte ich ihn wortlos an. Sag nichts, dann wird alles gut! Doch er drehte mir den Kopf zu.

»Aaron Busch. Du?« Er grinste. Fies.

David spannte sich, holte mit dem Messer aus.

»David, mein alter Freund«, knurrte Reitmeier. »Dass du mich töten möchtest, kann ich verstehen. Sehr unglücklich, dass dir damals die Flucht gelungen ist. Aber warum um alles in der Welt tauchst du hier mit *dem* Mann auf, der dich und deine Familie an mich verraten hat?«

David zögerte irritiert. Einen Moment lang.

Auch Reitmeier stockte. Und lachte plötzlich. »Ich verstehe, du weißt es nicht? Es ist nie rausgekommen? Nun, es war dein Freund Aaron, der …«

Jetzt musste es schnell gehen. Ich griff in meine Jackentasche und riss die Walther P 38 hoch. David hatte recht: An jeder Straßenecke bekam man hier eine Waffe. Und sicher, niemand würde sich für die beiden toten Deutschen in der kleinen, schäbigen Seitenstraße interessieren.

Ich musste meinen … Freund … nach Brasilien begleiten. Es war eine Frage der Zeit, bis sie Reitmeier gefunden, gefoltert und ihm die Information abgerungen hätten, dass ich es war, der sie alle verraten hatte. Dass ich es getan hatte, um meine Familie zu retten und mit ihnen in die Schweiz flüchten zu können … Geschenkt. Das war keine Entschuldigung. Schon gar nicht für David, der sich verwirrt zu mir umdrehte.

Ich hatte gar keine Wahl. Ich musste mit nach Brasilien.

Es gab immer eine Gerechtigkeit? Vielleicht. Aber nicht in dieser Welt.

Ich drückte ab.

Erstabdruck der Geschichten dieses Bandes:

Aussichtslos in: *Tatort Eifel I*. Jacques Berndorf (Hrsg). KBV, Hillesheim 2007

Grabstelle 14 in: *Krimi Kommunale 3*. Alexander Pfeiffer (Hrsg). Kommunal- und Schulverlag, Wiesbaden 2012

Hasi soll nicht sterben!: Originalbeitrag

Hartmann und die Hexen: Originalbeitrag

Äpfelchen (erstmals erschienen unter dem Titel »Prickelnd«) in: *Krimi Kommunale 2*. Alexander Pfeiffer (Hrsg). Kommunal- und Schulverlag, Wiesbaden 2011

Kanadischer Charme in: *Tatort Eifel II*. Jacques Berndorf (Hrsg). KBV, Hillesheim 2007

Reizende Aussichten in: *Nordeifel - Mordeifel*. Ralf Kramp (Hrsg). KBV, Hillesheim 2010

Kartoffelsuppe: Originalbeitrag

Rache ist Rot in: *Todschick*. Ina Coelen (Hrsg). Leporelloverlag, Krefeld 2009

Todsicher! in: *BitterBöse*. Ina Coelen (Hrsg). Leporelloverlag, Krefeld 2009

Ein faules Ei für Hartmann: Originalbeitrag

Verbrechen mit Rechen in: *Mord vor Ort 2*. Hesse & Niermann (Hrsg), Emons Verlag, Köln 2000

Drachenfest in: *Mütter und andere Katastrophen*. Ina Coelen & Martina K. Schneiders (Hrsg). Leporelloverlag, Krefeld 2012

Scharf in: *Mord-Niederrhein*. Ulrike Renk & Werner Coelen (Hrsg). Leporelloverlag, Krefeld 2007

Es muss wie ein Unfall aussehen! in: *Krimi Kommunale 1*. Alexander Pfeiffer (Hrsg). Kommunal- und Schulverlag, Wiesbaden 2010

Hartmann im Nebel: Originalbeitrag

Tödliches Vorspiel in: *Liebe, Lust & Lösegeld*. Ingrid Schmitz (Hrsg). LangenMüller 2008

Dreckig in: *Mördchen fürs Örtchen*. Petra Busch (Hrsg). KBV, Hillesheim 2011

Muttertag ist nicht mein Ding in: *Mütter und andere Katastrophen*. Ina Coelen & Martina K. Schneiders (Hrsg). Leporelloverlag, Krefeld 2012

Auch ein Schatten hat nur zwei Hände: Originalbeitrag

Grüner Tod in: *Hängen im Schacht*. H.P. Karr (Hrsg). KBV, Hillesheim 2009

Kaninchenkacke in: *Ausgefressen*. Ina Coelen & Arnold Küsters (Hrsg). Leporelloverlag, Krefeld 2010

Französische Versuchung in: *Muscheln, Mousse & Messer*. Ingrid Schmitz (Hrsg). Conte Verlag 2010

Rabauken, Räuber, Raue Fasern in: *Schicht im Schacht*. H.P. Karr (Hrsg). KBV, Hillesheim 2011

Brasilianischer Tod in: *WM Blutrot*. Andreas Izquierdo & Wolfgang Kemmer (Hrsg). Kölnisch-Preußische Lektoratsanstalt, Köln 2010

Klaus Stickelbroeck
SCHROTT

Taschenbuch, 267 Seiten
ISBN 978-3-95441-195-5
9,50 EURO

Als Gelegenheitsgauner Angie bei einem Einbruch erwischt wird und im Knast landet, ist das höchst ärgerlich, denn er hatte gerade einen Auftrag angenommen. Privatdetektiv Hartmann, sein bester Freund, soll ihm jetzt aus der Klemme helfen und fackelt nicht lange. Was soll denn schon schwierig daran sein, ein Fahrzeug umzuparken?

Er muss allerdings schon bald feststellen, dass ihn der Job unversehens in ein tödliches Fadenkreuz befördert. Seine einzige Chance, mit heiler Haut davonzukommen, besteht darin, der Sache auf den Grund zu gehen. Hartmanns Ermittlungen führen ihn in den halbseidenen Boxclub von Huren-Heinz, in die Gartensauna der Rockerbraut Silke, über die Schrottplätze Düsseldorfs und auf den Friedhof in Hassels.
Erst als er erkennt, dass ein Molotowcocktail in Oberbilk, der Untergang der Titanic und Regenrinnen-Ritas Beobachtungen im Drogenmilieu zusammengehören, dämmert ihm, in welche brandgefährlichen, bleihaltigen Auseinandersetzungen er geraten ist.

»... ein Meisterstück ... Er schöpft aus dem prallen Leben und schreibt unter ständigem Augenzwinkern, ohne dem Humor die Spannung zu opfern. ... Bis zum Schluss schraubt Stickelbroeck den Roman auf immer höhere Touren.«
(Focus-Online zu ›Fischfutter‹)

KBV KRIMINALROMAN